岩波現代文庫／文芸 147

冬の運動会

シナリオ集 Ⅳ

向田邦子

岩波書店

テレビを前に取材を受ける　　　　　　　　　　　　（写真提供：ままや）

❖巻頭エッセイ

ゆでたまご

小学校四年の時、クラスに片足の悪い子がいました。名前をIといいました。Iは足だけでなく片目も不自由でした。背もとびぬけて低く、勉強もビリでした。ゆとりのない暮らし向きとみえて、衿(えり)があかでピカピカ光った、お下がりらしい背丈の合わないセーラー服を着ていました。性格もひねくれていて、かわいそうだとは思いながら、担任の先生も私たちも、ついIを疎(うと)んじていたところがありました。

たしか秋の遠足だったと思います。

リュックサックと水筒を背負い、朝早く校庭に集まったのですが、級長をしていた私のそばに、Iの母親がきました。子供のように背が低く手ぬぐいで髪をくるんでいました。かっぽう着の下から大きな風呂敷包みを出すと、

「これみんなで」

と小声で繰り返しながら、私に押しつけるのです。

古新聞に包んだ中身は、大量のゆでたまごでした。ポカポカとあたたかい持ち重りのす

る風呂敷包みを持って遠足にゆくきまりの悪さを考えて、私は一瞬ひるみましたが、頭を下げているIの母親の姿にいやとは言えませんでした。

歩き出した列の先頭に、大きく肩を波打たせて必死についてゆくIの姿がありました。Iの母親は、校門のところで見送る父兄たちから、一人離れて見送っていました。

私は愛という字を見ていると、なぜかこの時のねずみ色の汚れた風呂敷とポカポカとあたたかいゆでたまごのぬく味と、いつまでも見送っていた母親の姿を思い出してしまうのです。

Iにはもうひとつ思い出があります。運動会の時でした。Iは徒競争に出てもいつもとびきりのビリでした。その時も、もうほかの子供たちがゴールに入っているのに、一人だけ残って走っていました。走るというより、片足を引きずってよろけているといったほうが適切かもしれません。Iが走るのをやめようとした時、女の先生が飛び出しました。

名前は忘れてしまいましたが、かなり年輩の先生でした。叱言(こごと)の多い気むずかしい先生で、担任でもないのに掃除の仕方が悪いと文句を言ったりするので、学校で一番人気のない先生でした。その先生が、Iと一緒に走り出したのです。先生はゆっくりと走って一緒にゴールに入り、Iを抱きかかえるようにして校長先生のいる天幕に進みました。ゴールに入った生徒は、ここで校長先生から鉛筆を一本もらうのです。校長先生は立ち上がると、体をかがめてIに鉛筆を手渡しました。

愛という字の連想には、この光景も浮かんできます。

今から四十年もまえのことです。テレビも週刊誌もなく、子供は「愛」という抽象的な単語には無縁の時代でした。私にとって愛は、ぬくもりです。小さな勇気であり、やむにやまれぬ自然の衝動です。「神は細部に宿りたもう」ということばがあると聞きましたが、私にとっての愛のイメージは、このとおり「小さな部分」なのです。

（『あけぼの』一九七七年十月。『男どき女どき』新潮社所収）

目次

巻頭エッセイ
冬の運動会 …… 1
附録 …… 489
解題「冬の運動会」のころ …… 515

記号

SE（音響効果）

F・O（ゆっくり消えていく）

N（ナレーション）

冬の運動会

1

●堀端の道

北沢菊男(25)が歩いていく。

黒い背広。キチンとネクタイを締め改まった身なり。

寒風に向って挑むように歩いていく。

冬の正午である。

裸の街路樹。

堀には、にぶい灰色のさざ波。

白鳥も身を寄せ合って動かない。

コートを着て前かがみに歩く人の中で、菊男の姿は不自然なほど颯爽(さっそう)とみえる。横断歩道を渡り、ユニオン会館の中へ吸い込まれていく。

●ユニオン会館・個室

北沢健吉(73)と長男遼介(50)。竹井建設社長竹井保造(58)、同部長原口文明(45)。
遼介の隣りに空席が一つ。

遼介「この度はご無理を願いまして」
竹井「いやいや、こんなことでもなきゃお父上にご恩返しが出来ませんからな」
健吉「どうも、三十年前の星の数をカサにきるようで、気がさしたんだが」
原口「社長、その頃は……」
竹井「少尉ですよ、北沢さんは連隊長でね。公私共によく面倒をみて頂いた……仙台の官舎におられた時分――こちら（遼介）はまだ詰襟の学生服でね、実に礼儀正しい息子さんだった。そういやあ、奥さまによくすき焼をご馳走になったなあ」
健吉「バカのひとつ覚えでね」
竹井「お元気だとばかり思ってましたが、もう何年に――」
健吉「四年かな」
遼介「五年でしょう」
竹井「お葬式にも上りませんで」
健吉「いやいや」

ボーイが食前酒を配る。
竹井「さ、どうぞ」
遼介「どうも。本来ならば、私共の方で、席を設けてご挨拶（あいさつ）すべきところを」
健吉「まあ、今回は甘えついでだ」
遼介「それにしても、出来の悪い長男の面倒は見て頂くわ、ご馳走になるわでは、どうも」
竹井「出来が悪いとおっしゃるが、あの位の成績なら——なあ」
原口「立派なもんですよ」
遼介「成績はとも角……例の件が」
健吉「………」
竹井「北沢さん。ありゃ、やらない人間はおらんのじゃないですか」
遼介「………」
竹井「私もやっとりますよ。中学の一年のときだ。学校のそばの文房具屋で小刀——切出しっていったかな、あれをね（万引のジェスチュア）原口君、君はどうだい」
原口「やりましたやりました。おふくろの財布から——抜きましてね、闇市（やみいち）でよく南京豆（ナンキンまめ）買ったもんです」
竹井「万引なんてものは——」
竹井、大きな声で言いかけて、ハッとして、声を低めながら、竹井「交通違反と同じでね、同じことをしても運のいい奴はつかまらない。たまたま本屋のおやじがムシャクシャしてたんで警察に突き出した。刑事のほうも、朝出掛けに夫婦げんかかなんかして面白くなかったんで表沙汰(おもてざた)にした――そんなとこじゃないんですか」

●ユニオン会館・廊下

竹井建設様御席のプレートをたしかめて、個室に入りかけた菊男、ネクタイの乱れを直す。中から竹井の声が聞こえてくる。

竹井(声)「たった一回の出来心で、人間の一生決めちゃいけませんよ」

菊男の手がとまる。

健吉(声)「そういってもらえると――」

遼介(声)「二度とやるまいと思いますが、万一の場合は、私共が全責任を」

竹井(声)「現金を扱わない部門ですから――やりたくても出来ませんよ」

菊男「――」

竹井(声)「それから、この件はほかの人間には一切なにしておりません。私と原口部長だけが心得ておりますから」

遼介(声)「重ね重ねどうも」

菊男の手が、直しかけたネクタイをバラリとほどく。

●ユニオン会館・個室

軽く上げられる四つのグラス。
遼介の隣りの空席。
遼介、そっと腕時計を見る。十二時五分過ぎ。

●北沢家・居間

テーブルの上にズラリと並んだ時代もののそば猪口(ちょく)や明治もののガラス器。
鼻唄まじりで、ガラス器の手入れをするあや子(47)。
あや子「〽女心の未練でしょう」
SE　電話のベル
あや子「〽あなたア」
と歌いながら受話器を取る。
あや子「北沢でございます——あら、やだわ。あなたアって歌ってたら、本当にあなたが」
遼介(声)「(低く)菊男はどうした」
あや子「あら、菊男、そっちへ行ってないんですか」
遼介(声)「来てないから電話してるんだ」

あや子「おかしいわね。ちゃんと黒い背広着て、新しいネクタイ締めて」
遼介(声)「何時に出たんだ」
あや子「十一時十五分過ぎ、そうじゃないんだわ。あの子が十五分でいいって言ったんですけどね、乗物は判らないから早めにゆきなさいよって、十一時五分にはうちを」
遼介(声)「だったら着いてなきゃおかしいじゃないか」

●ユニオン会館・個室

部屋の隅（すみ）で、声をひそめて電話している遼介。
竹井と原口。電話の方をチラチラ気にしている健吉。
遼介「竹井建設の社長も部長も待っておられるのに——何してンだ」

●北沢家・居間

帰ってくる直子(19)。
電話しているあや子。
あや子「場所間違えたわけじゃないでしょうに、どうしたのかしら」
直子、ハッとして立ちどまる。
あや子「ハイ。ハイ。判りました。はい」
電話を切るあや子。

直子「――お兄ちゃん、行ってないの」
あや子「………」

●堀端の道

御成門から半蔵門にかけての道を歩く菊男。ほどけたネクタイが風に躍っている。
男の声「私、北沢菊男は、昭和四十四年五月二十一日、午後四時頃、渋谷駅前の山本書店二階売場におきまして、『原色世界の美術全集』金笠書院発行、金、九千八百円相当を万引した事について申し上げます」

●回想・取調室（モノクローム）

取調室の菊男。

係官の背中。

男の声「当日、昭和四十四年五月二十一日午後、学校からの帰り道、山本書店に立ち寄り、色々な本を立ち読みしていました。ちょうど、目の前に『原色世界の美術全集』があり、観ていた所、どうしてもこの本が欲しくなりました。廻りを注意してみた所、店内は大変混雑しており、ふと『一冊ぐらい盗っても分かりゃしないよ』と言った友達の言葉を頭に思い出し、それで『原色世界の美術全集』一冊を人に気づかれないように紙袋の中にそっと入れました。それから外へ出ようとした所、係員に呼び止められた次第です」

引き取りに来た遼介が、菊男を見る。

●堀端の道

歩く菊男。
マラソンをする大学生の一群とスレ違う。
SE　パーンとシャンパンを抜く音
直子(声)「お父さん、おめでとう！」
あや子(声)「おめでとうございます」

●回想・北沢家・居間（モノクローム）

遼介の部長昇進を祝う内々の祝宴である。
尾頭(おかしら)つきや伊勢(いせ)エビなどの、やや古風な祝膳。
健吉、遼介、あや子、直子、シャンパンを抜く菊男。
遼介「おめでとうかどうかねえ。営業や販売ならともかく肩書だけの部長じゃあ」
あや子「あら、部長は部長ですよ。ねえ、おじいちゃま」
健吉「まあ、ならんよかなったほうがいいだろ」
遼介、昇進は昇進だが、少々不満があるらしい。
直子「(母に）特売のシャンパンにしちゃ、いい音したじゃない」

遼介「なんだ、特売か」
あや子「やあねえ、直子ったら——」
　遼介、これにも小さく傷ついている。
菊男「(父につぎながら)味は同じだよ」
遼介「……」
直子「あ、そうだ。お父さんお祝い！」
　直子、包みを差し出す。
遼介「なんだい」
　手造りのクッション。
遼介「直子、お前、作ったのか」
直子「部長の椅子にのっけて下さい」
遼介「(笑ってしまう)」
　菊男も小さな包みを、テレながら、ポイと置く。
遼介「なんだ、お前もか……」
　遼介、うれしい。ほどきながら、
遼介「二人揃(そろ)って、エビタイ、狙(ねら)ってるな」
　出てくるのはモンブランの万年筆とインク。
あや子「モンブランじゃないの」

直子「張り切ったわね、お兄ちゃん。高かったでしょ」

遼介「おい菊男、お前、これ、まさか万引……」

あや子「お父さん……」

　冗談半分に「万引」と言いかけて、ハッと言葉を呑み込む。

　一瞬の沈黙。

　こわばる菊男の顔。

あや子「——お父さんたら……家庭教師のアルバイトして、貯めたお金で買ったもンですよ。ねえ、菊男」

　わざと陽気に言うあや子。

直子「そうよ。ちゃんとお店の包み紙に包んであるじゃない」

遼介「……こんな無理しなくてもいいから、親に取越苦労させないでくれよ」

　菊男、いきなり父の手から万年筆とインクを引ったくる。

遼介「菊男……」

　菊男、いきなり万年筆とインクを壁に叩きつける。

遼介「菊男！」

　小さな叫び声をあげて棒立ちのあや子と直子。

　ビンが割れて、黒いインクが血のように壁や調度に飛び散る。

　泣いているような笑い声を立てる菊男。

健吉だけが、身じろぎもせず、じっと菊男を見ている。

●堀端の道

裸の街路樹の枝にネクタイが引っかかって揺れている。

歩いてゆく菊男の背中。

菊男(N)「(笑いながら)知らなかった。あんな、したり顔の取引があるとは、夢にも知らなかった。『今からなら、間に合うんだぞ』『一生棒に振ることになるんだぞ』という声が、うしろから聞こえたような気がしたが、(笑う)戻る気にはなれなかった」

歩く菊男。

菊男(N)「こういう時、雪でも降ってくれたら、粋なのだが、あいにく、冬には珍しい、人を小馬鹿にしたような、あたたかい陽ざしで、(笑う)オレはよくよくかっこ悪く出来ているんだと、おかしくて仕方なかった」

●ユニオン会館・個室

健吉、遼介、竹井、原口。

遼介の腕時計は十二時半を廻っている。

健吉「就職の方は、今のうちに辞退したほうがよさそうだな」

遼介「――なんとも申しわけありません」
竹井・原口「――」

●北沢家・居間

電話でどなられているあや子。
テーブルに直子。
あや子「今すぐお断わりしなくたって、いずれ日を改めてお詫びを」
遼介(声)「非常識にも程があるよ。奴が帰ってきたら、すぐ会社の方に電話しなさい。わたしが帰るまで一歩も家を出さないように。いいな」
あや子「判りました」
ガシャンと電話切れる。
直子「お兄ちゃん行ってないの?」
あや子「(うなずく)」
直子「どうしたんだろう」
あや子「―― (ため息)」
直子「まっすぐ帰っては、こないな」
あや子「――」
直子「学校へ寄るな、きっと」

あや子「みんな就職決まってるから——いきづらいんじゃないの。映画でも見て、喫茶店かなんかで時間潰して帰ってくるんでしょ」

●津田靴店

線路沿いの道を歩いてゆく菊男。

「キュリオ・ウノ」と看板の出た小さな暗い西洋骨董の店で店番している若い女宇野いち子(25)に、顔馴じみらしく手を振る菊男。いち子も手を振る。

その隣りが、修理専門の小さな靴店。

小汚ない店先で、主人の宅次が面白くもないといった顔で働いている。

勢いよく飛び込む菊男。

菊男「ただいま!」

宅次の顔がパッと輝く。

宅次「よオ、菊男ちゃん。いらっしゃい」

菊男「おやじさん、挨拶違ってンじゃないかな。オレ、ただいまって言ってンのにさ」

宅次「え? あッ——」

奥から、かっぽう着で手を拭きながら女房の光子、これもニコニコ顔で、

光子「お帰ンなさい」

菊男「おふくろの方が、よっぽどハナシが判ってら」

物馴れた様子でダークスーツを脱ぎ、靴墨のしみついたつなぎに着替える。
これも馴れた様子で背広を受取り、大事そうな手つきでハンガーにつるし、風呂敷でカバーする光子。

宅次「どうしたい？　盛会だったかい」
菊男「え？」
宅次「あれ？　友達の結婚式、今日じゃなかったの」
菊男「ああ、盛会盛会」
光子「ね、ね、お嫁さん、きれいだった？」
菊男「ああ、美人美人」
光子「こういうの（裾を引いたウエディング）？　こういうの（うちかけ）？」
菊男「こういうの（ウエディング）」
わざとおどけて調子づく。
宅次「カア！　菊男ちゃん、羨しかったろ」
菊男「全然。今に見ていろ、ボクだって」
光子「……ね、ほんとにさ、いないの、つきあってるひと、」
菊男「いりゃ、とっくに紹介してるよ」
宅次「どんなのがいいんだ。細目か太目か」
光子「うどんじゃあるまいし」

菊男「オレさ、おやじさんとおふくろさんがこれッ！っていったら決めちゃうな」
宅次「カア！　お天道様が高いってのに泣かしてくれるねえ」
菊男、靴を脱ぐ。光子、大事そうにセーターの袖口(そでぐち)でほこりを拭(ぬぐ)い、箱に仕舞いながら、
光子「でもさあ、随分早い時間のご披露だねえ」
菊男「飛行機のさ、新婚旅行いく——飛行機の時間の都合じゃないの」
光子「引出物は——ないの」
菊男「——貰(もら)ったけど、やっちゃった」
光子「菊男ちゃん、あんた、ネクタイしないで行ったの」
菊男「やっちゃった。くれって奴がいたから」
光子「気前がいいねえ」
宅次「育ちがいいから」
菊男、宅次のそばの靴を調べる。
菊男「『ばか』いってんじゃないの。将棋の本、にらんでちゃ靴は直ンないよ」
宅次、小さなザブトンの下から将棋の本を引っぱり出しながら、わざとぼやく。
宅次「血も涙もねえんだから、この息子は」
光子「——あたしが言やあけんかだけどさ、菊男ちゃんが言やあ、ハイヨハイヨなんだから——」

宅次「——（聞こえないつもりで菊男に）よォ、菊男ちゃんよ、あれやったのかい」
手馴れたしぐさで働き始める菊男。
菊男「あれじゃ判んないよ」
宅次「スピーチ」
菊男「やンないよ、そんなもの」
宅次「やンないわけにゃいかねえだろ」
菊男「オレね、歌うたったから」
光子「へえ、なあに」
宅次「なに？」
菊男「〽私たちこれからいいところ」
宅次「知ってっぞ、あれだあれ——〽ペッパー警部！」
盛大にツバキを飛ばす宅次。
菊男「カア！」
光子「ツバ飛ばして——」
宅次・菊男「〽ペッパー警部、邪魔をしないで」
ボディアクションたっぷりにやり出す二人。
靴をブラ下げのぞく客。
菊男・宅次「いらっしゃい！」

別人のようにおどけている菊男。

そしてそれがうれしくてたまらない宅次夫婦。

客の差し出す靴を受取り、品定めする宅次に寄りかかるようにして首を突っ込み、何やら言っている菊男。冗談口を利いたらしく、宅次に尻をはたかれてすっ飛んで逃げる。はずみに光子や客の足を踏んでしまい、泡くって謝ったりしている。

菊男(N)「どうしてこんな声で笑えるのか、自分でも不思議で仕方がない。おやじ、津田宅次。年は五十だったかな。おふくろは光子、四十七かそこらだといっていた。それ以外のことは何にも知らない。なにしろ、一月程前に、偶然のことから入りびたるようになったのだから。判っているのは、おやじやおふくろがよく出来た孝行息子だと思っていること。そしてこっちも、何だかひどく素直になって、何かというと笑ったり涙ぐんだり出来るということだった」

●津田靴店（夕方）

宅次とならんで、靴の修理をする菊男。

宅次、得意気に教えている。

店の前に豆腐屋の車がとまる。

冬の夕暮れの町に、豆腐屋のラッパが流れる。

おかみさん達が二、三人寄ってくる。

光子も鍋を抱えて出ていく。

菊男(N)「夕暮時というのが嫌いだった。昼間の虚勢と夜の居直りのちょうどまん中で、妙に人を弱気にさせる。

ふっと本当のことを言いそうで腹が立ってくる。だから街に豆腐屋のラッパが聞こえ、夕餉の匂いが流れ出す頃になると、いつもウロウロ歩き廻っていた。だが――ここへくるようになってからは――どういうわけか、夕暮時になっても落着いていられる」

菊男、靴墨で汚れた手をそばの新聞紙で拭く。

宅次「おっと。そいつは今朝ンだよ。ぼつぼつ夕刊がくる時分だからいいけどさ」

菊男「(見出しを読む)」

宅次「十二円上ったよ」

菊男「え？」

宅次「泰明商事。菊男ちゃんのお父さんの会社だろ。ええとどこだっけな、株式欄（めくっている)」

菊男「オレ、関係ないよ」

宅次「おじいさんは何て会社だっけ」

菊男「出てないよ、小さいとこだもン」

宅次「重役なんだろ？　おじいさんさ」

菊男「名前だけのね」

宅次「月給は出ンだろ」

菊男「小遣い程度じゃないの」

宅次「大したもンだよ。七十過ぎて月給入ンだから。やっぱ元連隊長は違うわ」

菊男「おやじさん、位は何だっけ」

光子「二等兵」

鍋を抱えた光子が立っている。

宅次「上等兵！」

光子「どっちにしたって、これ（シャチこばって敬礼）じゃないか」

宅次「じいさん今でも威張ってッだろ」

菊男「精神的にゃ軍服着てるね。オレさあ、じいちゃんが、ヘソ出して昼寝してるとことかさ、鼻唄うたってるとこなんか見たことないもンな」

光子「うちの用なんか手伝わないの」

菊男「ヨコのものをタテにもしないね」

宅次「カア！」

光子「毎日、何してンの」

菊男「一日おきに会社顔出してさ、帰りに碁会所へ寄って」

宅次「（姿勢を正し、威厳をつくろって）パチリ、パチリ――」

●加代の家（夕暮）

下町のゴミゴミしたあたりの棟割長屋。

出窓に顔を出して、馴れぬ手つきで女ものの下着を取りこんでいるのは健吉である。

綿の出た小汚ないチャンチャンコを羽織り、爪楊子をくわえながら、鼻唄を口ずさんでいる。

健吉「〽女心の未練でしょか」

加代(声)「何べん言ったら判ンのよォ！」

セーターにロングスカート、その上にチャンチャンコを羽織り、下はタビックスという、珍妙ないでたちの加代(35)が、じゃけんなしぐさで、健吉をど突く。

加代「乾いてるのと生乾きのと一緒にしたら駄目じゃないのよォ」

健吉「あ、そうか。ごめんごめん」

加代「場所ばっかり取って役に立たないんだから、こっちほら（貸しなよ）」

健吉「〽女心の未練でしょか」

加代「〽デショカじゃないの。〽でしょう」

健吉「〽でしょお」

加代「突っ立ってないで風呂いく支度！」

健吉「アイヨ——どっこいしょ」

四畳半と三畳の二間に小さな台所。
だらしのない性格と見えて、こたつのまわりにいろいろなものが出しっぱなし。
壁に、健吉のコートと背広がヒン曲ってかかっている。
健吉、ゆきかけてアッとなって立ち、

健吉「加代ちゃん！（気持が悪い）」
加代「なんだ」
健吉「なんか踏んだぞ」
健吉の足の下で潰れているみかん。
加代「なんだみかんじゃないか。アンタ、軍人だろ。みかん、踏んだ位でオタオタすンじゃないよ。だから日本は負けたんだよ」
健吉「全くだ」
加代、雑巾をほうってやる。
健吉「どうして、コタツブトンの下にみかんがあるのかねえ」
加代「長生きすると、面白いことあるだろ」
健吉「あるなあ、そうだ、風呂の帰りにタコヤキ、いこう」
加代「お腹ふくれると、晩ごはんがまずいよ。せっかくの湯豆腐がもったいないじゃないか」
健吉「二人で半分こならいいだろ」

加代「よし」

　加代、手拭いなど揃えながら、

加代「お風呂出る時の合図は『北の宿』だからね」

健吉「〽女心の未練でしょか」

加代「〽でしょう」

健吉「〽でしょお」

加代「女はお風呂長いんだから、あわてて外へ出ると、湯冷めするよ」

健吉「あいよ」

加代「あたしが歌う声聞いてから表へ出なよ」

健吉「アイアイ。〽女心の」

加代「女心もいいけどさ、アレ、どした？　孫の――菊男ってたっけ？　就職のハナシ」

健吉「〽女心のォ」

　加代、フッと気持のこもった目で健吉を見る。そっぽを向いて聞こえないフリで鼻唄をうたいながら、雑巾で足を拭いている健吉。

　加代、再びもどって、いきなり畳の上にストンと仰向けにひっくりかえる。

　両手をのばして、部屋の隅の小汚ない女ものの毛糸のマフラーをとり、健吉の首っ玉にぐるぐる巻きつけてやる。

●北沢家・居間（夜）

用意の出来た食卓で、待っているあや子と直子。

直子「うちじゃあさ、おじいさんが偉すぎンのよ（つまみ食い）」

あや子「――およしなさい」

直子「普通年寄りっていったらさ、もちっとダラッとしたとこあンじゃない」

あや子「そういう方なんだから仕方ないでしょ。軍人のうちに生れて、上官の娘をお嫁さんにもらって――シャンと背筋のばして七十何年、生きてきたんだもの。今更――よしなさいっていってるでしょ（つまみ食い）」

直子「子亀の上に親亀。親亀の上にジジイ亀。お兄ちゃんも可哀そだ」

あや子「だからって、せっかくの就職、すっぽかしていいって法はないわよ」

といいながら、自分もつまみ食い。

直子「――人に言っといて、あーあ（とつまむ）」

あや子「どこで何してンだか――」

直子「あたし映画、行こうかな。こういう時、いるの、やだもの」

あや子「居て頂戴」

SE　ドア・チャイム

直子「あ、お兄ちゃん帰ってきた」

あや子「あのならし方はおじいちゃんよ、ハーイ」
　とんで出ていくあや子。
あや子(声)「お帰りなさい」

●玄関

　立っている健吉。
　コートを脱がしているあや子。
あや子「どうも今日は申しわけ（言いかける）」
　出てきた直子。
直子「あら、おじいちゃん、やに顔がピカピカしてる、湯上りみたい」
健吉「(狼狽する）急にあったかいとこ入ったせいだろ」
　咳払いなどしてごまかして、
健吉「――菊男はどした」
あや子「まだなんですよ。今日は本当に申しわけありませんでした」
健吉「あんたがあやまることたァない」
　居間に入っていく健吉。

●居間（夜）

　健吉、あや子、うしろから直子。

あや子「竹井建設の方ですけどね。日を改めてもう一ぺんてわけには」
健吉「そのハナシはあとだ」
あや子「――――」
健吉「遼介もまだかい」
あや子「船久保さんとこ廻って帰るって――」
健吉「ここんとこ、まめに行くなあ……」
あや子「今日がお命日ですって。それと坊ちゃんがいま三年でしょ。来年就職で、そんな相談もあるからって言ってました。今日で菊男の方、かたがつくと思って――それで今晩行くって、そ言ったんじゃないかしら。あ、ごはん、支度しますから」
健吉「いや、碁会所で、半端なもの、つきあったんで――ゆっくりでいい」
あや子「じゃあ、直子、お先にいただきなさい」
健吉「船久保の細君、いくつだ」
あや子「あたしと相年でしょ」
　あや子、茶を入れながら、
あや子「お父さんも、こんな晩に他人(よそ)さまの息子の就職の相談じゃあ、辛いわねえ……」

●船久保家（アパート）・ドア（夜）

手土産を手にノックする遼介。

ドアが開いて、初江（47）。

初江「北沢さん——わざわざ恐れ入ります。さ、どうぞ」

遼介「おじゃまします」

礼儀正しい遼介。

●船久保家・居間（夜）

つつましい母と子の暮し。

小ぢんまりした仏壇に故人の写真。ゆらぐ線香。

手を合わせる遼介。

うしろに初江。

初江「ありがとうございました」

うしろから公一（22）。

公一「いらっしゃい」

遼介「おッ！」

ふり向いて、

遼介「でっかくなったねえ。また背が伸びたんじゃないか」
公一「一週間じゃ伸びないよ」
遼介「伸びたよ」
　遼介、初江には他人行儀な口を利くが、公一には自分の息子より打ちとけた感じ。
　公一、てのひらにツバキを吐くまね。
公一「――では伸びたとこで」
遼介「ようし、こい！」
　二人、腕角力（うでずもう）。
初江「なんですよ、公一」
　接戦の末、公一が勝つ。
初江「――すみません」
遼介「(息を切らしながら) いやあ、船久保の仏前で、公ちゃんに負けたってのは、こりゃ、何よりの――供養（くよう）ですよ」
初江「お水――よかビールの方がいいかしら」
遼介「いただきます」
　初江、立ってビールを取りに。
公一「(ハアハア言いながら) 就職のハナシだけどさ」
初江「ハアハア言いながら、就職のハナシする人がありますか。一息入れてからに――あ、そうそう」

坐ってビールの栓をあけながら、

初江「おめでとうございます。菊男さん、たしか今日……お決まりになったんでしょ」

遼介「それが、土壇場（どたんば）になって」

初江「——それじゃあ、やっぱり……あのことが」

遼介「いや、例の件は、向うも承知済みだったんですがね」

初江「それじゃあ、どうして」

遼介「出来損（そこな）いなんですよ」

初江、少し具合の悪い感じでビールをつぐ。

遼介「——や、どうも。（わざと明るく）公ちゃん、就職は実力だよ、実力さえありゃ、たとえ片親だって——そうだ、公ちゃん、サッカーの合宿、いつからだい」

公一「来週」

遼介「ほら、小遣い！」

封筒に入ったものを、公一に、

公一「おッ！」

初江「それはいけません」

遼介「どうして」

初江「駄目、いけません」

遼介「折角出したものを」
初江「癖になります。公一、お返しなさい」
公一「だってさ」
初江「公一！」
遼介「いいの。ボクが上げるんじゃない。船久保からだと思やァ」
初江「あら、お父さんなら、ケチだったから、その半分だわね。やだ……やだわ。いくら入ってるか知らないのに、あたし、やだ。どうしよう」
公一「オッチョコチョイだからね。これでよく保険の外交がつとまるよ」
遼介「ほんとだ」

遼介、公一に、早く仕舞えと合図。
公一、手刀を切って受取る。

初江「なんだかんだって、頂いちゃうんだから」

遼介、笑いながら、

遼介「どうです、奥さんも」
初江「いただこうかしら」
遼介「ほら、公ちゃん、グラス！」

公一、うしろの茶ダンスからグラスと大ジョッキを出す。

遼介「なんだ、そのでっかいの、公ちゃんか。ズルイじゃないか」

初江「この頃ね、お風呂上りに黙って冷蔵庫あけてビール飲むんですよ」
遼介「あ、そいつは月給もらうようになってからすることだなあ」
公一「なにいってんだよ。男はヒゲが生えたら、酒のんでもいいって言ったじゃない」
遼介「オレ、そんなこと言ったかな」
公一「言ったよォ、電気カミソリプレゼントしてくれたとき、そ言ったよ」
遼介「言ったかな」
初江「都合のいいことだけ覚えてるんだから、お母さんたまンないわよ」
遼介「さ、ほら（つぐ）」
初江「――おいしい……」
　すでに酔った目をしている初江。
　はずんだ空気――

●北沢家・茶の間（夜）

　あや子と直子。

　健吉は長椅子で夕刊をひろげている。

　あや子は、カミで飛行機を折りながら――

あや子「男って本当に偉いと思うわねえ。いくら大学時代の親友だって、亡くなって五年よ。女はこうはいかないわね。一生のおつきあいよ、なんて言ってた友達だって、オヨメに行っちゃえばそれっきりですもの。でもねえ、男は違うのよ。友達が死んでも、奥さんや息子の面倒、ちゃんとみるのよ。なかなか出来ることじゃあないわよ。つくづく感心しちゃうわねえ……」

間があいてしまう。

健吉、夕刊から目をあげる。

頬杖（ほおづえ）をついて、じっと母親を見ていた直子、ポツンという。

直子「お兄ちゃん、今晩、帰ってこないんじゃないかな」

あや子「――帰ってくるわよ」

直子「……どこ行ってんだろ……」

あや子「………」

●津田靴店（夜）

靴の片づけをしている宅次と菊男。手伝う光子。

宅次「見なよ、ほら、男の靴は内股（うちまた）にへって女のかかとは外股にへってやがる。アベコベじゃねえか。え？　この分でいくてえと、今に日本はツブれっぞ」

菊男「（笑っている）」

光子「日本の心配よか――ほら！（目くばせ）」

宅次「え？」

光子「ほら（宅次の腹巻）」
宅次「おっと、忘れっとこだ」
　宅次、腹巻から、封筒を取り出し、おどけたしぐさで菊男に突き出す。
宅次「菊男ちゃんよ、誠に僅少でお恥かしいんだけどさ」
菊男「なに、これ」
光子「ほんの気持」
菊男「冗談じゃないよ」
宅次「気持だから、さあ」
菊男「オレ、気持ってのは、丸いもンだと思うんだけどな。四角い気持はいらないの」
光子・宅次「菊男ちゃん……」
菊男「そんなマネすンなら、オレ、もう、来ンのよそ」
宅次「ようし。そんなら——おう、菊男。父ちゃんから小遣いだ。取っときな。これでどうだい」
　菊男——二人の顔を見て、黙って手刀を切って受取る。
光子「そうこなくちゃ」
宅次「もちっと腕が上ったら、小遣いの方もハズむから、しっかりやンなよ」
菊男「うん」
光子「——なんてまねも、あと、しばらくだね」

宅次「――（急に威勢が悪くなって）菊男ちゃんよ。就職しても、時々は顔見しとくれよ」
菊男「オレ、就職なんかしないもン」
宅次「無理しなくていいの」
光子「ほんとは、もう決まってンじゃないの」
菊男「――オレね、今日、面接、ひとつ、振っちゃった」
宅次「（まあまあととめて）菊男ちゃんよ、就職した先でさ、この子どうかなって女の子めっけたら、直しの靴、うちへ持ってきな」
菊男「え？」
光子「『靴は人なり』」
菊男「え？」
光子「（この人）靴みりゃ、その人が判るっていうのよォ」
宅次「一月はいた靴見してくれりゃね、その女が、所帯持ちがいいか、だらしがねえか、安産型か、冷え性か」
菊男「あたる？」
宅次「おう！」
といってるところへ、美容師の制服にセーターを引っかけた佐久間エミ子と徳丸優司がかけ出してくる。
エミ子「おう寒！」

優司「おじさんボクの出来てる？」
宅次「ボクの出来てるじゃあ、判んない！　官姓名を名乗る！」
優司「ハルナ美容室の徳丸！」
エミ子「佐久間！」
宅次「出来てるよ！」
菊男「判ってるくせに言わすンだから」
光子「これだから、店、大きく出来ないの。アンタたち、よく覚えときなさいよ」
宅次「ヘン」
菊男「佐久間さん、八百円、徳丸さん、千二百円」
　靴を渡したり金を受取ったりの菊男。
菊男「ハイ、どうも」
二人「さよなら」
菊男・光子「ありがとございました！」
　二人を送り出して宅次が菊男を突つく。
宅次「――（エミ子を指して）やや冷え性だが所帯持ちよし」
菊男「聞こえるよ、おやじさん」
宅次「案外いいかもしれないよ」
光子「あの子ね、うちがいいのよ。美容院のマダムの親戚でさ」

菊男「間に合ってるよ」
宅次「あのね、(言いかけて、光子に) おい、不用心なマネ、しちゃ駄目だよ」
光子「え？　ああー」
半開きの光子の財布が、菊男の目の前に。
菊男、思わず言ってしまう。
菊男「なにが不用心なんだよ！」
宅次「え？　いやあ、こんなとこ、おいといてさ、見えなくなりゃ、客、疑わなきゃなんねえや。おたがい、やじゃないの」
菊男「ど、どして客だって判ンだよ、オレかもしれないじゃないか」
このあたりからおもてに竹森日出子(27)が立って、中でもみあう三人を見ている。さっきの二人と同じ美容院のユニフォーム。
手にハイヒールをぶらさげている。
宅次「菊男ちゃんなら、いいんだよ」
菊男「よかァないよ」
宅次「(いきなり笑い出してしまう) なに言ってんだろな、菊男ちゃん。『おやこ』だろ」
光子「そうよ。『親のものは子のもの。子のものは親のもの』こんなンでよかったら、いちいち断わることないから、いるだけ持ってって頂戴」
菊男「オレ、やなんだよ、そういうの」

光子「水臭いこといわないでよォ」
菊男「いや、オレ、ねえ」
　菊男、外の日出子に気づき、もみあいをやめる。
　日出子、ハイヒール(ひも付き)を突き出す。
日出子「これ、あしたまでにお願い」
　宅次と光子が何か言いかけるが、たかぶっている菊男が言わせない。
菊男「いま混んでるからね、一週間！」
日出子「ね、チップはらうから、あした」
菊男「うちはバーじゃないよ」
日出子「こんな汚ないバーないでしょ」
菊男「汚なくたって、ここでおやこ三人食べてンだよ」
二人「おやこ三人……」
　突つきあう宅次と光子。
菊男「気に入らなかったら、もっときれいなとこ行ったらいいんだよ」
　日出子が何か言う前に、菊男をどなりつける宅次。
宅次「なんだ、その口の利き方は！　こんなシラミみてえな店だってな。客商売なんだぞ！　馬鹿野郎！」
　こんどは日出子に向って、

宅次「すみません。倅(せがれ)の奴、なんかもう、朝から気が立ってやがって」
光子「バカにはしゃいでるかと思やこんどは突っかかる。普通じゃないわよ」
宅次「アンタもいけないよ。こやって（預った靴）山になってンだ。金出すから先にしろったって、サイデスカたァ言えねえんだよ」
日出子「――ほんとね」
　日出子、フフフと笑う。
日出子「自分じゃ気がつかなかったけど、あたしも気が立ってたのかな」
　ため息をついて、
日出子「朝から立ちっぱなしでしょ。今時分になるとムシャクシャして、誰かに無理、言ってみたくなるのね」
　ポケットからたばこを出す。
日出子「すってもいい？」
宅次「おう」
　光子、木の椅子を押してやる。
　日出子、すわって、ライターで火をつける。
　ゆっくりケムリを吐いて、
日出子「くたびれた……」
宅次「そら、こちとらのセリフだよ。あんたの若さで、それ、言っちゃいけねえや」

光子「（じろじろ見て）細いねえ。胸でも悪いんじゃないの」
宅次「レントゲン、撮ったほうがいいよ。悪けりゃ、チャンと（ここンとこに）影が出ッから」
日出子「レントゲンには、出ないわね」
二人「？」
日出子「（ひとりごと）――気持の『かげ』だもの」
　日出子のすうたばこの煙。
菊男「――」
宅次「まあ、あしたはなんだけどなるべく早目にしとくから」
菊男「（伝票を出して）ええと」
宅次「さっきの連中と同じナニ（ユニフォーム）だね」
光子「ハルナ美容室」
日出子「竹森――」
菊男「（口の中で）竹森」
日出子「（菊男の顔をみながら口の中で小さく）日出子……」
　赤いテールランプを点滅させておもてを国電が通りすぎていく。

●津田靴店（夜）

おもてへ出した雑多なものを片づけている菊男、店の中へ入って、ボロ布のそばに置き忘れられているライターに気づいて手にとる。

片づけていた宅次が言う。

宅次「よしたほうがいいよ、あの子は」

菊男「？」

宅次「（ライターを取って、火をつける）スパン、ていうだろ、音が。こりゃ高い証拠だよ」

奥から光子がカミ袋を突き出す。

ほっぺたをふくらませてモグモグやりながら、

光子「美容師だからさ、お客にもらったんじゃないの」

宅次「いや。くれたのは――男だな」

宅次、日出子のハイヒールのひもを手に、ブラブラさせながら、

宅次「ヒモつきかもしンねえぞ」

菊男「――」

宅次、自分もアメ玉を口に入れ、袋ごと菊男に差出す。

菊男も一つとって口に入れる。

　バカバカしく大きいアメ玉。

宅次「古い靴いじくってるからって、ヨメさんまで、人のはき古し、もらうこたねえや、
　なあ」

　菊男の肩を叩いて――

宅次「――（奥で）いっぱいやろ」

　入ってゆく夫婦。

菊男、アメ玉をしゃぶりながら、ライターをみつめる。

ボロ布の上の金色のライター。

火をつけてみる。繰り返す。

コツコツとガラスを叩く音。

戸の外に立っている日出子。

菊男、ライターを手に、ガラス戸をあけようとする。

日出子、ガラス戸を切った、靴の差し出し口から、片手を差し入れる。

菊男、その手のひらにライターをのせ、カミ袋の中のアメ玉をひとつのせる。

日出子、手を引き抜き、黙ってアメ玉を頬(ほお)ばる。

ブクッと片頬が大きくふくれる。

二人、口の中のアメ玉をあっちへやったりこっちへやったりしながら、ガラス戸越し
に向いあって立っている。

●表の道（夜）

国電が走る。

アメ玉をしゃぶりながら帰っていく日出子。

うしろをふりかえる。店の中に立っている菊男。

●津田靴店（夜）

立っている菊男。

宅次(声)「菊男ちゃんよ、お燗(かん)つけるよォ」

菊男、棚の中へ突っ込んだ、名札のついた日出子の靴を抜き出すと、新聞でくるむ。

つなぎを脱ぎかける。

宅次(声)「それともさ、先、風呂いくか」

のぞく宅次。

宅次「なんだよ。帰ンの？」

●北沢家・門（夜）

帰ってくる菊男。

足をとめ、物かげにかくれるようにする。

タクシーの止まる気配。ドアの開閉。

父の遼介が、「北沢健吉　北沢遼介」と楷書(かいしょ)で書かれた大きな表札の前で立ちどまり、一呼吸して、中へ入っていく。

じっと見ている菊男。

遼介(声)「今頃まで、どこへ行ってたんだ！」

●北沢家・居間（夜）

健吉、遼介、あや子、直子がテーブルに坐っている。
立っている菊男。
遼介「どして黙ってる」
あや子「ごはん、まだじゃないの」
遼介「メシなんかいい！　何とか言ったらどうなんだ。お前のおかげで大恥かいたんだぞ」
菊男「――――」
あや子「どして行かなかったの。せっかくおじいちゃまが、骨折って下すったのに。アンタ、一体どういうつもりで」
遼介「向うの社長と部長が、わざわざ顔つなぎに一席かまえて下すったんじゃないか。それ、すっぽかすってことは」

直子「──お兄ちゃん、建設会社と肌が合わないっていってたから（言いかける）」
遼介「そんなゼイタク言える身分か。よく胸に手当てて考えてみろ」
あや子「心機一転してやる──アンタ、お母さんにそう言ってたじゃないの。どしていかなかったの！」
菊男「───」
あや子「ああこれで、心配いらない。お母さんもう安心して──お祝いにネクタイ──あら、アンタ、ネクタイ、どしたの」
菊男「───」
遼介「おい！　どして返事しない！」
健吉「──就職するつもりはないのか」
菊男「（うなずく）」
遼介「そういう勝手が許されると思ってンのか！」
健吉「理由は、なんだ？」
菊男「──気が変ったんだよ」
遼介「こいつ！」
　胸倉を取る遼介を振りはなすはずみに抱えていた新聞紙の包みが破れて、日出子の靴が転げ出る。
　一同、アッとなる。

遼介、取るのをひったくる菊男。
遼介「直子。お前のか」
直子「（首を振る）」
遼介「どしてお前が、女の靴を持ってんだ！」
菊男「――」
あや子「誰の靴なの」
菊男「――」
遼介「どこから持ってきた！　おい！」
菊男、父親を振りはなすと、靴を手に階段を上っていく。
遼介「菊男！」
遼介、呆然としているあや子をどなりつける。
遼介「つきあってる女がいるのか」
あや子「さあ……」
遼介「菊男！」
あや子「待ちなさい！」
上っていく遼介とあや子。
立ちつくす直子。
健吉だけが無言で坐っている。

●菊男の部屋・前（夜）

ドアを叩く遼介。
うしろからあや子。

遼介「あけなさい！　あけなさい！」
あや子「菊男！　菊男」
激昂（げきこう）している遼介はげしくドアを叩き、ノブをガチャガチャ廻す。
遼介「なんか——こわすもの、ないか」
あや子「そんな——」
遼介「おい菊男、あけろ！」
体ごとぶつかる遼介。

●菊男の部屋（夜）

床にすわった菊男、雑のうの中から出した日出子の靴を憑（つ）かれたように修理している。
はげしくドアを叩く音。ぶつかる音。

遼介「あけろ！　叩っこわすぞ！」
あや子「菊男さん、早まったまねしないで頂戴よ」
遼介「あけないか、菊男！」

修理をつづける菊男。泣いているような笑っているようなその顔——

菊男(N)「どうしてこういうことをしているのか、自分にも説明出来なかった。ただ、やさしいものに触れていたかった。汚れたもので、自分の手を汚したかった。胸に気持のかげがある、といったあの——日出子という女の声を、もう一度聞きたいと思った」

2

●北沢家・菊男の部屋（早朝）

夜のしらじら明け。

カーテンの外は、まだほの暗い。

ベッドで目をあけている菊男。

パジャマに着がえず、そのまま、もぐり込んだらしい。

菊男(N)「六時になると、玄関のポストに新聞を差し込むかすかな音が聞こえる。朝早くから、マジメに働いている人間もいる。就職のチャンスを、自分からフイにしてしまった人間もいる。そういう痛みに気づかないフリをして、天井のしみを眺めている。しみの形は象に似ていた」

部屋の中央に置いてある女の靴。
菊男（N）「それにしても、朝メシのことを考えると気が重い」
カメラは菊男の部屋から階段。
ほの白く明け始めた廊下。
そして居間へ。

●居間（早朝）

無人の居間。家族のいない食卓が静まりかえっている。

菊男（N）「家族がどんな顔をしてここに坐るか、おやじが何をいうか、たいがい見当がつく。間に入って気をもむおふくろが、ふっと可哀そうになった」

●夫婦の部屋（早朝）

ふとんの中で、目をあけているあや子。
となりのふとんで眠る遼介。
遼介（声）「どういうつもりなんだ！」

●居間（あや子のイメージ）

健吉、遼介、あや子、菊男、直子が揃（そろ）って朝食。

一人遅れてきた感じの菊男にどなっている遼介。

遼介「きのうのことは、一体どういうつもりなんだ！」

菊男「――」

遼介「竹井建設の社長と部長の前で、時計を見い見いガン首揃えて待ってたこっちの身にもなってみろ」

あや子「せっかくおじいちゃまが骨折って下すったのに……」

健吉「――」

遼介「顔つなぎに昼メシ食おうってことが、最終的な面接だってことぐらい、お前だって判ってた筈だ。それすっぽかすってのは……非常識にも程があるよ」

あや子「気が進まないなら進まないって、どうしてひとこと（言わないの）」

遼介「この土壇場へきて、選り好み言っていられるか！」

菊男「――」

健吉「ほかに就職のあてはあるのか」

菊男「――」

遼介「どうするつもりなんだ。おい菊男！」

あや子「朝からそんなどならなくたって、話は今晩でも落着いて――ね、お願いします！」

遼介「お前は黙ってなさい」

健吉「(ねぼけ声) いま、何時だ」

●夫婦の部屋 (早朝)

現実にかえるあや子。
となりの遼介。

あや子「え?」
遼介「いま、何時だ……」
枕もとの目覚し。
あや子「……六時……」
大きくため息をついて、寝返りをうつ遼介。
あや子「朝ごはんの時にどならないで下さいねえ」
遼介「――」
あや子「あの子だって、いいと思っちゃいませんよ。でも、どなられると、余計エコジになって」
遼介「きげん取ってメシ食えっていうのか」
あや子「そうは言ってませんよ。一生の問題なんだから、どならないで (落着いて)」
遼介「いや、一生の問題だから (言いかける)」
あや子「あら?」

聞き耳を立てるあや子。
かすかな物音。
遼介「新聞だろ」
あや子、素早く起きると、羽織(はおり)を羽織りながら、とび出していく。
遼介「おい」

●玄関（早朝）

飛び出してくるあや子。
ハダシで、土間におり、ドアをたしかめる。
あや子「（小さく）あいてる……」
ドアをあける。
門が半分あいている。それも今しがた開けた、という感じで、揺れている。
飛び出すあや子。
おもてへ立ってあたりを見廻す。
あや子「菊男さん！　菊男！」
取ってかえして、玄関へ。
パジャマ姿で、玄関に出てきた遼介を突き飛ばすようにして階段をかけ上っていく。
あや子「菊男！　菊男！」

●菊男の部屋（早朝）

ドアをあけるあや子。

ぬけがらのようなベッド。

あや子、シーツや毛布にさわってみる。

あや子「――いま、出てったんだわ」

●階段の下（早朝）

パジャマ姿の遼介。

直子が起きてくる。

階段をおりてくるあや子。

遼介「いないのか」

あや子「（うなずく）」

●街（早朝）

新聞紙の包みを持って、トレパン姿で走る菊男。

新聞配達や牛乳配達とスレ違い、或は（あるい）追い越して走っていく。

菊男（N）「ムキになって走っていたら、不意に子供の頃の運動会を思い出した。秋の天気のいい日だった。紙でできた万国旗や音楽の先生がかけるレコードや耳元で鳴る風や父兄の席の応援は、みんな俺のためにあった。あの頃は、裏も表もなかった。伸び伸びして、自然だった。まわりのものを信じて、まっすぐ前だけを見て走っていた。もう一度あの時の自分にもどりたい。だが、もう季節は冬になっていた」

●津田靴店（早朝）

ガラス戸を烈しく叩く菊男。

つぎだらけのカーテンがあいて、寝巻姿の光子。起きぬけで目があかない。

光子「いま、開けるわよ。何時だと思ってンだろね」

気がついて、あッとなる。

光子「アンタ！　アンタ！　菊男ちゃん！」

奥から、寝巻に、毛糸の正ちゃん帽をかぶった宅次がまぶしそうに出てくる。ポカンとしている。

菊男「――朝メシ、食わしてくれる？」

宅次・光子「朝メシ――」

一瞬、ポカンとして、顔を見合わす二人。

光子「朝メシ――」

宅次「カア！」

宅次、嬉しさのあまり逆上して、光子をブン殴ってしまう。

●北沢家・居間（朝）

オロオロしているあや子、遼介。
ひとり朝刊をひろげる健吉。
あや子「家出だなんて、まさか」
遼介「そんならどこへ行ったんだ」
あや子「どこって――家出なら、あれ着てくに決まってますもの」
遼介「え？」
あや子「あの、ほら、襟にモコモコのついた皮のジャンパーですよ。値段だって一番高いし」
遼介「バカ。一番値段の高いもの着て家出するなんてのは女の考えだ！」
あや子「だって」
遼介「金庫、調べてみろ」
健吉「――　（チラリと目を上げる）」
あや子「――そこまですることないでしょ。菊男は長男ですよ」
遼介、手提げ金庫を出そうとする。
あや子、体でとめようとするが、遼介、突き飛ばすようにして、調べる。

あや子「――ほら、ごらんなさい。通帳も実印も、ちゃんとあるじゃありませんか」
遼介「――」
入ってくる直子。
直子「おかしいなあ。お兄ちゃん、ブーツも靴もみんなあるけどなあ」
遼介「おい！　ゆうべの、あの靴は、どした」
あや子「え？」
遼介「ゆうべ、奴が持って帰ってきた女の靴だよ」
あや子「――」
遼介「その女のとこへ行ったんじゃないのか」

●津田靴店（朝）

店の台の上に、日出子のハイヒールが置いてある。

靴越しに、茶の間で、こたつを囲んで、にぎやかに朝食を食べる宅次、光子と菊男の姿が見える。

盛大に納豆をすすりこむ菊男。

菊男「納豆に出刃包丁（でばぼうちょう）、突き刺すって――どういうことよ」

宅次「だからさ、納豆の苞（つと）に――ツトったって、東京の、こんなちっせえのじゃないよ。コンのくれえの（直径三十センチ、長さ一メートル）――ちょいとした鰤（ぶり）くれえの大きさのツトなんだけどね、そこに、ブスッと出刃包丁、突ッ立てンだよ」
光子「鰤に出刃ってんなら判るけど、納豆にゃ、包丁、いらないんじゃないの」
宅次「（いきなり）こう——」
　宅次いきなりハシを菊男に突きつける。
菊男「（びっくりしている）」
宅次「出刃、つきつけられたら、どうなる」
菊男「どうって、ドキーンとするよォ」
宅次「え？　菊男ちゃん、どうなる」
宅次「ドキーンとして、なんか出ッだろ。ドキーンとして」
光子「あたしなら、おシッコ、チビっちゃうわ」
菊男「オレもチビるな」
宅次「そらまずいんだよ。もっとさ、ほかに出るもン……（突きつけて）ドキンとして
——このへん（脇の下）」
菊男「あ——冷汗がドバーと——」
宅次「それなんだよ！　出刃つき差す。納豆の奴、びっくりして汗かくんだよ」
光子「まさか——」
宅次「かくんだよ。納豆に一番大事なのは水分だろ。水気がなきゃ、糸、ひかないもの。
な！　これ、名づけて『山形の出刃納豆』」

菊男「ほんとかねえ」
宅次「本当。絶対本当。オレ、何かで見たんだよ」
といいながら、納豆をこぼす。
光子「こぼして――ロンとこ」
宅次、泡くって、納豆をひろう。ネバッて糸を引く。
やたらに手刀で切りまくる。
菊男「だらしねえなあ、おやじさん」
ひろってやる菊男。
光子「(この人)うわずっちまって――子供みたい」
宅次「はじめてだもンなあ。菊男ちゃん、うちで朝メシ食ってくれたのさア」
光子「菊男ちゃんも人が悪いわよ。ゆうべのうちに、ひとこと言ってくれりゃさ、おつけの実だっておごったのに」
菊男「こういう朝メシ、食いたかったの」
宅次「お、塩こぶ! 菊男ちゃんに」
光子「出てッだろ! そこに」
宅次「あ、そか」
光子「菊男ちゃん――」
光子、菊男を小突いて、宅次を指す。

光子「自分が出刃納豆。汗びっしょり」
宅次「あー、おやこ三人、水入らずで食う朝メシってのは」
宅次・菊男「うめえなあ」
よくはしゃぎよく食べる菊男。
うれしい宅次と光子。
仕事場のほうに、日出子の靴が。

●北沢家・居間（朝）

こちらはお通夜(つや)のような朝食。
ポソポソと食べているのは直子ひとり。
大人三人は、手をつけてない。黙って番茶をのむ健吉。胃のクスリをのむ遼介。水をつぐあや子。
直子、タクアンをかむ。ボリボリとひどく大きい音がしてしまう。直子、三人の顔を順に見て、困ってしまう。
健吉「若い者は歯がいいんだ。たくあん位、気がねしないでお上り」
直子「――（ハイ）」
ボリボリという音――
遼介「（あや子に）今まであいうことはなかったのか」

あや子「え？」
遼介「――女の靴とか下着を持ってくるなんてことは」
あや子「(目でたしなめて) 直子の前で」
遼介「あれは人間として一番ハレンチな (言いかける)」
あや子「――お父さん」
遼介「あれにくらべりゃ、万引の方がまだマシだ」
あや子「……誰か友達の靴じゃないんですか」
遼介「友達ってのは誰だ」
あや子「誰って――」
遼介「女親として手抜かりじゃないか、息子がどんな女とつきあってるか、そのくらいのことは」
あや子「無理ですよ、そんな。小さい村だの町ならともかく、東京ですよ。一歩うち出てったら――あたしはここにすわって、信用して――菊男だけじゃありませんよ、直子は学校へいってるな、おじいちゃまは、会社の帰りに一日おきに碁会所いらしてるな、お父さんは会社だな。信用して待ってるよか、仕方ないじゃありませんか」
健吉「――」
遼介「――」
(間)

あや子「直子、アンタ、学校でしょ」
直子「一時間目、休講だから」
あや子「お父さん、ぼつぼつ」
遼介「――うむ（ためらっている）」
健吉「みんなで坐ってたって仕様がないだろ」
あや子「――帰ってきたら会社の方へ電話しますから」
遼介「（口の中で健吉に）いってまいります」
　遼介、立って玄関の方へ。
健吉「（お）」
直子「（口を動かしながら）いってらっしゃい」

●玄関（朝）

　遼介のコートの襟を直しながら、あや子、
あや子「船久保さんとこの――公一さん、決まったんですか、就職」
遼介「公ちゃんはまだ三年だから。いますぐどうってことはないよ。（靴をはきながら）うちとちがって、出来がいいから」
あや子「――実はゆうべ、言うつもりだったんですけどねえ。船久保さんの奥さんに、オハナシがあるんですよ」

遼介「ハナシ？」
あや子「あなた、この間から、もう五年たったんだからいいだろ。どっかに再婚のクチはないかっていってらしたから」
遼介「——縁談か」
あや子「写真やなんかあずかってますけど——（遼介の気持を計るように）今はそれどこじゃないわねえ」
遼介「——自分の頭のハエ、追うのが先だろ」
あや子「いってらっしゃい」
　出ていく遼介。
　じっと立っているあや子。

●台所（朝）

　朝食の食器を下げてくるあや子。
あや子「ほんとに、お父さんときたら、菊男のことになると言葉がきついんだから——」
　言いながら入ってきて、アッとなる。
　トレパン姿の菊男が水を飲んでいる。
あや子「菊男——あんた」
菊男「ワンツー！　ワンツー！」

あや子「ワンツーじゃないでしょ」

　出てくる直子。

直子「お兄ちゃん――なんだ。マラソンしてたの」

　あや子、菊男を押し出すように居間へ。

あや子「気もませて、本当に――」

健吉「――もうバカやる年じゃないぞ」

　菊男、健吉にフフと笑いかける。

あや子「早くごはん食べなさい」

菊男「え？　あ、メシ――」

あや子「おなかすいてンでしょ」

　少し弱っている菊男。

菊男「う、うん」

あや子「納豆、卵入れる？」

　あや子、ごはんをよそったり、卵を割ったり。

　菊男、食べはじめる。見ているあや子。

菊男(N)「メシを食う、というのは、家族であることの証明みたいなもんだ。どんなに、腹いっぱいでも食べなくてはならない。またしても納豆、というのは（ぐうっと突っかえる）――これこそ天罰というべきだろう」

グッとなる菊男。

●居間

朝食の片づけをしているあや子。

長椅子で碁の本をひろげる健吉。

あや子「いっぱしの顔しても、まだ子供なのねえ。おなかすけば帰ってくるんですもの」

健吉「………」

あや子「それと……やっぱり男の子は女親なのねえ」

健吉「うむ？」

あや子「あたしの前だと、あんな正直な顔してご飯食べてるのに、どしてお父さんにはあなのかしらねえ」

健吉「――――」

あや子「お父さんもいけないのよ。ああ、何でも悪いほう悪いほうに取ったら（言いかけて）あのとき――お父さんが警察へもらいさげに行ったのがいけなかったんでしょうかねえ」

健吉「――どうかねえ」

あや子「父親と息子でしょ。もっと（言いかける）」

SE　電話が鳴る

あや子「北沢でございます。あ、お父さん、いまかけようと思ってたとこ。帰ってきましたよ」

●遼介のデスク

部長のプレート。

電話している遼介。

遼介「――帰ってきた」

あや子(声)「あなたが出てらしてすぐ」

遼介「どこいってたんだ」

あや子(声)「マラソン。トレパンはいて、ワンツー！　ワンツー！」

遼介「そこにいるのか」

あや子(声)「ごはん食べて、直子と一緒に出ていきました」

遼介「どこいったんだ」

あや子(声)「学校のぞいてみるって。自分の力で就職探すつもりじゃないかしら」

遼介「今からじゃロクなとこはないよ」

●道

直子と菊男が歩いていく。

菊男「ああ、食いすぎた」
直子「——お父さんたち、靴のこと、言ってたから」
菊男「……靴って、なんの靴」
直子「やだ。ゆうべお兄ちゃん、持ってきた——お父さんと、言い合いしたとき、新聞紙が破けておっこった——女の靴」
菊男「お前、あれが靴に見えたの」
直子「え?」
菊男「あれが靴にみえたとは、オレ、手品で食えるかもしれないな」
直子「お兄ちゃん——」
菊男「あれな、本当は鳩なんだよ。鳩をここへ(フトコロ)入れてさ、ハイ、サッ! 靴になったりシルクハットになったり」
ふざけてごまかす菊男。
スレ違いざま、一人の男(青木)に声をかけられる。
青木「靴屋さん……」
菊男「(アッとなる)」
青木「いや、いいとこで逢ったよ。オレの靴さ、まだかねえ」
菊男「あの、ちょっと——」
菊男、直子に笑いかけて、

菊男「直子、お前、遅れるぞ。学校」
　直子、押し出されて、行きかけるが、
直子「靴屋さん……」
　青木と菊男が話しているのをチラチラと見ている。
　二人、じゃあという感じで別れ、別々の方角に歩き出す。
　菊男、ちょっとあたりを見廻し、直子を探す感じ。
　直子、体をかくす。
　菊男をやりすごしてから、少しためらった後、かけ出す。
　バス停のところで待っている青木のそばへ。
直子「あのォ」
青木「え？」
直子「うちの兄、靴屋でアルバイトしてンですか」
青木「え？　ああ、アンタ、妹さん」
直子「（うなずく）」
青木「なんだ、知らなかったの」
直子「――どこですか、お店」
青木「渋谷駅のガードんとこ――」
　青木、てのひらに地図を書きかけ、判りにくいと思ったらしく、舗道（ほどう）にしゃがむようにして教える。
直子も仕方なくしゃがむ。
通行人にけとばされそうになる。

●津田靴店

客の今村がきている。
見せびらかすように菊男をコキ使う宅次。
宅次「おう、泥ついてッぞ」
菊男「え？」
宅次「裏ンとこ！　『伊勢は津でもつ、靴は裏でもつ』」
菊男「誰が言ったの、それ」
宅次「おとっつぁん（自分）」
菊男「やってらンねえや」
宅次「そっち入れたら、マザるだろ。こっち！　こっち」
今村「いい息子じゃないの」
宅次「腕は半チクだけどね」
今村「いやあ、今どき親の仕事、手伝おうなんて珍しいよ」
宅次「（名札の）ハリガネ、ピシッと縫(よ)っときなよ」

菊男「うん」
今村「——似てねえなあ、おかみさんにも似てねえしナ」
宅次「オレのじいさんに似てンだよ。なあ」
菊男「うん」
今村「この前きたときはいなかったねえ」
宅次「学校いってたんだよ。大学、なあ菊男ちゃん」
今村「ほんとに息子かい」
宅次「——のようなもの」
今村「養子だな」
宅次「のようなもの」
茶をもって出てくる光子。
光子「カラ茶だけど。菊男ちゃんも、ほら」
今村「ね、本当はなんなの」
光子「通いの息子。ねッ！」
宅次「のようなもの」
ふざけながらも、菊男がおもてを気にするのを見逃さない。
おもてを、女子学生（直子と同じ身なり）が通る。
菊男、ハッとしたりしている。

肩を叩く宅次。
宅次「気になってンだろ」
菊男「え?」
宅次「せっかく夜鍋(よなべ)して直したのに、取りにこねえんじゃ気がもめるよなあ」
日出子のハイヒール。
菊男「いや、それよかね」
また女子学生が通る。
宅次「ああいうのが好みかい」
菊男「いや――(小さく)直子の奴、大丈夫だろうなあ」
宅次「え?」
菊男「アジトがばれるとつまンないからさ」
宅次「アジトって、なんだ」
菊男「うん。なんていうか……秘密本部」
光子「教養あるねえ」
宅次「なんでも知ってらあ『アジトは秘密本部デス』」

●加代の家

こたつの上に大きなポップコーンの包みがのっている。

　差し向いでこたつに入り、自堕落な感じで、袋を破き、ひとこと言いながら、ポップコーンをひとつずつ頬張っている健吉と加代。

加代「（あーあと大きな溜息をついて）一日長いよ長野県」

　加代、一つとって食べる。

健吉「こういう暮しが秋田県――じゃないだろな」

加代「もいっぺんお店に出ようかな」

健吉「それ言われると大分県」

加代「……（目を白黒して考えて）――あたしも年を鳥取県」

健吉「いやいやまだ和歌山県」

　ゆっくりと考え、相手の目の色をたしかめながら、一つ出来るたびにポップコーンをたべる。

健吉「こっちの気持も和歌山県（きげんをとる）」

加代「（ジャケンに）ハナガミ！」

健吉「アイアイ。どっこいしょ（立つ）」

加代「ほら百円！」

　加代、パッとねころんで頭の上の安っぽい貯金箱をとって、突き出す。

健吉「え？」

加代「おとといい決めたろ。ドッコイショっていったら百円の罰金」

健吉「あ、そうか、そうか」
加代「草加の町は埼玉県。早く百円！」
健吉「やれやれ。ドッコイショ（壁からつるした洋服から財布を出そうとする）」
加代「また言ってら。二百円！」
健吉「弱り目にたたり目大分県だ」
　パクリと食べる。
加代「ぼつぼつサヨナラの奈良県でどうだ！」
健吉「そのひとことで大分県」
加代「大分県ばっかしじゃないか」
若い男の声「ごめん下さい――」
加代「アーイ、どっこいしょ」
健吉「おっと加代ちゃんも百円だ」
加代「みなよ。うつっちまったじゃないか」
　加代、ノソノソと立っていく。

●加代の家・玄関
　駐在の若い警官が、日誌のようなものを手に立っている。
　出てくる加代。

加代「なんだ、お巡りさんか」
警官「ええと、所帯主は江口加代さん、三十五歳。おつとめは」
加代「いまは無職」
警官「同居人はナシ――と。何か変ったことは――」
　奥の健吉の姿が見える。
警官「――お父さんがみえてンの……」
加代「ううん。亭主」
警官「え？　あッ！」
加代「内縁の亭主。ネッ！」
　健吉、ヘドモドしたバツの悪い目礼。
警官「そりゃどうも――」
　警官、帰っていく。
　パシャンと戸をしめる加代。

●加代の家

　加代、健吉をどなりつける。
加代「どして黙ってたのよ。どして、自分の口からアタシは加代の亭主です。女の一人暮しですから、お巡りさんよろしく、そういわないのさ。体裁ぶって」

健吉「──すまなかった」
加代「男の見栄（みえ）……三重県じゃないか」
　一つ取って食べる。
健吉「──この通りだよ、加代ちゃん」
　加代、白髪頭を下げる健吉がいとおしくなる。
加代「──（わざと乱暴に）愛してるの愛知県！」
　といって、またひとつ食べる。
健吉「────」

●津田靴店（夕方）

　おもてに石焼芋の車がきて、どなっている。
　エプロンに紙包みをくるむようにして、買ってかえってくる光子。
　働いている宅次に、
光子「アツアツ、あれ、菊男ちゃんは？」
宅次「ソワソワして、おもてばっか見て、仕事ンなんないからさ、届けてこいってね、ケツひっぱたいて追ン出したとこ」
光子「ああ。ハルナ美容室の細っこいキレイなひと──名前何てったっけ──」
宅次「ええとなんとかヒデコ」

光子「(小さく) 惚れちまったのかねえ」

●ハルナ美容室・裏口（夕方）

靴を持った菊男がためらっている。
しゃべりながら出てくる徳丸優司と佐久間エミ子。
エミ子「出来上ってさァ、イメージ違うっていわれたって困るわよねえ」
優司「顔がちがうんだから。カトリーヌ・ドヌーブと同じにゃ仕上らないよ」
エミ子「ほんとよね。あ、靴屋さん」
菊男「(小さい声で) あの――竹森……日出子さん――」
優司「そのへんにいたんじゃないかな」
菊男「どうも――」

●ハルナ美容室・裏（夕方）

入りかけた菊男、立ちどまる。くもりガラスの向う側で、竹森日出子が矢島俊子(43)に強い口調でなじられている。

日出子「泥棒って言い方は、少しひどいんじゃないですか」

菊男、ギクッとして立ちどまる。向いあう二人の女の影が、すりガラス越しに、ぼんやりと見える。

店内から流れるムード・ミュージック。

俊子「あら、人の主人盗むのは、泥棒じゃないかしら」

日出子「電話かかってきても、あたし、お断わりしてます」

俊子「自分の都合のいい時だけつきあって、一本立ち出来るようになったから別れて下さい。——男はかえって未練が出るのよ。アンタ、やり方が（きたないわよ）」

日出子「あたしにどうしろっておっしゃるんですか」

俊子「東京でウロウロしないでもらいたいの」

日出子「東京で自活しようと思ったから、うしろめたいこともしてきたんです。無理を言わないで下さい」

俊子「アンタ、本当に主人とは切れてンでしょうねえ」

日出子「——たしかに、半年前までは——愛人ていうか恋人でした。でも、今は、本当にお目にかかっていません」

俊子「綺麗(きれい)な口、利(き)かないで頂戴よ。愛人とか恋人っていうのはお金のからまないつきあいの場合よ。アンタみたいに経済的な援助受けたのは、二号じゃないの。妾(めかけ)じゃないの」

菊男、日出子の視線から、体をかくそうとして、「毛髪」と記した大きなポリバケツにぶつかり、中の髪の毛をぶちまけてしまう。床に散らばる髪の毛。はずみで、手にしたハイヒールが、日出子と俊子の間にころげ出す。

菊男、不様に這いつくばいながら、靴を手繰り寄せようとするが間に合わない。

日出子、菊男を見る。

菊男、飛び出てくる。

●津田靴店（夕方）

歩いて帰ってくる菊男。

菊男(N)「こういう場合、一番いいのは、オレが車にでもぶつかって死ぬことだ。そうすれば、あの日出子という女は、少しはみじめさから救われる。だが、この道は滅多に車が入ってこない一方通行の道なのだ」

三輪車にのった子供が通るだけ。

店の前に立って、何となくそのへんを片づけながら放心している。

買物かごを下げた光子が、留守をたのむわよ、という感じで、出ていく。

菊男、店の中へ入り、黙ってすわる。

たばこを出して、すう。

ガラス戸があいて、日出子が立っている。

こわばった頬に、強いて陽気な笑顔を浮かべて――

日出子「お金払いにきたの」

菊男「――」

日出子「いくら？」

菊男「――八百円」

　日出子、紙入れをさぐる。

　細かい札がないらしく、紙入れを台におき、ユニホームのポケットから小さなガマロを出して、小銭をさがす。

　その手が、興奮で、まだ小刻みにふるえている。

　強がってはいるが、ちょっと押せばワッと泣き出しそうな感じがする。

　菊男、急にいじらしくなる。

　いきなり、紙入れを取って「つなぎ」のポケットにかくす。

　日出子、結局、小銭がなかったらしく、けげんな顔で紙入れをさがす。

　菊男、目をキラキラさせながら、つなぎのポケットから紙入れを出してみせる。

　日出子、びっくりする。

　菊男、日出子の目を見つめて、憑かれたようにポツンとしゃべる。

菊男「高校ンときにね、万引したことあるんだ」

日出子「――」

菊男「渋谷の本屋で（ジェスチュア）」

日出子「――」

菊男「つかまっちゃってさ、態度悪いってんで、突き出されて」

日出子「――――」

菊男「調書っての、おっかしいな。へんな文章でさ。

私、北沢菊男は、昭和四十四年五月二十一日、午後四時頃、渋谷駅前の山本書店二階売場におきまして、『原色世界の美術全集』金笠書院発行、金、九千八百円相当を万引した事について申し上げます」

日出子「――――」

菊男「ソンとき、おやじが、貰いさげにきたんだよな。凄え軽蔑した目でオレのこと見てさ――あれから、どうも、うまくないなあ」

日出子「――――」

菊男「当日、昭和四十四年五月二十一日午後、学校からの帰り道、山本書店に立ち寄り、色々な本を立ち読みしていました。

ちょうど、目の前に『原色世界の美術全集』があり、観ていた所、どうしてもこの本が欲しくなりました。廻りを注意してみた所、店内は大変混雑しており、ふと『一冊ぐらい盗っても分かりゃしないよ』と言った友達の言葉を頭に思い出し、それで『原色世界の美術全集』一冊を人に気づかれないように紙袋の中にそっと入れました。それから外へ出ようとした所、係員に呼び止められた次第です」

日出子、泣くような声を出して笑う。目に涙が浮かんでくる。菊男も笑う。笑いながら、調書のつづきを言う。

菊男「大変な事をして誠に申しわけないと思っています。
　　右相違ありません。
　　　昭和四十四年五月二十一日
　　　　　　　　　　　　　　　北沢菊男」
　　青山警察署長　殿
　聞いている日出子の目から涙がこぼれ落ちる。

●北沢家・居間（夕方）

あや子が食卓に、そばちょくやガラス器などをいっぱいにならべて、手入れをしたり、数を数えて、ノートと照合したりしている。
勝手口から帰ってきたらしい直子がいきなり、うしろから、
直子「なんか増えた？」
あや子「ただいまぐらい、言いなさいよ」
　直子、さわる。
あや子「さわらないで頂戴よ。売る前にこわしちゃ、元も子もないわよ」
直子「これ、古いの」
あや子「江戸中期はいってるわね」
直子「これは？（そばちょく）」

あや子「文化、文政かな」
直子「骨董（こっとう）のお店か」
あや子「骨董ってほどじゃないけどね」
直子「ね、いつ頃よ、お店出すの」
あや子「さあ、いつになるかしらねえ、もう少し、数が揃（そろ）って――」
直子「お父さんが退職して――」
あや子「その前に出さなきゃイミないじゃないの、お父さんよかおじいちゃまよ。おじいちゃま、お見送りしてからでなきゃ、お店は出せないわね」
直子「お見送りって死ぬこと？」
あや子「そういう言い方しないの」
直子「同じことじゃない」
あや子「……菊男さんが今みたいじゃあ、お母さんがうち、あけるなんて、とてもとても」
直子「心配しなくても大丈夫よ」
あや子「え？」
直子「お兄ちゃん、靴屋でアルバイトしてたのよ」
あや子「靴屋でアルバイト？　それじゃあ、ゆうべのあの靴も――」
直子「（うなずく）」

あや子「菊男があんたにそういったの」
直子「そうじゃないんだけどね、バレちゃったの」
あや子「場所どこなの、何てお店？」

●津田靴店（夜）

働いている宅次と菊男。少し離れたところで、ショールで顔をかくすようにして、じっと見ているあや子。

宅次と菊男、はしゃいでいる。宅次、菊男の尻をはたく。菊男、笑いながら飛びのいて、おどけている。

宅次が首を曲げ自分で肩を叩く。

菊男、人なつっこいしぐさで肩を叩いている。

叩きながら、ひょいとおもてに目をやって、どなる。

菊男「あッ！　おォ、おふくろさんよォ、洗濯ものがとんでるよォ！」

あや子「――（おふくろさん……）」

光子が中から出てくる。

店の横の、隣りの屋根に下着がひっかかっている。

三人で、飛び上ったり、棒きれでのばしたりして、やっととる。

三人で笑いながら入っていく。

あや子、体をかくしてみている。
入りそびれて、隣りのキュリオ・ウノへ入る。

●キュリオ・ウノ（夜）

店番をしていた宇野いち子が、いらっしゃいましというでもなく無表情に坐っている。
あや子、色々なものを手に取りながら――
あや子「あの、お隣りの靴屋さんに若い人いるでしょ。あの人、いつ頃から来てるんですか」
いち子「さあ――ひと月ぐらいかしら」
あや子「ひと月……それで、くる日は決まってるんですか」
いち子「毎日きてンじゃないかしら」
あや子「毎日――」
あや子、お義理に聞く。
あや子「これ、おいくら」
いち子「八千円――」
あや子「八千円ねえ……毎日きてたの……」
いち子「おひる前から夜まで、よく働いてたみたい」
あや子「そうお、これはおいくら」

いち子「千二百円——」
あや子「千二百円——お昼から夜まで毎日ねえ……」
　となりを気にしている。

●津田靴店・茶の間（夜）

　モツなべを突つく宅次、光子、菊男。
　宅次は菊男にお酌をしたり、鍋に口を出したりはしゃいでいる。
宅次「おら、菊男ちゃん」
菊男「アチチ」
宅次「そっち、煮えてンじゃないの」
光子「ああ、なめた箸入れて！」
宅次「いいだろ。おやこだもン。なあ、菊男ちゃん」
菊男「そうよ！」
　菊男もわざとハシをなめて、鍋の中をかき廻す。
光子「ああ、チョーチンが破れちまうだろ」
宅次「あ、チョーチン、オレイチ」
菊男「あッ、オレ！」
光子「はい、菊男ちゃん」

宅次「あ、ひいき！　ひいき！」
菊男「やるよォ。このおやじは食い意地、はってンだから。ヤンなるね」
といいながら、千切(ちぎ)ってやる。光子にもわける。
菊男「はい、おふくろさん――」
光子「――やさしいねえ」
宅次「よオよオ。菊男ちゃんとこなんざさ、こんなモツなべなんか食わねえンだろなあ」
光子「そりゃ、ロースのスキヤキよォ。ねえ」
菊男「いや、こんなもんだって」
宅次「恥かかしちゃワルイと思ってさ」
菊男「ほんとほんと。うちなんか、家族揃ってワイワイ鍋突つくなんてこと、ないもンな」
宅次「本宅、つめてえのか」
光子「ちょっと、本宅だなんて。それじゃ、こっちは妾宅(しょうたく)じゃないか」
宅次「そら、菊男ちゃんにとっちゃ妾宅だよなあ」
菊男「こっちが本宅、あっちが妾宅」
宅次「おう、オレたち、オメカケさんなんだから、旦那のきげんとんなくちゃ、袖(そで)にされっぞ」
光子「(しなを作って) どうぞおひとつ」

菊男「よしなって。あ、煮えてるよ、ほら」
宅次「よオよオ、こんどさ、泊りがけでアスビにいかねえか」
光子「――（恐る恐る）三人で？」
宅次「（菊男をみる）」
菊男「いいねえ」
宅次「どっかさ、山の温泉場かなんかでさ、三人同じ柄のドテラ着てさ」
菊男「行こ行こ」
光子「宿帳、なんて書くのよ」
宅次「え？　ああ、宿帳……」
菊男「津田宅次、妻光子、『長男』菊男」
宅次「菊男ちゃん、オレ、涙出てきた」
菊男「菊男ちゃんての気に入ンないな。オレ、長男なんだろ。だったらさ」

●津田靴店（夜）

ためらいながらガラス戸をあけかけたあや子。
　奥で三人が鍋を囲んでいるのがみえる。
宅次「おう、菊男！」
菊男「ブラ下ってるよ、白タキが。だらしねえおやじだなあ」

宅次「オレ、涙出てきた」
あや子「ごめん下さい」
光子「ほら、ハナふいて」
菊男「フキンだろ。ああ、きたねェ」
宅次「このおふくろ、だらしねえんだよ」
あや子「ごめん下さい」
菊男「おやじさん、誰かきたよ」
宅次「なんだ、親、使うのか。人使いの荒い息子だね。アーイ！」
　宅次、浮かれながら立ってくる。
　モグモグやりながら、
宅次「もうしまったんだけど——修理？」
あや子「いえ、あの」
宅次「そいじゃ、靴クリーム」
あや子「——なんですか、菊男がお世話様になっておりますようで」
宅次「え？　あのキクオってえと——うちの菊男の、いや、菊男ちゃんの——おっかさん」
　光子、気配で顔を出す。
　菊男、びっくりする。

菊男「――どしてここが――そうか直子の奴――」
あや子「ひとこと言ってくれりゃいいのに。お母さん、何にも知らないもンだから（二人に）どうもごあいさつが遅れまして」
菊男「くること、ないよ」
あや子「だって……お世話になってるのに」
宅次「いや。お世話だなんて、とんでもない、なあ」
光子「こっちが親孝行してもらってるんですよ」
あや子「親孝行……」
二人とも完全に逆上している。
宅次「いや、どうせ、あたしらがすることだから――せいぜいモツなべだの二級酒――そうそう、今朝も朝メシは納豆だから、食いつけないもの食って、菊男ちゃん、ハラ下したんじゃないの」
あや子「あら、今朝、朝ごはん、ご馳走になったんですか」
宅次「ご馳走なんて言われると、困るなあ」
言いかけて、まずかったなと気づく。
宅次「いや、あの――どうだったのかな」
光子「どうぞ、上って、お茶でも」
あや子「（にこやかに）どうぞ、おかまいなく。（菊男に）あんた、まだお邪魔してる？」

菊男「うん、オレ、メシ食って帰るから」
宅次「菊男ちゃん、帰って。帰って」
光子「(目でそうしろと言っている)」

●道(夜)

さっきのにこやかな顔はどこへやら、どんどん先に立って歩くあや子。
うしろから、ブスッと押し黙った菊男。
小さな古ぼけた喫茶店の前で足をとめるあや子。
あや子「入りましょ」
菊男「いいよ」
あや子「うちじゃ、ハナシ出来ないから」
菊男「ハナシなんかないよ」
あや子「いいから、お入り」
もみ合う母と子。
カンビールをラッパ飲みしながら通りかかった労務者風の男。
男「おッ! オバサン、凄(すげ)え迫力!」
あや子「(カッとなる)『おやこ』です。失礼ねえ」
菊男、仕方なく入っていく。

●喫茶店「カド」

コーヒーを前にしたあや子と菊男。

あや子「――アンタ、今朝、朝ごはん、二度食べたのね……」

（間）

黙ってコーヒーをのむあや子。

菊男（N）「おふくろが何を言いたいのか判っていた。どうしてよそのうちに入りびたっていたのか。どうしてアカの他人をおやじと呼び、おふくろと呼んで、うちよりも生き生きと振舞っていたのか。何が不服でそうしたのか。

苦くてまずいコーヒーだった」

あや子「（ポツンと）お父さんには靴屋さんのこと言わないほうがいいわ……」

黙ってコーヒーをのむあや子。

●津田靴店・茶の間

モツなべが煮つまっている。

黙々とハシを動かす宅次と光子。

放心して、固いモツをシチャシチャ嚙（か）んでいる。

●船久保家（夜）

初江と公二、二人だけのさびしい夕食。

おかずも、つつましい貧しい食卓。

公二「ちょっとさあ、違いがあり過ぎんじゃないかなあ」

初江「なにが……」

初江、物腰もシャンとせず、多少、投げやりな感じ。

公二「北沢のおじさん、くる日はごちそうだけど、そうでない日は、ぐんと落とすもンな」

初江「そんなことないわよ」

公二「お母さんも違うよ。おじさんくる日は、シャキッとしてるけど、来ないって判ってる日は、なんかブクブク着ぶくれしちゃって、だらしないもンな」

初江、ギクッとなる。図星である。

初江「お母さんね、昼間、働いてるんですからね。夜までかまっていられないのよ。くたびれンだから、保険の外交って」

SE　ドア・ノック

初江「ハーイ（なげやり）」

ドアが開く気配。

公一「あ、北沢のおじさん」

初江「え？　やだ、やだ。どうしよう」

初江、目にもとまらぬ早業（はやわざ）で、男もののチョッキを脱ぎすて、スカーフをとり、エプロンをはずして、おくれ毛をかき上げながら、玄関へ突進する。

初江「いらっしゃい！　どうなすったんですか、急に――」

立っているのは、アパートの管理人。

初江「あら、カンリ人さん」

管理人「あの、留守中に小包み、預ったもんだから」

初江「どうも恐れ入ります」

受取る。出ていく管理人。

ひっくり返って笑う公一。

初江、物凄（ものすご）い勢いで息子をどなりつける。

初江「公一！　あんた、北沢さんを何だと思ってるの。死んだお父さんに代って、公ちゃんのおやじを引受けるって――お父さんのお命日だ、アンタのお誕生日だ、入学祝だ、カゲになり、ひなたになって面倒みて下すってる方じゃないの。北沢さん、からかうってことは、死んだお父さん、からかうってことなのよ。どして判んないの！」

身内にあるものを、何かにぶっつけている初江――

涙声になっている。

●北沢家・居間（夜）

　健吉、遼介、あや子、それに菊男が夕食。

あや子「菊男さん、お代りは？ ――」
菊男「―― （出す）」
　あや子、受取ってよそいながら、
あや子「おじいちゃま、お代り」
健吉「わたしは（いらん）」
あや子「お父さん――」
遼介「かるく」
あや子「どっかで、なんか上ってらしたの」
遼介「いや――」
あや子「――男の人は大変ねえ。義理でごはん食べなきゃならない時があるから」
健吉・遼介・菊男「――――」
　（間）
あや子「――いろいろ考えたけど、あたし、やっぱり（チラリと菊男のほうをみて）はなしたほうがいいと思うんですけど」
遼介「なんだい」

菊男「あの、オレ実は（言いかける）」
あや子「船久保さんの奥さんの縁談ですよ」
菊男「――」
遼介「――船久保の――」
あや子「奥さん、お若いんですもの。このままひとりってのは、もったいないわよ。とってもいいオハナシだし」
遼介「ああ、今朝のハナシか」
あや子、立って書類を出しながら、説明をはじめる。
あや子「年は、七つ上かしら。おつとめはええと、なに商事っていったかしらねえ。お子さんは二人あるんだけど、二人ともお嬢さんで、ひとりは片づいているし、ひとりも決まってるって言ってたから――いいんじゃありません？」
遼介「お前からはなしてみたらどうだ」
あや子「あら、あたしよか、お父さんですよ。ねえ、おじいちゃま」
健吉「うむ……まあ、こういう場合は、おまえの方から岩手県だろうなあ」
遼介・あや子・菊男「――」
健吉「いや、近頃碁会所で、こういう言い方はやってるんだよ」
あや子、書類を遼介と健吉に見せて、説明している。
菊男、立って出ていく。

菊男(N)「おふくろは女の顔で女の声でしゃべっていた。なぜだか知らないが、オレが靴屋に入りびたって、二度メシがばれなかったら、おふくろはおやじに船久保さんの縁談をすすめはしなかったような気がして仕方なかった」

●菊男の部屋（夜）

ベッドにひっくりかえる菊男。

ドアが細目にあく。

直子「──お母さん、行ったでしょ。靴屋さんに」

菊男「こわれた靴あったら出せよ。安く直してやるから」

直子「ごめんね、お兄ちゃん」

ドアしまる。

そのままの菊男。

宅次夫婦のイメージ、そして、日出子のイメージが──

菊男(N)「こういう晩はどんな夢を見るのだろう。夢を選べるなら、靴屋のおやじとおふくろの夢を、あの日出子という女の泣いた顔を、もう一度見たかった」

3

●坂道（朝）

麻布あたりの細い坂道を菊男と日出子が、「おお寒む！」という感じで小走りにいく。

マラソンの感じで走ったり、息が切れると歩いていく。

菊男が、石塀の中から垂れ下った枝に飛びつくと、日出子もそれを真似(まね)る。

日出子が遊んでいる子供の頭をなでると、同じしぐさを菊男もする。

二人はわざとポストのまわりをぐるりとまわったり、ゴミを拾ったり生垣の葉っぱを千切(ちぎ)って吹き飛ばしたり、同じしぐさを真似し合いながら、歩いていく。

日出子「前、歩いてる人は、めがねをかけて――」

菊男「いる！」

日出子「いない！」

二人、駆けて前を歩く中年の男を追い越す。

男はめがねをかけている。

菊男は踊り上ってVサイン。

日出子は、片手の手袋を取って突き出す。

菊男、手の甲を強く打つ。

四つ角にくる。

菊男「曲って二軒目のうちに犬は——」

日出子「いない！」

菊男「いる！」

二人、駆け寄る。

門に㊇のマーク、菊男にシッペをする日出子。

坂の下り端に、うしろ向きの乳母車。

老女が、何か話しかけながら子守りをしている。

日出子「あの赤ちゃんは——」

菊男「女の子！」

日出子「男の子！」

二人、駆け寄って、そっとほろの中をのぞき込む。

毛布にくるまっているのは、犬。

菊男と日出子、ワッと笑って、体をぶつけあうようにふざけながら坂をかけ下りていく。

菊男(N)「笑う材料は何でもよかった。自分の手でフッてしまった就職。一番はじめに一番みじめな傷口をみせあってしまった二人の、ちょっとした気恥かしさ。おやじの冷たい視線。そんなものを吹きとばしてくれることなら、何でもよかった」

●北沢家・居間(朝)

朝食が終って、健吉は朝刊をひろげ、遼介は出勤の支度、あや子が、ハンカチなどを揃(そろ)えている。

直子が、カバンを手に半分腰を浮かしトーストをかじっている。

遼介「マラソン、マラソンて、毎朝、どこまでいってるんだ」

あや子「さあ、そのへん、ぐるッとひと廻りしてくるんじゃないんですか」

遼介「夜がバラバラなんだから、朝ぐらい一緒に食べろって」

あや子「言ってるんですけどねえ——あ、これ——」

遼介「なんだい」

あや子、見合写真と履歴書をさりげなく出す。

遼介「ああ。船久保の細君の……」

あや子「こちらの方、乗り気なのよ。おはなししてみて下さいな」
　遼介が何かいいかける口を封じるように、
あや子「黒い靴でいいんですね」
　スッと玄関に出ていく。
　写真と履歴書をひろげてみる遼介。
　じろりと新聞越しに遼介を見る健吉。
　直子、チラリと写真をのぞき込む。

●玄関（朝）

　遼介の黒い靴を磨いているあや子、手をとめる。
　カバンを持った直子が出てくる。
直子「――ねえ、お兄ちゃん――マラソンじゃなくて靴屋へいったんじゃないの」
あや子「靴屋靴屋っていわないの」
直子「どうして？　靴屋へアルバイトにいってるって判ったほうがお父さんも安心すると思うけどな」
あや子「言う時はお母さんからいうからいいの」
直子「フーン……」
　直子、靴をはきながら、

直子「あたしものぞいてみようかな、お兄ちゃんの靴屋」
あや子「およしなさい」
　と言っているところへ出てくる遼介。
遼介「靴屋がどうかしたのか」
あや子「(とぼけて) あ、船久保さんの奥さんに、よろしくおっしゃって下さいねえ。一度、息子さんと一緒にお遊びにいらして下さいって」
遼介「この靴じゃないよ」
あや子「あら、すみません」

●津田靴店

　店先で、菊男が宅次、光子夫婦ともめている。大きなエプロンをつけて、いつもの通り、働こうとする菊男と、そうはさせまいとする二人のもみあい。
(夫婦とも、嬉しいくせにやっている)
宅次「何べん言ったら判んだろな。菊男ちゃん、クビなんだよ」
光子「そんなの、着ちゃいけないの」
菊男「いいんだよ」
宅次「さあ、早く帰った帰った」
菊男「なにすンだよ、オレ、誰が何てったって、帰ンないからね」

宅次「誰が何てったって、追い返すから」
光子「セーノ、ヨイショ！」
菊男「やだよォ！」
宅次「菊男ちゃん、アンタね、妾宅、バレたんだよ。来ちゃマズイの……」
菊男「なにいってンだよ。オレねこっちが本宅だっていってっだろ」
光子「お母さん、何にも知らなかったんだろ。びっくりしてたじゃないの」
宅次「ご大家の御曹子（おんぞうし）が、こんなゴミみてえな小店で、古靴いじくってちゃいけないよ」
光子「ハイ、さようなら」
菊男「おやじさんもおふくろさんも、なに言ってンだろな」
宅次「そういういい方、もうナシ！」
菊男「どして」
光子「親の気持になってごらんよ。自分をさしおいてさ、よその人間、父ちゃん、母ちゃん、ていっちゃいけないわ」
宅次「申しわけが立たねえや。さあ、帰ったり帰ったり」
　菊男、二人の手をすり抜けて、茶の間へ突進する。
　二人の朝食のあとの残っているチャブ台にしがみついて、
菊男「おふくろさん、メシ！　メシ！」
二人「――」

菊男「早く、メシにしてくれよォ！　ハラ減ったら仕事出来ないだろ！」
　二人、突つきあって——
光子「あの態度」
宅次「エバリやがって——なんだ」
光子「そんなねえ、おみおつけだって、あっためなきゃなんないしさ」
菊男「納豆！　うぐいす豆！」
光子「いいのかい、あとで怒られたってしらないよ」
　光子、茶の間の方へ、宅次もソワソワして、
宅次「じゃあ、オレも、番茶でもつきあうか——」
　これも茶の間へ入ってくる。三人、坐る。
宅次「へへへへ」
　菊男、ちょっとテレくさくなって、
菊男「——おみおつけ、あったまるひまに——」
　入れちがいに店へもどる。
菊男「あーあ。なんだよ」
　靴を棚に仕分けしながら、
菊男「やりっぱなしなんだから、もう」
宅次「(どなる）左甚五郎(ひだりじんごろう)の昔から、名人てのはやりっぱなしなんだよ。片づけるのは小

　　　僧の仕事！」

菊男「チェッ！」

光子「いい加減にして早くおすわりよ」

菊男「おふくろさんよォ、塩ナスまだある？」

光子「菊男ちゃんも物好きだねえ、あんなキレイでやさしそうなお母さんのどこが気に入
　らないの」

菊男「（ハミング）」

宅次「おとっつぁんと、けんかでもしたんだろ」

光子「（したり顔に）冷たいうちなのよ」

菊男「（ハミング）」

　チラリと茶の間の方を見ながら片づける菊男。

菊男(N)「この二人に、あのことを話したら、どんな顔をするだろう。高校の時、万引を
　して、それ以来、おやじにうとまれていること。ここでは、よく出来た息子だけど、う
　ちへ帰れば出来損い（できそこな）の長男だということ——やめとこう。夢や期待を裏切るのは親不孝
　っていうもンだ」

　菊男、片づけながら、修理した靴を手にとって、
菊男「アレ！　なんだ、こりゃ、ズレてるよ」

　妙にギクリとする二人。

菊男「(無邪気に) こんな仕事するようじゃあおやじさん、目玉、おかしいんじゃないの」
光子「(何かいいかける)」
宅次「(低い声で、光子にだけ聞こえるように) 言うな」
光子「だってさ」
宅次「(自分の) 目のことは、絶対に言うな」
光子「――」

店の方も、ハナ唄まじりに片づけている菊男。

宅次も、たのしげに鼻唄を唱和しながら、そばの朝刊を目の前にひろげる。どうやら目に問題があるらしい。

じっとみつめる光子。鼻唄をハミングする宅次。

●北沢家・玄関

男ものの靴を磨いているあや子。考えごとをしながら、ゆっくりと手を動かしている。
外出支度で出てくる健吉。
あや子「あら、ああ、今日は会社へいらっしゃる日だわねえ」
健吉「会社ったって、ハンコを押すだけだがね」
あや子「靴はこれでいいかしら。でも、えらい人は、みんなそれで月給いただいてンでしょ」

健吉、笑いながらゆっくりと靴をはく。
あや子「あら。少しお顔が赤いんじゃありません」
健吉「うむ？」
あや子「血圧は、大丈夫かしら」
健吉「心配ナシの山梨県」
あや子「うまい！　ええーと——」
健吉「うん？」
あや子「ウーム……」
あや子、目を白黒させて——
あや子「駄目だ、出来ないわ。いえね、おじいちゃまがよくおっしゃるその、ほら、県の名前でいうの——」
健吉「ああ——」
あや子「むつかしいもンですねえ。碁会所の方たち、どういう風におっしゃるんですか」
健吉「うん、うん。『その手は痛いよ大分県』てな具合だな」
あや子「なるほどねえ。あ、今日は碁会所は」
健吉「いや、今日は（手を振る）」
あや子「じゃあ、お帰りは夕方ですね」
健吉「うむ」

あや子「いってらっしゃい」

　出ていく健吉の背に、

あや子「アッ！　出来ました！」

　びっくりして振り向く健吉に、

あや子「マスクをしましょう島根県」

　苦笑して、コートのポケットから白いマスクを引っぱり出してかける健吉。

●路地

　弾んだ足どりでマスクをかけた健吉が歩いていく。

　曲ったところで、出会いがしらに出てきた人とぶつかりそうになる。

　健吉、おどけたしぐさで、どうぞどうぞと道をゆずり、スキップしながら入っていく。

●加代の家・表

　マスクをはずしてポケットに入れ、入りかけた健吉、出窓の下に、干してある洗濯ものがひとつ落ちているのに気づく（ブラジャー）。拾おうと身をかがめたところへ、いきなり出窓が開く。

　皮ジャンパーを着た若い男の手が伸びて、湯のみの茶の残りをパッと捨てる。しぶきを浴びてしまう健吉。

健吉「――」

立ち上りかけた健吉の鼻の先で、パシャンとしまる出窓。

そっと身を起し、手にブラジャーのひもを下げてのぞく健吉。玄関の土間に、散らかった加代の突っかけサンダルにまじって、男もののブーツ。

加代と差し向いでこたつに入っている若い男、（弟の江口修司・28歳）がカツ丼をかきこんでいる。

茶をつぎ、ついてきた小皿の漬物にしょう油をかけてやっている加代。のぞいている健吉。

加代、割り箸を割ると、自分の分のカツを、男の丼にのせてやる。

健吉、目をそらし、あわてて出窓を離れる。

少し歩いて、ポリバケツの横で立ちどまる。

通りかかった主婦が、じろじろと見る。

健吉、ブラジャーを手にブラ下げて、棒立ちになっている己れの姿に気づいて、コートのポケットにねじこみ歩き出す。

チラリと出窓の方を振り返る。

●加代の家・茶の間

カツ丼を食べる修司。

ポソポソ食べている加代。姉弟(きょうだい)だから、情がないわけではない。だが、弟の出方が気になって落着かない。

修司「引越し先ぐらい知らせろよ。姉弟だろ」

加代「縁は切った筈(はず)だけどね」

修司「縁は切っても血はつながってるよ」

加代「――」

修司「月、幾(いく)らもらってンの」

加代「大きなお世話」

修司「年が離れてンだろ。ビシッと貰うもン貰っとかなきゃさ、コロッとイッちまったら、どうすンだよ」

加代「サッパリしていいじゃないか」

修司、舌打ちしてあきれたように姉の顔を見る。

長く伸ばした小指の爪で、歯をせせりながら、あたりを見渡す。

修司「しみったれだよ。女一人、玩具(おもちゃ)にしようって人間がだよ」

加代「おもちゃじゃないよ」

修司「じゃ、なんだよ」

加代「五分五分。あたしの方が威張ってるよ」

修司「マンション位、買えってンだよ。さもなきゃ、店の一軒やそこら（言いかける）」

加代「マンションてのは気が張るんだよ。こういうのつけてさ（頭のカーラー）ガウンでごみ捨てに行っちゃいけないとかさ、人の出入りはやかましいし」
修司「（何かいいかける）」
加代「うちの健ちゃんさ」
修司「健ちゃん？」
加代「健吉ってンだけどさ、もと、これ（敬礼）なのよ。連隊長だか師団長でさ、親代々、これ（敬礼）のとこもってきて、もっと偉いこれ（敬礼）ンとこから、奥さんもらっちまったんだね。朝起きてから、夜寝るまで四角四面の暮ししてたろ」
修司「女房がいンのか」
加代「六年前にお葬式出してるよ」
修司「だったら、正式に（言いかける）」
加代「ところが、息子のヨメさんてのがまた」
修司「これか（敬礼）」
加代「じゃないけど、いいとこからきてッから、キチッとして、息が抜けないんだってさ、だから、ここへくると『これが人間の暮しだなあ』。しっ散らかってりゃしっ散らかってるほどほっとすンだってさ、『ああ、命の洗濯だ』って」
修司「だったら洗濯代、バッチリ貰いなよ」
加代「――仕事、うまくいってンの？」

修司「何て会社だよ」
加代「おととしの冬は、たしかカズノコさばく仕事してたよね。今でも、やってンの」
修司「会社の名前？」
加代「カズノコって、おすし屋じゃ『ノコ』って言うんだよね」
　加代、必死で修司のきげんをとる。
修司「知ってンだろ、会社！」
加代「あのほら、アキちゃん、じゃないフユちゃんか、あのひと、まだ一緒にいるの」
修司「はなし、そらすなよ」
加代「――――」
修司「無くて出せないってンなら、そりゃ、しょうがないよ。だけどさ、金あるくせしやがって、ケチってるってのは許せねえんだなあ」
加代「みかん、あったな、みかん（キョロキョロする）」
修司「何て会社だよ。個人会社だけど、会社の会長してるっていってたじゃないか。会社の名前！」
　加代、ロングスカートのポケットから財布を出し、一万円札を二、三枚抜いて、修司の前へ置く。
加代「たまには一緒に、お母ちゃんのお墓参り、行こか」
　修司、札を横に払う。

修司「うちはどこなんだよ」
加代「――」

●喫茶店

健吉が時間をつぶしている。モダン・ジャズが流れる、ガラスの多いコーヒーショップ。

健吉の横は男子二人、女子大生二人の四人組。
男がみんなのコーヒーに砂糖を入れてやっている。
こぼしたりして、ワアワアやる。劇画をひろげる若い男、のぞきこむ若い女、口紅を直す若い女。

その隣りにスキーの道具をもったカップルが、一つのショートケーキを両方から突ついている。

見るともなく、ぼんやりと眺めている健吉の目に、怒り、若さに対する嫉妬（しっと）、あきらめ、そして自嘲（じちょう）――さまざまなものが浮かんで消える。

健吉の横のガラスの向う側をカラフルな若いカップルが幾組も通っていく。つないだ手、組んだ腕、誇示するようなさまざまな群像を見るともなく見ながら、じっと坐っている健吉、そのコートのポケットから、白いブラジャーのひもが垂れている。

●碁会所

こちらはシーンと静まり返っている。

聞こえるのは、パチリパチリと石を置く音と老人の咳だけ。

ガラス戸があいて、菓子折を抱えたあや子が入ってくる。

あや子「ご免下さいまし」

主人の高見、場違いな客にけげんな顔で会釈。

あや子「失礼致します」

あや子、手早くショールをたたんで折り目正しくあいさつする。

あや子「北沢の嫁でございます」

高見「え？」

老人たちとヒネた学生などの客、一斉に手を休めて見る。

あや子「いつも義父がお世話になっております」

あや子、風呂敷をほどき、菓子折を差し出しながら、
あや子「皆様にご親切にして頂いてますそうで、こちらへ伺う日は、朝からもう、声が違いますの。『気持まで和歌山県だよ』なんて申しまして」

高見「和歌山県？」

あや子「なんですか、こちらで、そういう言い方がはやってるンだそうですわねえ。こっ

ちまで移ってしまって……」
一同「和歌山県……」
　一同、キョトンとして顔を見合わす。
あや子「あ、これ、つまらないものですが、皆様で」
高見「え？　あ……」
　あや子、名刺を出す。
あや子「これ、主人のつとめ先と私どもの住まいでございます。このところちょっと血圧が高いようなので、万一、気分でも悪くなりましたら、恐れ入りますがこちらにお電話を」
高見「あの、どちらさん……」
あや子「は？　あの北沢ですが」
高見「北沢さん――」
あや子「今日は会社の方に出ておりますけど、火、木、土と、おひるから七時頃までこちらにごやっかいに」
高見「北沢さんねえ」
木島「そんな人、いたかね」
田所「知らねえなあ」
高見「奥さん、店、間違えてンじゃないの」

あや子「いえ、たしかに、こちらの碁会所だって――（髪が）まっ白で――かっぷくのいい――」
高見「覚えがないねえ（一同に）なあ」
一同「（うなずく）」
あや子「――あの、全然、伺ったことは」
高見「ないなあ」

●碁会所・表

菓子折を抱えて、出てくるあや子。
戸をしめて――
あや子「――――」

●喫茶店

じっと坐っている健吉。
うしろにショートケーキを食べているカップル。

●加代の家・表

小さなケーキの箱を下げた健吉が、出窓からのぞく。

加代が、こたつでせんべいをポリポリやっている。健吉、念を入れて、玄関の格子戸の上からのぞく。

土間には、加代のサンダルだけでブーツはない。

健吉、いきなり格子戸の前で吠える。

健吉「ワン！　ワンワン！」

少しあって――

加代「ニャオン」

猫のなきまねで、戸があく。

少し固い表情の加代。

健吉「加代ちゃんの好きなショートケーキ」

ケーキの包みを鼻の先でひらつかせて上っていく。

加代、黙って、ゆっくりと戸をしめる。

●加代の家・茶の間

こたつの上でケーキの包みを開けている健吉。
健吉「ほうら。『チバキが出るの千葉県』だァ」
加代、手を出さない。低い声でポツンと言う。
加代「――これっきりにしてくれない」

健吉「(ギクリとするがとぼけて) モモエちゃんだろ、ありゃ……横須賀ストーリー (言いかける)」
加代「——本気」
健吉「———」
加代「今日でおしまいにして」
健吉「加代ちゃん……」
加代「悪いけどさ、いい人、出来ちまったのよ」
健吉「———」
加代、吸いがらがいっぱいになった灰皿を健吉の前に押しやる。
健吉、いきなり、のみかけの湯のみ茶碗の茶の残りを灰皿にかけると、
灰皿を自分のうしろの見えないところへ置いて、そっぽを向く。
健吉「——見ぬこと清し」
加代「今まで、そこに坐ってたんだよ。アンタのチャンチャンコ着てさ」
健吉「———」
加代「やっぱしさ、若い男のガシッとした手のほうが、お迎えぼくろの出た手よか、いいもンね」
健吉「———」
加代、ケーキを取って、クリームをなめながら、

加代「長々お世話に──長崎県」
　健吉の手が、怒りと屈辱でブルブルと震えている。
加代「体を大事に──長生き滋賀県だよ」
健吉「……」

●津田靴店

　ガクンと肩を落して坐っている宅次。
　目の方に、両手をひろげて、ヒラヒラさせて、視力をたしかめている、光子。
光子「やめようよ」
宅次「──」
光子「思い切って、店、たたんだほうがいいよ」
宅次「──」
光子「そらね、この商売やめンの、さびしいことは判ってるよ。でも──このまま続けたら、本当に駄目になっちまうよ」
　宅次、皮にしるしをつけるエンピツで、皮の裏に大きく「駄目」と書く。
　へへへと笑って、
宅次「目が駄目になることを『駄目』という……。うまく出来てら」
　光子、笑わない。

光子「白内障は、使わないのが一番だって先生もそういってたじゃないか」
宅次「――」
光子「たばこ屋でもやって」
宅次「たばこ屋じゃ、菊男ちゃんが手伝えないんだよ」
光子「――」
宅次「三十七年もやってきたんだ。目ン玉がちいっといかれたってカンでやれらァな」
店の前で、隣りのキュリオ・ウノの宇野いち子としゃべっている菊男。
宅次「言うなよ、菊男ちゃんに」
小さな声でしゃべっている二人。
菊男「ほんとだ。こりゃ引っかかるなあ。(指でためしている)」
いち子「お隣りだから言いづらいんだけど、あたし、ストッキング二足も駄目にしちゃったのよ」
菊男「申しわけない」
いち子「愛想は悪いけど腕はいいって評判だったのに、どしたの？　この頃」
菊男「おっかしいなあ」
菊男、チラリと店内の宅次を見る。
目をシバつかせて仕事をしている宅次。
世話をやく光子。

菊男、何やらいち子に謝っている感じ。
菊男、店へ入ってくる。
女ものの靴をブラさげて入ってくる菊男。
菊男「どこ見て直してンだよ」
二人「え？」
菊男「釘（くぎ）が横に出ちゃってるよ。オレさ、となりの彼女に怒られちゃっただろ」
光子「（言いかける）」
菊男「おやじさん、ヤキが廻ったんじゃないの」
光子「あのねえ、菊男ちゃん」
宅次「（びっくりするような大声でどなりつける）なんだ、その口の利き方は！　こりゃな、オレが悪いんじゃねえ、靴が悪いんだ」
菊男「（びっくりして）そんなどなることないだろ」
光子「（とりなして）（この人ね）クツの修理よかヘリクツのほうがうまいんだから」
菊男「――シャレ、うまいじゃない」
光子「――もうこないかと思ってた息子がきてくれたもンだから、せいぜい親ぶってたのしんでンのよ、（小さく）気にしないで」
宅次に判らぬように片手拝みの光子。
宅次、そっと立って、おもてへ出ていく。

おもてで、空を見上げて、目をシバシバさせる。
さびしげなその顔。

●北沢家・茶の間

菓子折をあけて、最中を食べているあや子と直子。
直子「どしたの。こんな大きな箱」
あや子「――（パクパク食べる）」
直子「もらったの」
あや子「買ったの」
直子「どして？　食べ切れないじゃない」
あや子「（口の中でブツブツ）大人数だと思って奮発したのに――もったいないことしちゃった――」
直子「なにブツブツいってんのよ」
あや子「碁会所行ってないとすると、どこ行ってたのかしらねえ」
二人、いきなりウワッと声を立ててしまう。いつの間に入ってきたのか二人のうしろにヌーと立っている健吉。
二人「おじいちゃま！」
直子「やだ。びっくりするじゃない！　どこから入ってきたのよ」

健吉、無言で、コートを着たまま。
あや子「ずい分お早いんですね、お加減悪いんじゃあないんですか」
健吉「いや――」
あや子「おじいちゃま。碁会所って、駅前通りの銀行の裏の『高見』じゃなかったんですか」
健吉「――？」
あや子「あたし、今日、通りがかりにごあいさつにいったんですよ、そしたら、北沢さんて方はみえてないって――一体どこの」
健吉、言いかけるあや子を手で制して威厳を見せて言う。
健吉「会社のことで、決済をしなくてはならんことがあるから、ゴタゴタしたことはあとにしてくれ」
あや子「――ハイ」
健吉、大きな吐息をついて出ていく。
直子「おじいちゃんの会社、景気、悪いのかな」
あや子「――」
廊下へ出た健吉、急に背を丸め、肩を落して深い吐息をつく。

●台所（夕方）

水道の蛇口でほうれん草を洗っているあや子。

あや子「(叫ぶ) 直子ちゃん！　直子！　お母さん、洗濯もの取りこむの忘れたから取りこんで——（言いかけて）いないの？」

エプロンで手を拭きながら、茶の間の方へ、

●茶の間（夕方）

入ってくるあや子。

夕暮のうす暗い室内。電気をつけようとして、長椅子に健吉がうたた寝をしているのに気づく。

あや子「あーあ、うたた寝して——風邪ひきますよ」

言いながら、ずり落ちたひざ掛けを掛ける。

その手を握る健吉。

健吉「加代ちゃん、加代ちゃん——」

ポカンとするが、次の瞬間、スッと手を引くあや子。

健吉も、ハッと気づく。

棒立ちのあや子。

健吉もさすがに一瞬の動揺はかくせないが、すぐに、何事もなかった感じで、いつもより更に威厳をもって——

健吉「いま何時だ」

あや子「あ、あの——いま——四時——四時四十五分——」

健吉、立ち上ると、咳払(せきばら)いなどして、

健吉「出かけてくる」

あや子「どちら（といいかけて）はい……」

出てゆきかける健吉に、

あや子「あのォ——」

健吉「（口を封じるように）菊男はどこいったんだ」

あや子「菊男ですか、さあ」

健吉「就職も決まってないっていうのに、どこ、フラフラしてるんだ。行先ぐらい聞いておきなさい」

悠々と取りつくろって、出ていく健吉、とびこんできた直子とぶつかってしまう。

直子「ウア！　おじいちゃん、気をつけてよォ！」

入ってくる直子。

立っている母の姿にけげんな顔。

直子「どうかしたの？　お母さん」

あや子「え？　いえ、どうもしませんよ」
直子、チラリと母を見るが、さして気にもせず台所へ入っていく。
冷蔵庫を開ける気配。
直子(声)「今晩のおかず、なあに」
あや子、聞いていない。
あや子「——菊男のこと、言えないでしょ」

●船久保家（夕方）

だらしなく着ぶくれた初江がペタンと横坐りに坐って、ヤキイモを食べながら、広告の裏に保険加入のメモを書きつけている。
初江「里見さん二千万、もう一押し。大河原さん、五分五分。竹本さん——日新生命と両天秤(てんびん)だなあ——有田さん一千万——」
SE　電話が鳴る
初江「船久保です——あら、北沢さん」
初江の声が別人のように弾む。
素早く坐り直し、ヤキイモを呑み込み、おくれ毛をかき上げて様子をつくる。つやのある声で、
初江「お寒うございます！」

●遼介のオフィス（夕方）

北沢部長のプレートの前で電話している遼介。

遼介「――風邪がはやってるらしいけど、大丈夫ですか」

●船久保家

電話している初江。

初江「おかげさまで――」

受話器がまるで恋人でもあるかのように甘え、のどをのけぞらせ、全身で女らしいしなをつくって、生き生きとしゃべる初江。

初江「風邪でもひけばねえ、少しは色っぽい声になるんでしょうけど」

遼介(声)「いや、いい声ですよ」

初江「あら、声、ほめていただいたのはじめて。亡くなった主人に、いつも言われてましたの。お前の声は小学校のお遊戯の先生の声だって」

●遼介のオフィス（夕方）

遼介もつりこまれて、いつもの固苦しさを取りはらって、ムードのある受け応えをしている。

遼介「船久保は音痴だから判らなかったんでしょう。風邪ひかなくてもいい声ですよ」

●船久保家（夕方）

片手でチャンチャンコを脱ぎながら、話しつづける初江。

初江「――あたしみたいに心をこめて看病してくれる人がいない人間は風邪なんかひけないわ」

遼介(声)「看病してくれる人間はいるじゃないですか」

初江「だれでしょう」

遼介(声)「公一クンがいるじゃないですか」

初江「――あら、息子なんて、大きくなってしまえばアカの他人です」

●遼介のオフィス（夕方）

遼介。

遼介「ほかにも――」

言いかけた時にOLが書類をもってデスクに、

遼介「すぐサインするから」

初江(声)「もしもし」

遼介「あ、失礼、実は、ちょっとお話したいことがあるんで」

初江(声)「公一のことでしょうか」
遼介「いや、奥さんのことです」
初江(声)「何でしょう……」
遼介「今晩、伺ってよろしいですか」
初江(声)「どうぞ……」
遼介「公一クンは」
初江(声)「――合宿にいってますけど、七時には帰るっていってましたから」
遼介「じゃあ、その頃、伺います」
初江(声)「お待ちしてます」

●船久保家 (夕方)

ゆっくりと電話を切る初江。
少し坐っている。
それから、鏡台の前にとんでいく。
カガミに向って、うっとりした顔をしてみせる。

●加代の家・茶の間 (夕方)

こたつでうたた寝をしていた加代。

健吉(大声)「ワン！」
　びっくりしてはね起きる加代。
健吉(声)「ワンワン！」
加代「(釣りこまれて) ニャオ！」
　あわててあける加代。
　勢い込んで入ってくる健吉。
加代「もうくるなっていったろ」
　かまわず上りこむ健吉。
健吉「そこにお坐り！」
加代「お手──」
　健吉、その手を振りはらって、
健吉「ふざけるんじゃない」
　健吉の思いつめた、きびしい顔。

●加代の家・台所（夜）

　食べ散らかしたカツ丼の丼が二つ。

●茶の間（夜）

こたつに膝を入れず、キチンと坐って話す健吉。
こたつに入っている加代。
健吉「年はいくつだ」
加代「あたしよか――ちょっと下」
健吉「人間は『まっとお』か」
加代「うん。まあ――」
健吉「ちゃんとした職はあるんだな」
加代「(うなずく)」
健吉「体も丈夫だな」
加代「(うなずく)」
健吉「キチンと結婚するんだな」
加代「そいってる――」
健吉――目を閉じて――しばらくあって、
健吉「よし。いさぎよく引き下ろう」
加代「――」
健吉「ただし、条件がある」
加代「手切れ金はいらないよ」
健吉「わたしの方の条件だ」

加代「なによ」
健吉「一つ。その男に逢わせてくれ」
加代「――――」
健吉「逢って、先ゆきのことを頼みたい」
加代「(何か言いかける)」
健吉「二つ。わたしの目の前で籍を入れること」
加代「――――」
健吉「一緒に区役所へいこう」
　加代、一呼吸あって、いきなり笑い出す。
健吉「(おい……)」
加代「負けた……」
健吉「――――」
加代「アンタにゃ、とっても神奈川県だ」
健吉「おい――」
加代「ごめんね、ウソ言って、実は――これ(親指)じゃなくて――弟なんだ」
健吉「弟――身寄りはないっていってたじゃないか」
加代「ハラ違いの弟がいたんだよ。アンタの弱味につけ込んで、金せびったりしたら、アンタの立場、ないだろうと思ってさ」

健吉「馬鹿者！」
　健吉の手が、加代の頬を烈（はげ）しく打つ。
健吉「この半日、どんな思いをしたか」
加代「――（こみあげるものを押さえて、わざとおどけて）お迎えぼくろの手でも力は強いんだねえ」
　健吉、黙って加代の手首を渾身（こんしん）の力をこめて握る。
加代「痛いよ、痛いよォ！　痛いよォ」
　健吉の気持がうれしくて、烈しく泣き出してしまう加代。

●船久保家（夜）

　ビールなどのならんだ食卓で、見合い写真を見る初江。
　公一。遼介。
初江「ほうらごらんなさい。お母さんのこと、バカにするけど、こやって、ちゃんと女として見て下さる方もいるんだから」
公一「オレ、ピンとこねえな」
遼介「公ちゃんのためにもいいと思うなあ。血はつながってなくても、両親そろってるほうが、就職のとき有利だよ」
公一「でもさ、急に、おやじさん、なんて、オレ言えねえな」

遼介「オジサンでいいじゃないか」
公一「そんなら、ここにいるじゃないの」
二人「――」
公一「北沢のオジサンがおやじになってくれるってンなら、オレ、いいよ」
初江「バカなこと言うもんじゃありませんよ」
遼介「――」
公一「オレの就職試験のために、再婚するんならさ」
初江「うぬぼれないでよ。お母さん、自分のためよ」
公一「え？」
初江「公ちゃん。おヨメさんもらったら、お母さんなんかポイに決まってるもの。そのときになってあわてないように」
遼介「そうそう」
公一「ちゃんと食わしてやるよ」
初江「犬じゃないんだから、食べさせりゃいいってもんじゃないのよ。お父さんがよく言ったでしょ。『男は松。女は藤』だって」
公一「フジってフ富士山？」
初江「藤の花――男はがっしりと立っている松の木。女はそれにからまって生きるものだってこと」

公一「ガッシリしてンじゃない。（遼介に）お尻なんて、こうだもンね」
初江「（その手をピシリと打つ）」
遼介「ハハハハ」
初江「気持のこと、いってンの。女はね、寄っかかるもンがないと、生きてけないのよ」
遼介「……」
公一「――松の木か（写真を見ている）」
遼介「（のぞきこんで）いい枝ぶりじゃないの、こんどは船久保みたいに途中でポッキリいかないのさがさないと――」
公一「なんかオレ、ピンとこねえなあ、あ、たばこ？　あるある」
といいながら、立って自分の部屋へ。
そのすきに、今まではしゃいでいた初江、急に強い目の色で、じっと遼介を見つめる。
初江「（低い声で）――お断わりしても――よろしいでしょ」
遼介「――（うなずく）」
たばこを持って出てくる公一。
公一「お見合いしてさ、フラれたら、みっともないよ」
初江「今のうちにパックでもしとこうかしら」
遼介「そのほうがいいなあ。あ、ありがと」
たばこをもらい、火をつけあって、楽しげにたばこをすいながら笑っている遼介。

●北沢家・居間（夜）

例によって骨董品（こっとうひん）を食卓にならべて手入れをしているあや子。頬杖（ほおづえ）をついて見ている直子。

直子「お兄ちゃんは――靴屋のアルバイト」
あや子「――」
直子「おじいちゃんは――碁会所？」
あや子の手がすべって、ガラス器を一つ、こわしてしまう。
直子「へえ。お母さんでも、物こわすのね」
あや子「――」
直子「それ、高いの？」
あや子「――三千二百円！」
直子「お父さんは、船久保さんか――」
あや子、またガシャンと音を立てる。
直子「お母さん、カンが立ってる」

●津田靴店（夜）

日出子がタイヤキをひろげている。

古い型のラジオを直している菊男。
日出子「（奥に）タイヤキですよォ。熱いうちにどうぞ！」
菊男「タイヤキだタイヤキ！」
イソイソと出てくる宅次。
宅次「タイヤキいいねえ。ごちそうさん！」
その衿（えり）がみをつかんでぐいと引く光子。
光子「（低く）お風呂」
宅次「え？」
光子、すばやく、風呂道具を抱えてみせる。
宅次「いまから風呂いくこたァないだろ。第一湯ざめしちまうよ」
光子「――いないほうがいいの」
宅次「だってせっかくタイヤキ」
光子「ドンカン」
宅次「え？」
光子「惚（ほ）れ合ってンの。いるとジャマ」
宅次「あ、ああ――」
菊男「なにしてンの、早くさ」
日出子「ここの割とおいしいですよ」

風呂道具を抱えて出てくる二人。

光子「すまないけど、お茶入れて――（のんでて下さいな）」

菊男「あれ――」

宅次「ひとっプロあびてくら」

菊男「フロならさ、あとで一緒に」

光子「たまには夫婦でいきたいの」

宅次「いってまいります。（日出子に）それ、あとで焼いて食べるから――」

光子・宅次「ごゆっくり」

いってしまう二人。

菊男「なんだよ。こんな時間にフロいくことないじゃない。変ってるよ」

日出子、目で笑いながらタイヤキを菊男にすすめる。

菊男、食べながら、ラジオを直す。

日出子「直るの」

菊男「どうかな」

日出子「直ったとしても、十年位昔の音が聞こえてくるんじゃないかな」

菊男、手を動かしながら、

菊男「（ポツンと）十年前は、なにしてた」

日出子「――高校いってた」

菊男「東京」

日出子「十日町。新潟の――」

菊男「雪のつもるとこ」

日出子「（うなずく）冬になると、道の下にポストや屋根があるの」

菊男「――泣いてた？　笑ってた？」

日出子「――泣いてた」

菊男「オレは――その頃は――まだ笑ってたな」

　菊男、なかなか直らないラジオにカンシャクを起してブン殴る。突然、どっと笑い声。

　菊男、もひとつブン殴る。教養講座。

　こんどは日出子がブン殴る。スポーツ中継。

　菊男が殴る。長唄。

　日出子が殴る。

　あたたかくかなしい歌が流れてくる。

　二人、じっと聞く。

　時々、目をみつめあう。木枯しがガラス戸をカタカタ鳴らしている。貧しい靴屋の店いっぱいに、静かな愛のメロディがひろがる。

　聞いている二人。

●加代の家（夜）

出窓をあけて、取りこみ忘れた洗濯ものを取りこんでいる加代。足りないらしいと気づく。

キョロキョロと下をのぞいたりするが、それ以上は探さず、洗濯ものを手に、じっとしている。

木枯し。

●北沢家・居間

夕食後のお茶。

遼介、あや子、直子。菊男だけは、いつも健吉がすわる長椅子にかけて夕刊をひろげている。

あや子、返された見合いの写真をひろげて、まだ未練がある感じ。

あや子「まあ、公一さんが反対なら仕方ないけど——オヨメさんもらう時のため考えたって、お母さん、結婚させといたほうが楽なのにね」

遼介「こっちもそれ言ってすすめたんだけどねえ。母一人子一人ってのは、こっちの思う以上のものがあるんだろ」

あや子「そうでしょうけどねえ」

遼介「よそのうちの心配もいいけど、それどころじゃないだろ」
あや子「（え？）」
遼介「就職、どうするんだ」
あや子「（菊男に）就職、どうするんだって」
菊男「（新聞越しに母にポソッと言う）自分で探すからいいよ」
遼介「（あや子に）一時しのぎにつまンないとこ入ったら、それで一生が決まるんだぞ。男の就職ってのは、女の子とは違うんだ」
あや子「あたしに言ったって――ジカに話して下さいよ。あたしは通訳じゃないんですから」
遼介・菊男「――」
あや子「菊男、こっちへいらっしゃい」
　菊男がバサッと新聞を置く。
　SE　ドア・チャイム
あや子「ハーイ、おじいちゃまだわ、直子」
直子「ハーイ」
　直子、出てゆく。
　菊男、ほっとしてまた新聞をひろげる。
直子（声）「おかえりなさい」

健吉(声)「ハイ、只今」

健吉の元気のいい声が聞こえる。

遼介「(あや子に)具合、よさそうじゃないか」

あや子「――」

入ってくる健吉。

遼介・菊男「(小さく)おかえりなさい」

あや子「(少し、こだわっている)おかえりなさい」

健吉「ハイ、只今」

遼介「なんか、もめたんだって、会社の方」

健吉「いやいや、本気で乗り出せば(刀で斬るまね)」

遼介「片づいたんですか」

健吉「おう」

遼介「七十過ぎても働いてる人間もいるんだぞ」

健吉「四十五十は洟たれ小僧!」

直子「お兄ちゃんなんか、まだハナも出てないわけだ」

健吉「そういうこと、そういうこと!」

あや子「おじいちゃま、ごはん」

健吉「会議で、すしが出たから」

健吉、ハナをクシュンとやる。
あや子「あ、おじいちゃま、マスク——すみません、新しいの出しといたのに——汚れてましたでしょ」
健吉「（鷹揚に）東京の街が汚れてるんだ、仕方がないよ」
ゆったりとポケットからつまみ出して、食卓におく。
一同、アッとなる。
ブラジャーである。
あや子「——アッ！」
直子「いや！」
遼介「———」
健吉、さすがに凍りつく。
あや子「おじいちゃま、これ、どういう」
言いかけるあや子の口をふさぐように、あわてて、
健吉「い、い、いたずらだ……」
一同「いたずら？」
健吉「悪いいたずらがはやってるんだ、会社で」
一同「会社？……」
健吉「この間なんかは、蛇が——おもちゃだけどね、ピョーンと出て来て、肝、つぶした

よ。こういうもんで年寄り、おどかしちゃいかんなあ」

　ゆったりと振舞っているが、ブラジャーをつまみあげた手が震えている。

遼介「それにしても――」

健吉「品がよくない。きつくたしなめなくちゃいかんな」

　虚勢を張って、
健吉「(あや子に)お茶、たのむよ」

あや子「――ハイ」

　健吉、ブラジャーをさげて、ゆったりと出ていくが、家具にぶつかって、大きな音を立てて、よろける。

　とび出して、それを支える菊男。

　びっくりしている直子。苦虫をかみつぶしている遼介。

　あや子――

　菊男、健吉を支えるようにして出ていく。

●廊下(夜)

　健吉を押すようにして出てきた菊男、いきなりその背に顔を押しつけるようにすると笑い出す。そして健吉をブン殴る。

　じいちゃん、やるじゃないか、といった感じの好意的な笑い。

たてつづけに幾つも殴り、笑いつづける。健吉のこわばった顔が、少し笑う。菊男、ブラジャーを取って、健吉のポケットに入れてやる。

菊男(N)「じいちゃんの笑い顔は半分泣いていた。あまりにも恥かしい時や悲しい時、男は泣く代りに笑ってしまう。急にじいちゃんがいとおしくなった。それにしても、じいちゃんのあの不思議なマスクは何を意味しているのだろう」

見ているあや子。

●菊男の部屋（夜）

ベッドにひっくりかえって、まだ思い出し笑いをしている菊男。

菊男(N)「不意に、あの日のことを思い出した。オレが日出子という女と初めて出会ったあの日。そしてあの女の靴を持ち帰って、家中のみんなの目の前にころがりだしてしまったあの時のこと。

もしかしたら、じいちゃんのあのマスクと、オレの日出子の靴は、同じ意味があるかもしれない。そう勝手に考えたら、今夜は安らかに眠れそうな気がしてきた」

●北沢家・居間（夜）

ウイスキーをのんでいる遼介。最中をつまんでいるあや子。
あや子「――いたずらじゃないわね」

遼介「……いい年して、なにやってンだ……」
あや子「――新品じゃなかったわね、木綿の――安物で水くぐってあったわ」
遼介「判るのか、そんなこと」
あや子「一目で判りますよ、まさか、よそ様の洗濯もの、失礼してきたんじゃないでしょうね」
遼介「そこまで『モウロク』はしちゃいないだろう。会社のほうもちゃんとやってるようだし」
あや子「――一日おきに碁会所いってる筈が、いってないってのは、どういうわけなのかしら」
遼介「パチンコにでもいってンだろ」
あや子「パチンコねえ……」
遼介「年、考えろ、年。七十だぞ」
あや子「――でも――今日……手、握ったのよ」
遼介「(驚く)手握ったって、お前の手、握ったのか」
あや子「(うなずく)」
遼介「どして、それ先に言わない」
あや子「――言いつけるみたいで――」
遼介「それで、どしたんだ」

あや子「誰かと間違えたのね」
遼介「間違えた」
あや子「キヨちゃんとかサヨちゃんとか言ってたわ」
遼介「それで」
あや子「すぐ気がついて、それっきりですけどね」
遼介「お前の方にスキがあったんじゃないのか」
あや子「（いやあねえ）」
遼介「何がおかしい。幾ツになったって、男は男だぞ」
あや子「あら、おっしゃることが違うわねえ、年考えろ。七十だぞっていっといて、男はいくつになっても男だ。一体どっちなんですか」
遼介「――」
　遼介、ウイスキーをつぐ。
遼介「倅（せがれ）は女の靴、持ってくる。じいさまは――女の下着か、このうちの男は」
あや子「みんなどうかしてるのかしら」
遼介「いや、そんな（言いかける）」
あや子「あなたは、大丈夫でしょうねえ」
　遼介が何か言いかける――
ＳＥ　消防車のサイレン

あや子「火事だわねえ」
　遼介、グラスを持って立つと、窓ぎわにいき、外を気にしている。
　SE　サイレン、近くなる
あや子「見えます？」
遼介「いや——こっちの方角じゃないらしいな」
　パジャマの菊男が入ってくる。
あや子「夜中に火事や地震があると、もう一軒うちのある人は、とっても気もむらしいわねえ。電話したいけど、電話するわけにいかない。かけつけるわけにもいかない——」
　夫婦のうしろにパジャマの菊男、そのうしろに寝巻姿の健吉——
遼介「そうだろうなあ」
　SE　火事の消えたサイレン
遼介「消えたらしいな」
あや子「半端な時に目、覚すと、眠れないんじゃないかしら。（健吉に）寝つきのオクスリ、いっぱい上りますか」
健吉「う、うむ」
　あや子、グラスを二つ出す。
　遼介、二つにつぐ。
　健吉と菊男、少し具合の悪い感じで、テーブルに。

あや子、もう一度、見合い写真を出す。

あや子「ねえ、船久保さんのオハナシ、あたしから、もういっぺん、すすめたらいけないかしら」

遼介「うむ。いや――（別にかまわないよ）」

あや子「――こんないいご縁もったいないわよ」

それぞれの思いで、ウイスキーをのむ三人の男。

サイレン、だんだん遠くなる。

菊男(N)「おふくろは、オレが入りびたっている靴屋のことを言っている。そして、じいちゃんや、おやじの死んだ親友の船久保の家の未亡人のことにも、釘（くぎ）をさしている。こういう時、おふくろは一番キレイな顔をする――」

4

●北沢家・菊男の部屋（朝）

朝の光が、まだしまっているカーテンを通して、床に縞模様をつくっている。

ベッドでねむっている菊男。

あや子(声)「菊男さん。菊男さん」

階段の下からあや子が上ってくる。毛布ごと寝返りをうって、丸くなる菊男。

あや子(声)「菊男さん。菊男」

ノックして、あや子が入ってくる。きげんがいい。

あや子「いつまで寝てるの。おひるから出かけるんだから、いっぺんで朝ごはん、済ませて頂戴よ。ほら！」

あや子、ゆり起し、絶えずしゃべりながら、カーテンをあける。

あや子「あーあ、籠(こも)っちゃって——まあ」

あや子、窓をあける。

菊男がベッド・カバーをめくったまま、はずさないでもぐり込んでいるのに気づく。

あや子「寝るときはキチンとベッド・カバーはずして寝なさいよ。だらしがないわねえ。寝るときは寝る。起きる時は起きる。けじめつけなくちゃ……」

菊男「（あくびをしている）」

あや子「靴屋でアルバイトしてたって、何の足しにもなンないでしょ。チャンと就職のこと考えなきゃ」

菊男「朝からうるさいなあ」

あや子「みなさいよ。（毛布）カバー、かけないから汚れて……。シーツも枕カバーもチャンと取替えて頂戴っていってるでしょ」

言いながら、毛布やシーツなどを引っぺがそうとする。

菊男「いいよォ。あとで出しとくよ」

あや子「あ、寝ながらたばこ、すったでしょ」

菊男「すわないよ」

ベッド・サイドの灰皿。

あや子「——小火(ぼや)でも出したらどうするの。駄目よ」

飲みかけのコーヒーカップを二つばかりみつけて、

あや子「――足ンないと思ったら、こんなとこへ来てンのね。持ってったら返しといて頂戴よ」

菊男「もってく！」

あや子「早く下、おりて頂戴よ。今日は忙しいんだから」

コーヒーカップを手に鼻唄まじりで出ていく。ドアは開けっぱなし。菊男、のろのろと起きる。

菊男(N)「口では小言を言っているが、おふくろはきげんがいい。朝のうちから、女学生のソプラノのような鼻唄を唄っているのは、富士山がキレイに見える日か、クリーニングに出そうとしたおやじの背広のポケットから、五千円札が出てきたとか、そういうことかもしれない」

登校支度の直子が、ドアからのぞく。

直子「これさあ、直ンないかな」

靴を突き出す。

菊男「買ったほうが早いよ」

直子「(子供の作文調)『オ兄チャンハ、渋谷駅ノ裏ノ靴屋サンデアルバイトヲシテイマス』……」

菊男「――高いぞ、修理代」

直子「なるべく早くよ」
菊男「――」
直子「靴屋のこと、どしてお父さんに言っちゃいけないのかな」
菊男「……お前、ちゃんと手入れしてはけよ」
あや子のハミングが聞こえる。
直子「お母さん、浮かれてたでしょ」
菊男「――」
直子「自分がお見合いするみたい」
直子、出てゆく。
菊男、ゆっくりと服を着ながら、
菊男(N)「そうか。この間うちから騒いでいた船久保さんのお見合いだったのか。船久保さんというのは、五年前に死んだおやじの大学時代の親友の未亡人だ。オレよか三つ四つ下の息子が一人いる。おやじは、父親代りといって、よく面倒をみていた」

●居間

外出着に着がえたあや子が、大きなハンドバッグから、小型のバッグに詰め替えている。これも外出着の遼介が、時計のベルトの具合が悪いらしく、焦々(いらいら)して直している。

椅子でゆっくりと経済雑誌をめくる健吉。少し離れてりんごを丸かじりしている菊男。

あや子「あ、いけない。角がスレて、黒くなってるわ」
遼介「――」
あや子「お懐紙――今日、こういうの、あるんじゃない？　お食事のあと、お薄」
遼介「さあ、どうかねえ」
あや子「買いおきなかったわねえ」
遼介「そんなものどうだっていいじゃないか」
あや子「――お懐紙のことよか、留守番――あたし、おじいちゃま、いらっしゃる日だとばっかり」
健吉「いや、ちょっと――」
あや子「碁会所ですか」
健吉「銀行の連中とメシ、食わなきゃならんから」
遼介「――（チラリとみて）いま、取引、どこ？」
健吉「オリエンタル工業、七百四十一円か……」
あや子「直子も駄目、菊男も駄目。留守番ていうと、みんな逃げるんだから」
遼介「オレ、いるよ」
あや子「え？」
遼介「お前がいきゃいいだろ。相手の男も知らないし」
あや子「ちゃんと、男の目で見て下さいよ、あなたのめがねに叶った人、奥さんにあてがってあげなきゃ、船久保さんに悪いんじゃないんですか。そう思って土曜日にしたんですもの」

遼介「――」

あや子「半日やそこら、うちあけたって、盗（と）られるものがあるわけじゃなし」

　遼介、直らないベルトに焦々している。

健吉「（ジロリと見る）」

あや子「――菊男（手、貸してあげなさい）不器ッチョなんだから」

　菊男、少しためらうがかじりかけのりんごを置いて、父に手を貸そうとする。

遼介「なんだ、その手は」

菊男「――」

遼介「爪のとこ、まっ黒じゃないか」

あや子「（いいかける）」

遼介「そんな汚ない手じゃ、どこ受けたって面接で落とされるぞ」

菊男「幼稚園の面接じゃないんだから、カンケイないよ」

遼介「幼稚園なら親が手貸してやれるけどな、就職は本人なんだから、そういう心掛けじゃあ（言いかける）」

菊男「判ってるよ」

遼介「アテはあるのか」

菊男「アテネ・フランセ」
　遼介がどなるより先に、ピシリと健吉がいう。
健吉「馬鹿者。親が聞いてるんだぞ、ちゃんと答えなさい」
菊男「(じいちゃん)」
遼介「万一のときはおじいちゃんの会社へ入れて貰えると思ったら大間違いだからな」
菊男「入れてくれるったって断わるよ」
遼介「なんだ、その言い草は」
あや子「出先にけんかしないで。就職のはなしは、夜でも落着いてして下さいよ」
　遼介、じれて皮のベルトを引き千切(ちぎ)ってしまう。
健吉「どっこいしょ」

●玄関

　靴をはく菊男。
　あや子がのぞく。
あや子「先に帰ったら、カギはいつものとこだから。あたしたちも五時には帰れると思うけど」
菊男「――」
あや子「(小さな声で)――ちゃんと手、洗っときなさい」

●津田靴店

ならんで働く宅次と菊男。
茶の間の方で、日出子に髪をセットしてもらっている光子。日出子の耳にイヤリングがゆれている。
光子「(店の方へ大きな声を出す) そりゃアンタのお母さんとしちゃ義理もあるけど『やきもち』もあるわねえ」
菊男「でもさ、うちのおやじ、全然、道楽しないし、融通、利かないタチだけどね」
光子「だから、気もむのよ」
光子、少し離れているので、首をねじ曲げてどなる。
そのたびに、日出子がぐいと引きもどす。
宅次「そのさ、船久保さんか、あっちはどうだい。女っぷりは」
菊男「普通だな」
宅次「年は。菊男ちゃんのおっかさんとくらべて、どうだい」
菊男「ちょっと下かな」
光子「そら、アブないわ」
宅次「なんだ?」
光子「アブないの!」

宅次「ハナシが遠いんだよ」
光子「だってさ、モグリでやってもらってンだもの。美容院の人にめっかったら、日出子さん、まずいだろうと思ってさ」
日出子「大丈夫よ。今日は、あたし、お休みだもの」
光子「じゃ、ヨイショ——アイタタ」
　光子たち、仕事場に近いほうへ場所を移す。
光子「男ってのは、年いくと、若いの若いのって目がいくのよ。そりゃね、菊男ちゃんのお母さんはキレイよォ。（日出子に）品がよくて、アイサツなんかそりゃ行き届いてンのよ」
宅次「あんまり行き届くと、男はうっとおしいんだよ」
光子「このくらいが（自分）丁度いいの」
宅次「行き届かなくてもダメだけどさ」
日出子・菊男「（笑っている）」
宅次「後家さんてのが、そそられるんだねえ」
光子「前科一犯」
二人「え？」
光子「（宅次を突つく）」
日出子「ウア！」

菊男「おやじさんでも浮気すンの」
宅次「『でも』たァなんだよ」
日出子「やっぱり未亡人？」
光子「まだ、（毛が）フサフサしてた時分だけどね」
菊男「――おふくろ、泣かしちゃダメだよ」
宅次「伜（せがれ）がヨメ、もらおうって年になってんだ。もう、バカしないよ――てなこと、言ってみたいね」
光子「アッ！　やかん――」
　台所でヤカンがたぎっている気配。
日出子「あたし」
光子「ついでにお茶いれてくれる」
日出子「ハイ」
宅次「馴れ馴れしく使いやがって。おう、トンカチ」
菊男「ヘイ」
光子「自分だってそうじゃないか。あ、日出子さん、アンタ、アタマいじった手、洗わないで――」
日出子「あ、いけない」
宅次「こき使うわ、小言いうわ」

光子「まるで姑だわね、ハハハ」
宅次「そいじゃ、ヨメは居つかねえぞ」
日出子と菊男、ちょっとテレる。
菊男「(咳払い)」
日出子「(テレかくしに) どういうキッカケだったんですか」
宅次「キッカケもヘチマもねえや。見合いだもン。なあ」
日出子「じゃあ、なくて――」
二人「え?」
日出子「菊男さんが、ここへきた」
宅次「なんだ、そっちか」
光子「外人のお客がきたのよ。こんな大きな航空母艦みたいな靴もってさ」
宅次「いや、その前に、菊男ちゃんがきたんだよ」
菊男「歩いてたら、(靴の) 前ンとこが、パカンて口あいちゃってさ。とびこんだら、騒いでンだよ」
光子「(この人) 英語ときたら、サンキューとグッバイしか知らないだろ。モタモタしてたら、菊男ちゃんがペラペラッと通訳してくれたのよ」
菊男「(日出子に) おやじさん、たばこくれンだよ」
日出子「たばこ?」

菊男「通訳料だって——そいで、ケンカになってさ」
光子「いい按配に雨が降ってきたのよ」
宅次「やらずの雨……」
菊男「煮込みうどんご馳走になったよね。うまかったなあ、あれ」
　菊男、立った拍子に何かにぶつかる。
宅次「ほらほら。本宅とちがって、妾宅は手狭なんだから、気イつけてくれよ」
日出子「そんなに広いの」
宅次「知らないけどさ、広いんじゃないの」
菊男「広くないよ」
光子「(日出子に声ひそめて)大きなうちらしいの」
菊男「きったないうちだって」
宅次「(日出子に)親に恥かかすまいとしてさ、気、遣ってンだよ」
菊男「ほんとだって」
　宅次、小さなものを見ようとして、目をショボつかせる。
宅次「菊男ちゃんよォ、うちじゃ、パパ、ママか」
光子「ちょっと——」
宅次「それとも、おもうさま、おたァさま」
光子「ちょっと」

菊男「どしたの」
光子「ちょっと」
　光子、宅次を引っぱる。
菊男「どしたの」
光子「ちょっと」
　光子、宅次を茶の間へ引っぱってゆく。
光子「(押し殺した声で) めぐすり」
宅次「え?」
　光子、そっと、ポケットの目薬を示す。
光子「一日六回『させ』っていわれたろ」
宅次「(ゆこうとする)」
光子「目がつぶれたってしらないから」
宅次「目のことというな」
光子「――打ち明けた方がいいよ。そしたらさ、菊男ちゃんだって」
宅次「――　(低く) 目のこと、言ったら、離縁だ」
日出子「ここから」
菊男「バスで三つ」
日出子「かけ出すと」

菊男「十五分」
宅次「敷地はどのくらいアンの」
菊男「どのくらいかな」
光子「西洋館。日本風」
菊男「和洋折衷」
宅次「あれ、ブラ下ってンだろ。ほら、なんだ、ガラスのブラブラしたのがいっぱい集ってるやつ」
光子「シャンデリヤ」
菊男「普通のデンキだよ」
宅次「控え目にいってンだよ」
日出子「平家？　二階家？」
菊男「二階家」
光子「間取りはさァ。玄関入って――」
菊男「廊下だろ。そいで、ここがメシ食うとこ」
光子・宅次「食堂！」
日出子「部屋は下？　上？」
菊男「オレ？　二階」

宅次
光子　）「何畳？」
日出子　）「ベッド」
菊男「あのねえ。（言いかけて）見せてやろか」
光子　）「ピアノ、ある？」
日出子　）「え？」
宅次　）「だって」
　　「そらいけない」

菊男「誰もいないもン、かまわないよ。パッといこ」
菊男は日出子にいっている。しかし、宅次は自分もいわれたとカン違いする。
宅次「（はにかんで）まずいんじゃないの」
光子「（突つくが聞こえない）」
宅次「親の留守に、空巣みてえでさ」
菊男「いこ！」
宅次「ちょっと待ってくれよ、いま、着がえて。おい、いい方の背広（言いかける）」
光子、ひっぱって目くばせ。
光子「ドンカン」
宅次「え！」
光子「（わざと日出子に）寒いからあったかくしていきなさいよ」

宅次「え？　ああ——気つけて……いってらっしゃい」
泣きそうな顔で笑いかける。
光子、にこにこ送り出す。

●道

歩く菊男。
半歩遅れてついていく日出子。

●津田靴店

目薬をさしている宅次。
夫婦ともションボリしている。
光子「こんどさああ、四人で、遊びにいこうよ」
宅次「——」
光子「動物園かなんか」
宅次「——」
光子「パンダ、見にさ」
宅次「——パンダって年か」
光子「？」

宅次「目のフチ、靴ズミつけて、笹のハッパくわえて寄っかかってりゃ、手前がパンダじゃねえか」
光子「なんだい、ビリケン」
宅次「いま、なんてった」
光子「あ、ビリビリッてくる。このコンセント」
宅次「目は駄目でも耳は、聞こえんだからな」
二人、にらみ合うが、目をそらして——黙りこむ。

●北沢家・表

立っている菊男と日出子。ためらう日出子を押すように入ってゆく菊男。
門のそばに並んでいるゼラニウムの植木鉢をもち上げる。
もう一つ。
日出子も手伝う。
カギがある。
菊男、カギ穴にさしこむ。
カチリと音がする。
日出子、大きな吐息をつく。
ドアをあける。

日出子、またためらう。

　菊男、背中を押して入れる。

●玄関

　入って、あたりを見廻す日出子。先に上って、うながす菊男。

日出子「お邪魔します」

日出子、靴をぬぎ、向きをかえて、隅の方におき、上る。

壁にかかっている絵を見上げる。

　菊男もならんで見る。

菊男(N)「生れた時から住んでいるうちだった。見あきた眺めの筈(はず)なのに、彼女と一緒に見ると、壁の色はこんなだったのか、こんな絵がかかっていたのか——目に入るものすべてが初めてみるように新鮮に見えた。愛というのは、こういうことなのかもしれない」

●居間

　まわりを見まわしながら立っている日出子。

　日出子を坐らせて、正面に菊男も坐る。

日出子「あたしたちも、お見合いみたいね」

　二人、笑う。

日出子「ここでごはん、食べるの」

菊男「うん」

日出子「ここは、誰の席」

菊男「おやじ」

日出子「お父さんて――どういう人」

　菊男、少し考えて、デスクの上から紳士録を取り、日出子の前に置く。

日出子「北沢……」

菊男「遼介――」

日出子「リョースケ」

菊男「大きいの下に日かいて」

日出子「チョンチョン（やってみる）スケは助ける」

菊男「助けないほう、三波伸介の介。吉良上野介（きらこうずけのすけ）のスケ」

日出子「芦田（あしだ）伸介の介」

　二人、やっと頁をさがしあてる。

日出子「北沢遼介。昭和二年三月二日東京生れ。城東大学経済学部卒業。泰明商事総務部長。妻あや子四十七歳。長男菊男二十五歳。長女直子十九歳。趣味、ゴルフ」

菊男「――」

日出子「立派なお父さんじゃないの」
　菊男、紳士録をバタンと閉じる。
日出子「竹森順吉。大正十二年六月十八日新潟県生れ。新潟農林学校中退。製材所事務。ミシンのセールス。保険の外交など転々。収入ゼロ。家族。妻マサ四十九歳。長女日出子二十七歳。次女悦子二十一歳。三女京子十八歳。長男保九歳。趣味、麻雀。競馬。競輪。借金――」
菊男「――」
　SE　おもてでチリ紙交換が叫んでいる
日出子「うちのお父ちゃん、あれ、やったこともあるのよ」
　SE　チリ紙交換の声
日出子「はじめはもうかったけど、競争相手がふえて、ダメになったの」
菊男「――」
日出子「おじいさん、えらい人だったんでしょ」
菊男「大したことないよ」
日出子「元師団長だか連隊長で、今は、会社の会長さんでしょ」
菊男「名前だけのね」
日出子「毎日、なにしてるの」
　菊男、長椅子にすわって、そばの老眼鏡をずらしてかけ、新聞をひろげる。

菊男「(声色で) オリエンタル工業。四百十一円安」
日出子「(笑う) 今頃は会長の椅子で、こうね」
　日出子、フンぞりかえる。

●加代の家

　綿の出たチャンチャンコを着て、毛糸の巻き取りの手伝いをさせられている健吉。
　文句をいっている加代。

加代「ヘッタクソだなあ。『奴だこ』だってもう少し上手に揚がるよ」
健吉「こうかい」
加代「柔道やってンじゃないよ。毛糸の動きに合わせて——一二、一二」
健吉「一二、一、二……」
加代「つぶしがきかないねえ」
健吉「一、二、一、二、(やりながら) 弟は、どした」
加代「——(不安) あんなの、弟じゃないもン」
健吉「一二、一二」
加代「親父違いだもン」
健吉「一、二、一、二」
加代「——なんかいってったら、おもてへおっぽり出していいから」

健吉「一二、一、二」
加代「（キゲン取るように）晩のおかず、何にしようか。タラチリでもおごろうか」
　健吉の手がとまる。
加代「ほら！」
　健吉、毛糸をはずす。
健吉「何か、うまいもの、食べにいこ」
加代「――無理すんじゃないよ」
健吉「何が無理だ」
加代「誰かに見られたら、どうすンだよ。アンタ、うちじゃあ、そっくりかえってンだろ。それが、これ（小指）がいました。それも自分の娘みたく若いのでさ、裏長屋にかこってたってことがバレたら、アンタ、ペチャンコだよ」
健吉「いこ」
加代「ペチャンコになってもいいのか」
　健吉、支度をしながら、
健吉「洋食か――支那料理か」
　加代、うれしくなる。毛糸の玉をぽんと、ほうり出して、いきなり健吉の首っ玉にかじりつく。
加代「（甘えて）お好み焼」

健吉「よしよし」

ほうり出された毛糸の大きな玉、ころがって、乱雑にぬぎ捨てられた突っかけサンダルや、健吉のピカピカの黒靴のある玄関へ。

●北沢家・居間

食卓の上に、あや子の集めているそばちょくや、ガラス器などがならべてある。

そっとさわったりしている日出子。

おぼつかない手つきでコーヒーをいれる菊男。

日出子「お店、出すって、いつ頃」

菊男「さあ。そのうち——じいちゃんが死んで、おやじが停年にでもなったらじゃないかな」

日出子「趣味のお店ね」

菊男「実益が目あてだよ」

日出子「お金のある人に限ってそういうことというのよ」

菊男「ないよ」

日出子「あります」

日出子、カチリと音を立ててしまう。

日出子「あッ！」

菊男「大丈夫。安物だから」
日出子「――」
菊男「なんか記念にこわそうか」
日出子「――何の記念」
菊男「君がはじめてうちへきた記念」
　菊男、グラスをもち上げる。
　日出子、取り上げる。
日出子「妹さん、何て名前」
菊男「直子」
日出子「どんな人」
菊男「プクッとした――普通の女の子」

●津田靴店

　のぞいている直子。
　働いている宅次。手を休めて放心する、目を閉じる。
　そばの仕事用のザブトン（菊男のもの）。
　ガラス戸の向うでのぞいている直子に気づく。
　気にしながら手を動かす。

　のぞきこむ直子。気になるのでどなりつける。
宅次「修理？」
直子「ううん」
宅次「入るか入らないのか、ハッキリしなさいよ、ハッキリ。そこでチョロチョロされたんじゃ、気が散って仕事ンなンないよ」
　直子、離れる。
　口をモグモグさせながら出てくる光子。
光子「おいてけぼり食ったからって八つ当りすンじゃないよ」
宅次「なんだと」
光子「菊男ちゃん菊男ちゃんて思うのはこっちの深情けでさ。若いものは若い者同士」
宅次「——判ってらい」
　宅次、おもてへ出て伸びをする。

●キュリオ・ウノ

　何となく入ってしまった直子。
　宅次の伸びをしているのが見える。
　いち子の手前、お義理で品物にさわってみる。
直子「これ、いくらかしら」

いち子「無理に買わなくてもいいのよ」
直子「すみません」
　ガラス器を手にして、隣りを気にしている。
　ガチャッと物につまずく。
いち子「買わなくてもいいから、こわさないでね」

●津田靴店

　茶を入れている光子。
　目薬をさす宅次。
光子「目のこと、どうして言わないのさ。白内障だって判りゃ、菊男ちゃん、アンタのこと捨てやしないよ」
宅次「捨てるってのは男と女の」
光子「親と子だって使うだろ。本宅、つめたいから、うちへ入りびたって、おやじおふくろっていってんだろ。（うっとりと）日出子さんと一緒に、夫婦養子になってもらって――一階が菊男ちゃんの靴屋、二階が日出子さんの美容院、あたしたちは、縁側で日なたぼっこ」
宅次「よしな。いい夢見ると、さめた時味気ねえぞ……」
光子「――」

トントンやり出す宅次。
だまって茶をのむ光子。

●北沢家・居間

窓ぎわでコーヒーをのむ菊男と日出子。
日出子「羨(うらやま)しい——」
菊男「——」
日出子「こんな立派なうちがあって」
菊男「入れものだけじゃ、(言いかける)」
日出子「立派なご両親があって」
菊男「それがいやなんだよ」
日出子「つむじ曲りね」
菊男「まっすぐだよ、ほら」
日出子「曲ってる。こういうのをまっすぐっていうのよ」
日出子、うつむいて自分の頭を示す。
菊男、のぞきこんで、両手で顔をはさんで、うつむかせる。イヤリングをさわる。
二人の顔が重なるかとみえた瞬間、バカに大きくドア・チャイムが鳴る。
ばね仕掛けのようにはなれる二人。

菊男・日出子「（思わず）ハーイ！」
　叫んでから、しまったという顔になる。
　けつまずきながら、すっとんでゆく菊男。

●玄関

　ドアをあける菊男。
　入ってくる江口修司（加代の弟）。
菊男「あの――」
修司「北沢健吉さん――」
菊男「あ、じいちゃん、いま、出かけてますけど」
修司「ほんとにいないの」
　修司、中をのぞきこむようにする。
菊男「どなたですか」
修司「姉が『いろいろとお世話になってます』そいってよ」
菊男「――」
修司「どうも――」
　修司、ちょっと笑って出ていく。
　見ている日出子。

ドアにナイト・ラッチをおろそうとする菊男。

日出子「帰るわ」

靴をはこうとする日出子。

靴を下駄箱にしまう菊男。抗(あらが)うが、結局、駄目な日出子。

菊男、仕舞いながら、

菊男「姉が『いろいろとお世話になってます』……」

日出子「おじいさん、いくつ?」

菊男「七十三」

日出子「色々あったかた? 女性関係」

菊男「全然ナシ――」

二人、自然に階段の方へ、

菊男「あれカンケイあんのかな」

日出子「?」

菊男「じいちゃんね。この間、マスクのつもりで引っぱり出したら――ブラジャーだったんだよ」

日出子「ブラジャー?」

菊男「じいちゃん、あわててさ、会社でそういうイタズラがはやってるっていってたけど――」

二人、何となく階段の下に腰かける。
日出子「七十三ねえ」
菊男「七十三。この階段いく段あるか」
日出子「十三段」
菊男「一」
日出子「二」
菊男「三」
日出子「四」
二人、一段ずつお尻から上ってゆく。
日出子「八」
菊男「九」
日出子「十」
菊男「十一」
日出子「十二」
当らない。
日出子、手を出す。
菊男、掌を軽く打つ。
菊男、自分の部屋に誘いたい。

だが日出子は、階段の一番上に腰をおろす。

日出子「七十三なら大丈夫じゃないかな」

菊男「え？」

日出子「こういう人、いないわよ」

日出子、片手で片目をおおう。

日出子「オメカケサン。うちの田舎じゃ、こうするの」

菊男「――」

日出子「五十ならアブないけど」

菊男「――五十……」

日出子「あたし、そうだったもン」

菊男「――」

淡々と話す日出子。

日出子「美容師になれば、うちにお金送れると思ったけど一人で食べてくのでいっぱいなの。おととしの暮、うちに帰ったら末の弟がこたつに入って、絵描（か）いてた……」

菊男「――」

日出子「ハンバーグ

エビフライ

トンカツ

すきやき
こんなチビたクレヨンで、食べたいもの、いっぱい描いてるの。
握りずし
いちごのついたショートケーキ」
菊男「――」
日出子「あたし――東京へ帰って、五十の男の人から――月に十万の約束で」
涙の目で言う日出子。
菊男、その口をふさぐように抱きしめる。
日出子「落ちる……」
階段の下に、来客用のスリッパが片方、落ちてくる。
少しあって、もう一方のスリッパも。
玄関の外が急にさわがしくなる。
あや子(声)「とにかく、ひと休みしてらして下さいな」
初江(声)「申しわけございません」
遼介(声)「大丈夫ですか」
あや子(声)「あなた、カギを」
遼介(声)「あいてるぞ」
あや子(声)「え?」

階段の上で、ハッとなる菊男と日出子。
菊男、日出子を引きずるように、自分の部屋に。

●玄関

ぐったりした初江を抱えるように遼介。
入ってくるあや子。
菊男のブーツが一足。
あや子「菊男だわ。菊男さん！　菊男！　さ、奥さま、どうぞ」
遼介「医者、呼んだほうがいいんじゃないかな」
初江「貧血ですからすぐ納まります」
スリッパを揃（そろ）えながら、あや子、階段の下にころがっているのをみつける。
あや子「また、お客様用のスリッパはいて……菊男さん」
遼介「ブランディがいい、さ、どうぞ」

●菊男の部屋

棒立ちの日出子。
あや子が階段を上ってくる気配。
あや子(声)「菊男さん！　菊男！」

菊男、ベッドの中に日出子を押し倒すようにする。

SE　ドア・ノック

●二階・廊下

ドアをあけるあや子。

あや子「ブランディ、もってったでしょ」

菊男、ベッドに半身を起している。

乱雑にめくり上げられたベッドカバー。そして、一人にしては、盛り上った毛布。

（隣りに横になっている日出子）

菊男「そこ――」

あや子「船久保さんの奥さまが、立ちくらみで――持ってったら返しときなさいっていってるでしょ。上にいたら留守番にならないじゃないの」

菊男、悠々とたばこに火をつける。

その手が小さくふるえている。

あや子「寝たばこはいけないっていったでしょ」

菊男「昼間だから大丈夫だよ」

ブランディを持って出てゆくあや子。日出子、ほっとして顔を出しかける。またドアがあく。

一瞬、毛布をかぶせる菊男。
あや子「あとでごあいさつにきなさいよ」
菊男「うん」
出てゆくあや子。
顔を出す日出子。ほっと大きなため息をつく。

●居間

ブランディをついでいる遼介。初江を長椅子にすわらせるあや子。
初江「せっかくのお席でしたのに――奥さまに申しわけなくて」
あや子「――お気持が進まなかったんじゃないんですか」
初江「とんでもない。今日だけは粗相(そそう)をすまいって気をつけてましたのに」
遼介「緊張しすぎたんでしょう」
あや子「帯ゆるめたほうがいいんじゃありませんん」
遼介「それよか、水」
あや子「ハイハイ」
あや子、台所へ。
遼介「(少し違った感じで)大丈夫ですか」
初江「(じっと目を見て低く)気持より体のほうが正直なのかしら」

水をもってくるあや子。食卓の上のそばちょくなど——
あや子「（どなる）まあ、息子が散らかして、菊男さん！　菊男！」

●菊男の部屋

菊男と一緒に出ようとする日出子。
日出子「帰ります」
菊男「（どなる）ハーイ、いまいく！」
菊男出ていく。
日出子、一人残される。

●玄関

うなぎ屋が岡持を下げて帰っていく。

●居間

遼介、菊男、直子、初江、公一の前にうな重をおくあや子。
健吉の席にうな重が。
初江「すみません。公一までごちそうになって」
遼介「いや。（健吉）どしたんだ」

あや子「おじいちゃま？　もう帰ってみえるでしょ」

●お好み焼屋（夜）

入れこみのごく庶民的な店。
健吉と加代が焼いている。

健吉「ショウガ天一丁！　肉天一丁！　追加！」
加代「――食べすぎ」
健吉「まだまだ（焼こうとする）」
加代「油、引いてから」
健吉「ジュウっていったから大丈夫だよ」
加代「なんだ、そのかっこうは」

健吉、丸くやく。

加代「へ丸に十の字は、
　オハラハア
　サツマアゲか」
健吉「ノウ。イット・イズ・ノット」
加代「ジス・イズ・ア・ハートじゃないか」
健吉「（真剣）アイ・ラブ・ユー」

加代「――」
健吉「――」
加代「アーン」
健吉「アーン」
加代、自分の焼いた分を千切って、健吉の口に入れてやる。
とたんにうしろから声あり。
樋口「会長さんじゃないですか」
初老の男、樋口。となりの卓で、家族と一緒に食べ終り、勘定をしていた樋口が、声をかける。
ぐっとつかえてしまう健吉。
樋口「いや、さっきから、似た方だな、とは思っていたんですが、まさか――会長さんがこんなところへ」
健吉「(つかえて声にならない)どちらさんでしたかな」
樋口「車輛部(しゃりょうぶ)の樋口でございます。会長さんの方は、お見覚えがないでしょうが、二、三度、お宅の方へお送りしたことが」
健吉「そりゃ、どうも」
樋口、実直なタチらしく、家族を紹介する。
樋口「家内と子供でございます。会長さん」

健吉「あ、どうも――」
　健吉、まだ、目を白黒させている。
　背中を叩く加代。
　樋口、少し、バツが悪くなって――
樋口「失礼いたしました」
　帰っていく。
加代「びっくりたまげた埼玉県だろ」
健吉「いやいや、歯牙(しが)にもかけないの滋賀県だ」
加代「――」
　強がっている健吉。焦げているハート型。

●北沢家・居間

　うな重を食べている遼介、あや子、菊男、直子、初江。長男の公一が呼ばれてきている。

　遼介、親しげに公一にビールをつぐ。

遼介「公ちゃん、一人前じゃ足ンないんじゃないか」

　遼介、自分のうな重を分けようとする。

菊男「――」

初江「あたし、こんなにいただけませんから」
あや子「公一さんは、おビールの方がいいんじゃないの」
公一「いただいてます」
遼介「なんだよ公ちゃん。よそゆきの声出して。公ちゃん、いつもこんな、大きな――長
　靴のかっこしたジョッキでのんでるじゃないか」
あや子「じゃ、これじゃ、小さいわねえ」
初江「とんでもない、まだスネカジリですから」
遼介「うちにもスネカジリがいますって」
初江「あら、お父様のスネなら大威張りでかじれるわ、ねえ菊男さん。公一のは女親のス
　ネですもの」
公一「すごく太いけどね」
初江「公一！」
遼介「太いのは直子の方が上じゃないか」
直子「やだなあ」
あや子「お嫁入り前なんだから、あら、お嫁入り前が二人いるんだわ」
初江「いやだわ、奥さまったら――」
　笑う一同。
　菊男、そっと、うな重を手にして立っていく。

●菊男の部屋（夜）

ギイと戸があく。
内側で体を固くする日出子。
菊男。
ほっとする日出子。
菊男、うな重を出す。
菊男「ハシ、つけてあるけど――」
割りばしを出して。
菊男「こっちから、ひっくり返して（割りばし）食べれば」
日出子首を振る。
菊男「食べなきゃ毒だよ」
小刻みにふるえている日出子。
菊男「誰もこさせないよ、なんなら、泊って――あしたの朝早く帰れば」
日出子「（強く首を振る）」
菊男「（ドアのところ）ここで見張りするから」
日出子「――いきたいのよ（胴ぶるい）」
菊男「え？」

日出子「二階には、ないの」
菊男「――（判る）――下にしかないんだ」
　日出子のふるえ、一層ひどくなる。
日出子「見つかってもいいから――いく……」
菊男「（体ごととめて）今出たら、まずいよ」
日出子「だって――」
菊男「（キョロキョロしながら小さく）なんか、ないかな」
日出子「（恥と怒りで泣きそうになる）嫌よ、そんな……」
　日出子、出ようとする。菊男、出さない。
菊男「たのむ――」

●台所（夜）

　キョロキョロしている菊男。プラスチックの洗い桶（おけ）。

　ナベ、ヤカン、ジャー、フライパンなど、役に立たないものが次々に目に入る。

　戸棚をあけて、物色している。

　大きなジョッキを発見する。

　ひっぱり出したとたんうしろからあや子。

あや子「何やってンの、ああ、公一さんのジョッキ？　もうビール、お仕舞いよ、だけど

――せっかくだから――」

菊男「あ」

あや子「公一さんのジョッキ、あったわよ」

くさる菊男。

SE　ドア・チャイム

直子「あ、おじいちゃんだ、おかえりなさい」

あや子、出ていく。

菊男、居間に。

●居間（夜）

健吉が入ってくる。

あいさつしている初江。

健吉「あ、いらっしゃい」

初江「おじゃましております、今日はまたいろいろお世話になりまして。公一、ごあいさつはどしたの、もう食べるのに夢中で」

そのすきに、菊男、花びんを花ごと体でかくすようにして、持って出ていく。

●菊男の部屋（夜）

　入った菊男。
　おなかを押さえて、部屋の隅にぐったりとしている日出子の前に、花瓶を置く。
　花を抜いて、床に置く。
　日出子、羞恥心（しゅうちしん）で居たたまれない。
　菊男、その肩を強く抱くようにして——花びんを押しやり、ステレオに針を落す。

●居間（夜）

　一同びっくりする。
　モーツァルトの鎮魂ミサがボリュームいっぱいにひびく。
　健吉、遼介、あや子、直子、初江、公一。
　菊男の席だけがあいている。
遼介「何をしているんだ」
　立ち上る遼介、気をもむあや子。

●階段の下（夜）

　どなる遼介。
　階段の上段にすわり込んでいる菊男。
遼介「うるさいじゃないか、お客様がみえてるのに」

菊男「いま、いくよ」
遼介「そんなとこで何してる、バカ」
　荘厳にひびく、鎮魂ミサ曲。
　うしろからあや子。
遼介「あいつ、どうかしてるんじゃないのか」

●北沢家・表（夜）

　初江と公一が帰ってゆく。
　送り出している遼介、あや子。
初江「先様へは、よろしくお詫（わ）びしておいて下さいまし」
あや子「お気になさることはありませんよ、立ちくらみですもの、オレがついてなきゃ、なんて、かえって、乗り気になられるんじゃないかしらねえ」
遼介「――あと、気をつけて」
初江「ご迷惑かけました」
公一「ごちそうさま」
一同「おやすみなさい」
　帰ってゆく母子。

●菊男の部屋（夜）

二階の窓からのぞいている菊男。
日出子は泣いている。
二人の足許(あしもと)に、花瓶。
泣いている日出子を抱きしめるようにしている菊男。
菊男「みんなが居間に引っこんだスキにパッと出よう」
日出子、花瓶を手に持とうとする。
菊男「？」
日出子「見ないで。さわらないで」

●階段の下（夜）

おりていく日出子。
下で見張っている菊男。

●玄関（夜）

そっと下駄箱をあけ、日出子の靴を出して、揃える菊男。花瓶を手にそろそろとくる日出子。

出逢いがしらに出てくる健吉。

アッと棒立ちの日出子。そして菊男、しかし、健吉は、日出子の姿が目に入ったのか、入らないのか、そ知らぬ顔で、何も見なかった目で通りすぎる。

ほっとする菊男、日出子。

二人、音を忍ばせて出てゆく。

ドアをしめるガタンという音。

●居間（夜）

食後の茶をのんでいる遼介、あや子、みかんをむいている直子。
あや子「あら――」
遼介「うむ」
入ってくる健吉。
あや子「玄関の方で、音がしたみたいだけど――」
健吉「いや、何ともないよ」
知らんプリの健吉。
あや子「おじいちゃま、うなぎ――」
健吉「あとで頂こう」
あや子「ハイ。あら、ここの花瓶どしたの」

●玄関・表（夜）
うしろを向いて立っている菊男。

交番の前の並木の街路樹の根かたへ花瓶の中身をあける日出子。

巡査が通りかかる。思わずおじぎをしてしまう日出子、敬礼する巡査。弾けるように笑っている。

菊男も笑っている。

菊男(N)「こういうことがあると、一年つきあったぐらい親しくなれる。ぼくは、今日の、みっともないアクシデントに感謝したい気持だった」

●津田靴店（夜）
帰っていく日出子。
靴屋の少し前で、帰っていく美容師仲間の徳丸優司と佐久間エミ子とあう。
優司「お、竹森さん」
エミ子「あら、竹森さん、今日はお休みじゃなかった？」
日出子「フフフ」
優司「そうか、竹森さん、ここンとこ靴屋のほうにつとめてるみたいなもんだものねえ」
エミ子「こんど、たのみにいこう」

日出子「おつかれさまァ」
　靴屋の店の方へかけてゆく日出子。
　店をしめかけている宅次の顔がパッと輝く。
宅次「あれ、菊男ちゃん、一緒じゃないの？」

●津田靴店・茶の間（夜）

　日出子に根掘り葉掘り聞く光子。日出子、笑ってばかりいる。
　宅次も聞きたいのだが、我慢している。
光子「じゅうたんなんかフカフカ？」
日出子「じゅうたん、どうだったかな」
光子「ピアノ、あるの？」
日出子「ピアノねえ」
光子「なに見てきたのよ。なに聞いてもヘラヘラヘラヘラヘラ」
日出子「だって……」
宅次「根掘り葉掘り聞くなよ、みっともねえ」
光子「そいでやっぱし、本棚なんかバーとあるの」
宅次「物よかフンイキだよ、やっぱし、ツベたーい感じかい」
光子「自分だって聞いてるくせして。ね、ここンちの方が、あったかい？」

日出子「ウーン。あッ！」
二人「なんだい」
　日出子、イヤリングが片方しかないのに気づく。

●北沢家・廊下（夜）

　湯上りの遼介が出てくる。タオルのガウンで、ハダシ。
　居間からあや子。
あや子「新しいタオル――」
　遼介アッとなる。
　もち上げた足の下にイヤリング。

●居間（夜）

　遼介の足の裏に赤チンをつけているあや子。
　食卓の上にイヤリング。
　直子がふくれている。
直子「本当にあたしのじゃないもン」
遼介「じゃ誰のだ！　うちにこんなものが、おっこってるわけないじゃないか」
直子「だって――」

入ってくる菊男、アッとなる。

直子「本当にちがうもの。お母さん、証明してよ。あたし、そんなイヤリング、もってないわよねえ」

あや子「いちいち、覚えてませんよ、お母さん」

遼介「どして、正直に、ごめんなさいがいえないんだ」

菊男「(なにかいいかける)」

うしろからスーと手がのびる。

健吉である。

あや子「おじいちゃま」

健吉「またかい——さっき、オーバーぬいだとき、ポケットから、おっこったんだろ。会社の奴ら、いたずらも度が過ぎるな。きつくいわにゃいかん」

イヤリングを手に出てゆく。

健吉「(ハナ唄——戦友)

〽軍律きびしい中なれど
これが見捨てておかりょうか」

●階段の下(夜)

へんな顔のあや子と遼介。

　健吉を追いかけていく菊男。
菊男「じいちゃん」
健吉「――」
菊男「今日、人がきた」
健吉「男か」
菊男「――名前、言わないんだけど、姉がいろいろお世話になってますって」
健吉「そうかい」
　健吉、階段のてすりにイヤリングをおくと、スタスタいってしまう。

●道（夜）
　帰っていく日出子。
　片方のイヤリング。

●北沢家・廊下（夜）
　じっと立っている健吉。

●加代の家・表（夜）
　湯気でけむる出窓のガラスに、指でかいたハートのいたずらがき。

そして、こたつで安らかな顔でうたた寝をしている加代。

●北沢家・菊男の部屋（夜）

ベッドの菊男。
片側に日出子のぬけがらの毛布。
そして、掌に片方のイヤリング。

●居間（夜）

遼介とあや子。花瓶がもと通りに置いてある。

●菊男の部屋（夜）

菊男、イヤリングを眺めている。

菊男(N)「やっぱりじいちゃんは気がついていた。廊下で、彼女とぶつかりそうになった時、まるで風が通り過ぎるような、なにも見ない目をしていたが——みんな見えていたのだ。それにしても、どうしてオレのことをかばってくれるのだろう。昼間たずねてきたあの男、ポケットから出てきたブラジャー——オレのうしろに、うちの人間の知らない靴屋のおやじとおふくろ、日出子という女がいるように、じいちゃんの、うしろにも、何かあるのかもしれない。そして、おやじとおふくろの間にも、船久保さんの見合いをめぐって、何やら雲がたなびいている。みんなのうしろにあるものが見えてきて、バラバラであやつられているマリオネットの糸が一本により合わさった時、このうちは、大きくゆさぶられるだろう。その日は意外に近いのではないか……。そんな予感がする」

5

●タイトル・バック　津田靴店・表（夕方）

靴屋の店から、買物かごを持った光子が出てくる。

もみあうようにして、あとを追う日出子。

自分がいくから、という感じでやり合う。

仕事をしている宅次と菊男もそれにからんで、何やらパントマイムで一問着（ひともんちゃく）。

光子は、メモを示して、買物がいろいろ多いから、いいわよ、という感じ。

菊男、自分もついていくとのり出す。

宅次、そんなら俺もいく。

光子、やめなさいよ、アンタは。気を利かせなさいよ、と突つかれたり、結局、テレながら、菊男と日出子がいくことになる。

●タイトル・バック　街（夕方）

大根やネギをブラ下げて歩く二人。

大根の取りあい。

通りすがりの主婦のおんぶしている赤んぼうが、毛糸の帽子を落とす。拾って手渡す菊男。主婦が礼をいう。二人揃って頭を下げる。

りんごをほうり上げながら歩く菊男と日出子。

角を曲ってあらわれるたびに買物の品がふえている。

トイレットペーパーを幾巻も抱えて歩く菊男。笑いながら、ついていく日出子。

●津田靴店・表（夜）

カーテンがしまっている店。破れたすき間から明るい笑い声が洩れてくる。

●津田靴店・茶の間（夜）

寄せ鍋を突ついている宅次、光子、菊男。招ばれている日出子。日出子に酒をすすめる宅次。
宅次「さあさ、日出子さん」

日出子「いただいてます」
宅次「そういう他人行儀なアイサツはナシっていったろ」
日出子「すみません」
光子「ほら、また他人行儀――」
楽しいくせに、わざと不平を言う夫婦。
酌(しゃく)をしてやりながら、弾んでいう菊男。
菊男「他人だからね、しょうがないの」
宅次「どうして他人だよ。菊男ちゃん、うちの長男だろ？」
菊男「そうだよ」
宅次「長男の恋人なら――なあ」
光子「フフン……」
菊男「恋人って――」
日出子「そんな――ねえ」
宅次「長男の恋人なら、ひょっとしてさ、ひょっとすっと、うちの嫁だよ、なあ」
日出子「……（困っている）」
菊男「なにいってンだよ」
光子「気が早いんだから――」
宅次「おう、日出子さんよ。菊男ちゃんと、うまくなにしようと思ったら、こっちにゴマすンなきゃ駄目だよ」
日出子「では、どうぞ（お酌）」
宅次「おッ！　気がきくよ、お前のヨメさん」
菊男「悪いよ、そんな（取ってやる）」
宅次「日取りはいつだ」
二人「え？（キョトンとする）」
宅次「式の日取りだよ」
二人「やだ！」
菊男「おやじさん！」
光子「立派な親がついてんだから、差し出たマネすンじゃないの」
菊男「（何か言いかける）」
宅次「（まじめくさって）披露は帝国ホテルか、それともホテル・オークラにするか」
　何か言いかける三人を制して――
宅次「――いっぺん言ってみたかったねえ」
光子「（これも乗って）新婚旅行は、ハワイにおしよ」
日出子「やだ、もう」
菊男「おふくろも、やめなよ」
宅次「ハワイなんて田舎者のいくとこだい。香港（ホンコン）！」

光子「ハワイ！」
宅次「香港いって中国料理！」
光子「ハワイは毛糸が安いの！」
菊男「やってらンないよ」
日出子「ああ、苦しい」
宅次「これほど馬鹿とは——」
言いかけたとたん、
日出子「あ、地震——」
宅次「線路」
光子「貨車が通ると揺れンのよ」
二人「ああ……」
一同、少し黙って鍋を突つく。
宅次「——（ポツンと）ほんとうの地震がきたら、オレたちなんかおっぽっていいから、うち、帰ンなよ」
菊男「うちはここ！」
光子「たまには、うち中揃ってごはん食べたほうがいいんじゃないの」
菊男「帰ったって——いないもの。（ポツンと）おやじは船久保さんだし——」
光子「お見合い、どうなったの」

菊男「つきあってみるらしいけど——息子のことでもめてるらしいんだ」
光子「そういうこと、お母さんも知ってるわけね」
菊男「うん」
宅次「なにしたの、息子」
菊男「万引でもしたんじゃないかな」
日出子「（こわばる）」
宅次「学生だろ、万引位でさわぐなって」
光子「ヘルメットかぶって、騒ぐほうじゃないの」
宅次「これじゃないの（小指）」
菊男（N）「事情は判らないが、とにかく、今頃うちはおふくろと妹の直子が、二人きりで晩メシを食っている」

●北沢家・居間（夜）

あや子一人だけの食卓。所在なく夕刊を半分ひろげながら、つまみ食いをするあや子。

菊男（N）「そして、おやじは船久保さんのアパートで、あの公ちゃんという息子に、本当の父親以上にいいおやじ振りをみせているに違いないのだ」

●船久保家（夜）

初江と公一。間に入って取りなしている遼介。

公一「見た」
初江「見ませんよ」
遼介「二人ともよしなさい」
公一「見ないのにどうして判るんだ」
初江「人の手紙なんか見なくたって、お母さん、アンタがゆうべどこでなにしてきたか、ちゃんと判ってンだから」
公一「じゃ言ってみろよ」
初江「――言ってもいいの」
遼介「奥さんも。公ちゃんも」
公一「言やあいいじゃないか」
初江「お母さんねえ、あんたが就職してからならなにも言わないわよ。でもねえ、就職前にして、女の人と――ホテル（言いかけて）お母さん、こういうことは発音するだけできまり悪いわね」
公一「北沢のおじさんの前だと思って、かっこつけンじゃないよ」
初江「公一――」

公一「欲求不満じゃないの？」
初江「なんてことというの！」
　初江、公一にむしゃぶりついてゆく。
遼介「よしなさい！」
初江「はなして、公一、親に向ってなんてことを」
遼介「落着きなさい。公ちゃん！　奥さん――」
　遼介、二人を離して、
遼介「公ちゃんもお母さんかまっちゃいけないよ」
初江「北沢さん、あたしねえ」
遼介「まあまあ。我々とは時代が違うんだ。この年で女の子の一人や二人ないほうがおかしいですよ」
初江「北沢さん。菊男さんのときも、そうおっしゃいました？」
遼介「――（口ごもる）」
初江「他人だからそんな物判りのいいことを言ってらっしゃるんじゃないんですか。菊男さんのときは、まさか」
遼介「警察のごやっかいにならなきゃ、いいじゃないですか」
初江「（気がつく）――すみません。つまらないこといってしまって」
遼介「いやあ……（公一に）公ちゃん。お母さんに心配かけんじゃないよ」

公一「――」

　遼介、公一にたばこをすすめ火をつけてやる。明るいサバけた笑顔で、わざと小さく思わせぶりに言う。

遼介「こんどから、うまくやるんだな」

公一「――」

　初江、感情のこもった目で遼介をみる。

初江「困ったお父さん……息子とグルになって、人だまそうとするんだから――」

●北沢家・表（夜）

　帰ってくる直子。

　家の前に若い女がうろうろしているのに気づく。

　柿崎尚子(23)である。

尚子「あの、ちょっと……」

　人なつこく笑いかけて、

尚子「お兄さん、いる?」

直子「(中をちょっとのぞくようにして)さあ、この時間じゃあ、帰ってないと思うけど――見てくる」

尚子「いいの――」

直子「あの、どなた（言いかける）」
尚子「昼間は、大学？――」
直子「じゃなくて、靴屋さん」
尚子「靴屋さん？」

●津田靴店（夜）

銭湯の支度をした宅次と光子が、それぞれ菊男と日出子を連れて、四人で出かけるところ。

光子「お湯銭もったァ」
宅次・菊男「もったもった」
光子「こないだみたいに番台ンとこから手出して、どなったってしらないからね」
宅次「そっちこそ、シャボン、忘れンな」
光子）「シャボンだって。古いねえ」
日出子）「もちました」
宅次「さあ行こ」

四人。「チンチンポンポンの歌」を合唱しながら歩いていく。女達、やあねえ、やだねえ、と言いながら、結構楽しそうにおどけて唱和する。

菊男(N)「靴屋に入りびたるようになってから、銭湯が好きになった。うちの風呂は匂いがないが、銭湯のお湯は生きてる人間の人恋しい匂いがする。
湯気のこもった洗い場で、この血のつながらないおやじの背中を流したり、しわくちゃの、どこかの年寄りにお湯を汲んでやったりしていると、気持の底まであったまってくるのだ」

●北沢家・居間（夜）

あや子、夕食を食べている直子。

あや子「八時過ぎる時は電話しなさいって言ったでしょ」
直子「気がついたら、半になってたんだもの――」
あや子「お母さんてのは、留守番じゃないのよ」
直子「おかず、これだけ？」
あや子「――いくつぐらいの人？」
直子「（食べている）さあ、お兄ちゃんよかちょっと若いかな」
あや子「名前、言わないの！」
直子「うちン中、のぞくみたいにしてた」

●北沢家・表（夜）

帰ってくる遼介。

あや子が、門のところでキョロキョロしている。
遼介「なにやってンだ」
あや子「？　ええ——あの、門灯、大丈夫かなと思って」
遼介「みんな帰ったのか」
あや子「菊男も、おじいちゃんも、まだ……」

●加代の家（夜）

こたつの上に湯どうふと徳利(とっくり)が三本。うつ伏してうたた寝をしている加代。そして、健吉。

加代、手で徳利を倒して、目がさめる。

大あくびで、お尻をボリボリ掻(か)きながら、半分ねぼけて立ち上る。

健吉を踏んでしまう。

健吉「あいたた——」

加代「なんだ、まだいたのか。邪魔なところに寝っころがってるからだよ」

言いかけて、アッとなる。

時計は十時近い。

加代「アッ！　大変だよ健ちゃん」

健吉「うむ？」

健吉もハッとなる。

加代「早く支度！」

健吉「なんのなんの」

健吉、内心はあわてながらもゆとりをみせて――

健吉「せくな急ぐな天下のことは」

急に立ち上りかけて、フラフラとなる。

加代「(支えて) 大丈夫かい」

健吉「立ちくらみだよ。大丈夫大丈夫」

健吉、支度の手を休めて、少し、じっとしている。

加代「血圧、高いんだろ」

頭を押さえて、じっとしている健吉。

健吉「弟はどした、この頃」

加代「このうちで、引っくりかえっちゃいけないよ。もし、引っくりかえったら、タクシーにおっぽり込んで、送り届けてもらうからね」

健吉「――」

加代「――死んでも、お葬式にはいかないからね」

健吉「ああ、いいよ」

加代「このうちで、あんたのチャンチャンコ着て、ひとりでお通夜してやるよ。あ、福は内のまめがまだおっこってら」
　拾って食べる。
健吉「たのむよ」
加代「今のうちに顔見とこ」
健吉「こういう顔だ。覚えといておくれ」
　みつめあう健吉と加代。別れが近いことなど、まだ知るよしもない。

●北沢家・居間（夜）

　夕刊をひろげる遼介。茶を入れるあや子。茶をのむ菊男。遼介はきげんがいい。
あや子「公一さん、どうかなすったの？」
遼介「いやあ。母一人子一人ってのは──全く──（思い出し笑いになって）ありゃ公ちゃんにヨメさんきたらもめるぞ」
あや子「──お見合いの──村瀬さんと、おつきあいするの、ことわるっていうのかと思って、びっくりしちゃった」
　遼介、新聞のかげから、
遼介「どした。ハナシはないのか」
菊男「え？」
遼介「就職のハナシだよ」

菊男「ああ——」
遼介「宝くじだって買わなきゃならないんだ。ぼんやり待ってたんじゃいつまでたっても
　ラチはあかないぞ」
　　ＳＥ　ドア・チャイム
あや子「あ、おじいちゃまだ、ハーイ」
　　あや子、出てゆく。
遼介「なんかこう——やりたいものってのは、ないか」
菊男「うん……」
遼介「出版社やってるのがいるから、逢ってみるか」
　　遼介、自分のたばこを押しやる。菊男、顔も見ず一本ぬく。
あや子(声)「お寒かったでしょ」
健吉(声)「いやいや。満州にくらべりゃ、こんなのは小春日和(こはるびより)だ」
　　入ってくる健吉とあや子。
遼介「おかえンなさい」
菊男「おかえンなさい」
健吉「おう」
遼介「寒いうちは無理しないほうがいいんじゃないの」
健吉「もらうもの、もらってるとね、そうもいかないよ」

遼介「家へ書類もってこさせて、ハンコ押しゃいいじゃないか」
健吉「（あいた）」
菊男「どしたの」
あや子「どうなさったんですか」
　健吉、片足を引きずるようにして長椅子へ。
健吉「ウオの目が出来たかな。当るんだ」
　健吉、靴下をぬぐ。とたんに、ポロンと大豆が一粒。
あや子「あら」
　あや子、拾って、
あや子「ウオの目じゃなくて、大豆だわ」
健吉「え？　あッ！　——」
あや子「（軽いからかいで）おじいちゃま。どっかで、靴下、お脱ぎになった……」
健吉「………」
あや子「はく時、福は内のお豆が一緒に入っちゃったのよ」
健吉「………」
あや子「碁会所ですか」
健吉「——近頃の料理屋は掃除が届いとらんな。今頃豆が出てくるってのは、全く——」
あや子「あら、お料理屋いらしたんですか。さっき会議だって」

健吉「(聞こえないふりで威張る) 門灯の修理はまだこないのか」
あや子「——電話してるんですけどねえ」
健吉「昨今、電話じゃ人は動かない」
あや子「すみません」
　湯上りの直子が入ってくる。
　SE　電話鳴る
あや子「(とる) 北沢でございます。モシモシ」
　一同——
あや子「モシモシ。北沢ですが。モシモシ——」
遼介「どしたんだ」
あや子「——なんにも言わないの」
遼介「切ンなさいよ。間違いだろ」

●公衆電話ボックス

　電話している柿崎尚子。受話器をおく。

●北沢家・茶の間 (夜)

　切るあや子。健吉、遼介、菊男の三人を順々に見て、焦(じ)らす。

遼介「男か――」
あや子「さあ」
遼介「女か」
あや子「さあねえ。言いにくい御用でもあるのかしら」
健吉「――」
直子「あ、さっきの、あの人」
遼介「だれだ」
あや子「――間違い電話でしょ。あ、おじいちゃま、お風呂」
健吉「（威張って）今晩はやめておく」
　健吉、出ていく。
あや子「――男ってうしろめたいと、威張るのね」
遼介「――」
　直子が菊男を引っぱる。

●廊下（夜）
　直子が菊男にヒソヒソバナシ。
菊男「本当にオレっていったのか」
直子「（うなずく）」

菊男「なんかの間違いだろ」
直子「だって――」
菊男「オレも人気あるなあ」

●居間

あと片づけをしながら、さり気なく遼介に聞くあや子。
あや子「――公一さん、どしたの」
遼介「外泊だよ」
あや子「外泊ねえ……」
二人、ちょっと顔を見合わせて黙りこむ。

●船久保家（夜）

だまってたばこをのむ公一。
すわっている初江。

●北沢家・階段（夜）

ゆっくりと階段を上る菊男。

菊男(N)「誰だろう。中学や高校の時のクラスメート。ゼミで一緒だった女の子――幾つかの名前と顔がよぎったが、思い当るのはひとつもなかった。いま、オレを訪ねてくるとすれば、あの日出子一人だが、ついさっきまで一緒だった。何かの間違いだと思いながら——悪い気持はしなかった」

●津田靴店

手を休めて、顔を仰向けている宅次。両方の瞼の上に、りんごのむいたのをのせている。

前の竹垣にタビックスをつるして干してあったのを取りこんでくる光子。

宅次の異様な有様にびっくりする。

光子「アンタ——」

宅次、あわててりんごを落し、テレかくしに口に入れる。

宅次「こやると、ツベたくていい気持なんだよ」

光子「——りんごで冷やしたって、白内障は治ンないの」

宅次「チンチンポンポン」

光子「言ったほうがいいよ、菊男ちゃんに」

宅次「チンチンポンポン」

光子「どして言わないのよォ」

宅次「チンチンポンポン」

光子「男のくせして、見栄(みえ)っぱりなんだから」
宅次「——二号の心得っての、知ってッか」
光子「知るわけないだろ。やったことないもの」
宅次「オレたちなあ、菊男ちゃんのオメカケなんだよ。本宅がツベてえから、菊男ちゃん、ここで息抜きしてンだよ。そうだろ。一生のつきあいじゃなし、なにもいやなハナシ、聞かせるこたァないよ」
光子「目ぐすり！」
宅次「『貧しき時も病める時も』ってのは、本妻の場やい。二号は病気になったら、おしいとねおすべりが道なんだよ」
宅次、目ぐすりをさしながら、
光子「ちゃんと面倒みる旦那だってあると思うけどねえ」
宅次「ないよ、今どき」
光子「？」
のぞいている若い女、柿崎尚子に気づく。
光子、声をかけようとする。尚子、すっと離れる。
光子「(突ついて) 菊男ちゃん、くるようになってから、若い女の子が多いねえ」
少し離れた所で、うしろ向きに立っている尚子。
宅次「遅いなあ、何してンだ」

光子「菊男ちゃん？　やってもらってンのよ（アタマ）、日出子さんに」
宅次「男のくせして、女の美容院に行くこたァねえだろになあ」
光子「自分がないもンだから、ヤキモチやいて」
　宅次、ヘチマの皮をぶつける。

●ハルナ美容室・表

　本日定休日の札。
　中から声がする。

●ハルナ美容室

　首に白布を巻いた優司が、エミ子にカットをしてもらっている。
　隣りでかつらのセットを工夫している日出子。
　半端な感じで見ている菊男。
日出子「（小さく菊男に）ね、（あの人たち）かまわないから、やらない（カット）」
菊男「――　（いいよ）」
エミ子「ねえ、カットにきたんじゃないの」
日出子「ううん、あたしね、こんどの新作発表会に出そうかなって、そう思って、やりにきたの」

エミ子「なんかさ、おじゃまみたい」
日出子「なにいってンのよ。おじゃましてンのはこっちじゃない」
優司「靴屋さんさ、あそこの息子じゃないんだって」
エミ子「やだ、ユウちゃん、気がつかなかったの。あたしなんてはじめから判ってたな」
菊男「ううん、息子だよ」
エミ子「でも、夜はいないじゃない」
日出子「通いの息子ね（菊男に小さく）あとで、今晩、夜でもや——やったげる、ずうっと、これ（かつら）やってるから」
菊男「——うちへさ、お八つ食べに帰ンないか」
日出子「（うなずいて）おじゃまするとと悪いものね」

●津田靴店

お茶をのんでいる宅次と光子。
またさっきの尚子がのぞいているのに気づく。

光子「ちょっとォ」
宅次「うん？」
光子「さっきの子、しつこいねえ」
宅次「（ハッと気づく）妹じゃねえのか——菊男ちゃんの」

光子「年くってるよ、ありゃ、はたち出てるわよ」
宅次「この頃の子は、エサが違うから、発育がいいんだよ」
光子「ちがうよォ」
　尚子、のぞく。
　はにかんだような、人なつっこい顔。
　宅次、釣られて会釈を返してしまう。
尚子「あのォ、こちらに北沢菊男（言いかける）」
光子「どちらさん」
尚子「ナオコって言えば判るんだけど」
光子「直子さん──」
宅次「ほれみろ！　妹は直子だって言ってたじゃねえか。（パッと笑顔になって）どうぞどうぞ。亭主の言うこと、いちいちタテつきやがるから、みろ！」
　怪訝な顔でいるのを、引っぱりこんで、
宅次「菊男ちゃん、あんたのこと、気にしてたよ」
尚子「ウソ……」
宅次「ウソって──なあ。しょっちゅう言ってたよなあ。そのうち、きっとここへくるって。そしたら、オレたちにも紹介してやるって──なあ」
光子「うん──（突ついて小さく）似てないねえ」

宅次「そらお前、おとっつぁん似とおっかさん似――あの学校はどこだっけ」
尚子「え?」
宅次「菊男ちゃん、こっちへ引っぱり込んでっから、おとっつぁん、おっかさん、こうだろ(角)」
尚子「え?」
光子、ちょっとお待ちよ、とヘンな顔をするが、仕事をしながらの宅次は気がつかない。
そこへ帰ってくる菊男と日出子。
菊男「おふくろさん、お茶! お八つ!」
光子「ちょっとォ」
宅次「あ、一緒かい。こりゃ、なんて紹介したらいいのかねえ。え?」
菊男「え?」
宅次「(小さく)彼女って言っちゃマズイか」
菊男「――」
宅次「妹、きてンのに、何キョトンとしてンだよ。菊男ちゃん、どうかしてるよ」
菊男「妹?」
尚子「やだ。あたし、妹じゃないわ。なんだかヘンだと思ったら。(じっと目を見て)ご無沙汰……」

菊男、かすかに思い出す。
尚子「忘れた？——六年前の——五月二十一日の夜……」
日出子「——」
菊男、思い出してはいるが、突然で言葉にならない。
尚子「駅の裏の『ブーメラン』ってスナックの」
菊男「（うなずく）——どしたの、急に……」
尚子「ううん……どしたかなと思って」
（間）
こわばった間。
宅次「妹じゃなかったのかい」
光子「ほらみな。ペラペラ一人で——」
宅次「だって、ナオ子って言ったから」
菊男「同じ名前なんだよ」
尚子「ああ……（それで……）」
宅次「そうすっと、あの——あんた、菊男ちゃんの——古い……」
光子、余計なことを言うなと目くばせ。
菊男、体を固くして立っている日出子を意識する。
菊男「出よう」

出てゆく二人。

菊男(N)「いきなり石が飛んできて、首筋に当ったような気がした。こわれた映写機からフィルムがどんどんあふれてくるように、六年前のあの晩のことが、ハッキリと目の前にセリ上ってきた」

●津田靴店

歩いていく菊男と尚子を目で追いながら、日出子、ふと気づく。

日出子「『五月二十一日の夜』って言ってたわね……」

光子「五月二十一日がどうかしたの」

日出子「五月二十一日——」

日出子、思い出す。

●回想・津田靴店(夕方)

菊男、日出子の目をみつめて憑かれたようにしゃべる。

菊男「高校ン時にね、万引したことがあるんだ」

日出子「——」

菊男「調書っての、おっかしいな。ヘンな文章でさ。私、北沢菊男は、昭和四十四年五月二十一日午後四時頃、渋谷駅前の山本書店二階売場におきまして『原色世界の美術全集』金笠（かねがさ）書院発行、金九千八百円相当を万引したことについて申し上げます」

日出子「――」

菊男「大変なことをして誠に申しわけないと思っています。

右相違ありません。

昭和四十四年五月二十一日
北沢菊男」

青山警察署長　殿
聞いている日出子の目から涙がこぼれ落ちる。

●津田靴店

放心している日出子。
日出子「あの晩だったんだわ」
宅次「あの晩て――」
聞きかける宅次を光子、ぐいと引っぱって表へ。

●キュリオ・ウノ

宅次を引っぱりこむ光子。
光子「ありゃ、普通の間柄じゃないわねえ」

宅次「うむ……」

　ひっそりと本を読みながら店番をしている宇野いち子。

光子「あ、すみません。まあ、お宅は静かでいいわねえ」

いち子「滅多にお客がこないから」

光子「お隣りにいて、のぞいたこともないんじゃあ、あんまり、義理が悪いから――」

宅次「いいもン、置いてるねえ……」

　といいながら、夫婦ヒソヒソ声で話のつづき。

光子「――日出子さん、おだやかじゃないわねえ」

宅次「日出子さんもなんだけど、菊男ちゃんだよなあ」

光子「より、もどそうって言うんじゃないかねえ」

宅次「――あんまりいいうちの娘じゃねえなあ。ありゃ」

光子「よく聞いてから、引っぱりこみゃいいのよ。（にらんで）なんかあったらあんたのせいだからね」

　いち子の手前、宅次、古い懐中時計を取り上げて、

宅次「あれ、もうこんな時間？」

いち子「それ、とまってるの」

●夜の道

歩きながらの日出子。

日出子「駅の裏の『ブーメラン』っていうスナック――」

またたくネオンが夜霧ににじんでみえる。

●スナック「ブーメラン」（夜）

明るい感じのインテリア。

カウンターにならんですわる菊男と尚子。

尚子「変ったわね」

菊男「――」

尚子「前はもっと、暗かった――」

菊男「――」

尚子「あの晩のこと、覚えてる？」

菊男「――（かすかにうなずく）」

尚子「あんた、あそこで酔いつぶれてた……」

カウンターで酔いつぶれている一人の若い男。

若い女の子が入ってくる。

尚子「あたし、どして隣りに坐ったのか、自分でも判らないの。スウッと糸に引っぱられるみたいに――自然に坐ったのよ」

　となりに坐る女の子。
尚子「あんた、すごく酔って、同じこと何度も何度も言ってたわ」
●回想・スナック「ブーメラン」（夜）
　インテリア変って六年前の暗い感じ。照明も暗くなる。

　若いカップルのうしろ姿。男はひどく酔ってカウンターにうつ伏してブツブツ言っている。

菊男（声）「……『当日、昭和四十四年五月二十一日午後、学校からの帰り道、山本書店に立ち寄り、色々な本を立ち読みしていました。ちょうど目の前に『原色世界の美術全集』があり、見ていたところ、どうしてもこの本が欲しくなりました。まわりを注意してみたところ、店内は大変混雑しており、ふと『一冊ぐらい盗(と)っても判りゃしないよ』と言った友達の言葉を思い出し……」
●回想・取調室
　調書に拇印(ぼいん)を押している菊男。刑事、もらい下げにきた遼介がじろりと菊男を見る。

菊男（声）「それで『原色世界の美術全集』一冊を人に気づかれないように紙袋の中にそっと入れました。それから外に出ようとした所、係員に呼びとめられた次第です」

●回想・北沢家・玄関（夜）

遼介のあとから学生服の菊男が入っていく。

出迎えるあや子。

あや子「――（おかえりなさい……）」

遼介「塩、もってこい」

あや子「塩――塩は不祝儀の時のお浄（きよ）めに使うもンですよ」

遼介「もってきなさい」

あや子「（聞こえないフリで）早くお上り」

遼介「おい、塩！」

靴をぬぎかけた菊男、不意にはいて出ていく。

ドア、バターンとしまる。

遼介・あや子「菊男！」

●回想・スナック「ブーメラン」（夜）

六年前の暗いインテリアと照明。

酔いつぶれた若い男、泣くようにつぶやいている。

菊男（声）「大変なことをして誠に申しわけないと思っています。

右相違ありません。
　昭和四十四年五月二十一日
青山警察署長　殿
　　北沢菊男」
若い女が男の肩を抱きしめ、顔を寄せていく。
若い女、男を支えて、さそうように立ち上る。
尚子(声)「ほっとけなかった。あれからあたしのアパートへきたの、覚えてる？」
菊男(声)「――すまないことしたと思ってるよ」

●スナック「ブーメラン」

明るいインテリアと照明。菊男と尚子。
尚子(声)「謝ってもらおうと思ってきたんじゃないの。どしてるかな、元気かな、と思って――」
菊男「あれから」
尚子「ずっと名古屋にいたわ」
帰りかけている若い男女。男が金を払う。
菊男「――そうだ。ずっと――頭の隅で、気になってたんだ。あの晩の、ここの勘定――君、払ったんだろ？」

尚子「いいわよ」
菊男「よくないよ」
尚子「じゃあ――三千円」
　菊男、三千円をカウンターに、
尚子「――結婚しようかと思ってンの」
菊男「――？」
尚子「結婚する前に、逢いたい人、いるかな、と思ったら、一人いた……」
菊男「――――」
尚子「これでサッパリした」
　しかし、言葉とは裏腹に尚子、カウンターの上の菊男の手の上に、そっと自分の手を置く。
　スッと手を引く菊男。
菊男「手が汚れるよ」
　尚子、フフと笑って、三千円の札を押しやる。
尚子「返すわ。二重取りはやだから」
菊男「二重取り？」
尚子「もらってあるの」
菊男「誰から」

尚子「アンタのお父さん——」

●回想・北沢家・玄関外

六年前の初夏の夜。

尚子がのぞきこんでいる。

尚子(声)「あれから、あたし、この店であンたがくるのを待ってたわ。いくら待ってもこないから、五日目だったな、あなたのうちの前へ行ったの」

ドアがあく。浴衣姿の遼介が見とがめる。

中へ入ってゆく尚子。

尚子(声)「みんなお芝居行ったとかで、あなたのお父さんが一人で留守番してたわ。あンた、外泊したでしょ、だからお父さん、一目であたしのこと、判ったみたい——」

●回想・居間(夜)

広いテーブルの両端に遼介と尚子。

五枚の札を押しやる遼介。

尚子(声)「以後絶対に逢わないこと。これで一切文句を言わないこと。そういわれたわ」

菊男(声)「金はいくら——」

尚子(声)「五万円」

押し返す尚子。押しやる遼介。
じっとみつめる尚子の屈辱の目。

●スナック「ブーメラン」（夜）

菊男「――知らなかった。オレ、なんていうか、君に済まなくて顔を合わせられなかったんだ。でも、ここへきたけど君はいなかった」
ショックの菊男。
尚子「――いたわ」
菊男「――」
尚子「あたし、あそこのうしろで見てたわ」
菊男「どして、出てこなかったの」
尚子「だって――お金、受取ったもの」
二人、黙って坐っている。
（間）
尚子「あたしたち、ヘンな時に逢っちゃったのね」
菊男「――」
尚子「さよなら」
尚子、手を出す。菊男、握手。尚子、離さない。

静かに言う。
尚子「もう少し、こうしててもいい？」
菊男「手が汚れてるよ」
尚子「（いいの）青春の思い出って、これひとつなんだもの」
スナックの照明暗くなり、また明るくなる。
尚子「青春て、どして青い春って書くのかな」
菊男「――」

●津田靴店（夜）

茶の間の宅次と光子、飛び上ってしまう。
物凄（ものすご）い勢いでガラス戸を叩（たた）く菊男。
光子「菊男ちゃん」
宅次「おいおい、うちこわさねえでくれよ」
光子「どしたの」
とびこむ菊男。
菊男「おやじさん、たのむ。五万円貸してくれよ」
二人「五万円――」
宅次「手切金か！」

菊男「そうじゃないよ」
宅次「そいじゃあ、どして金がいるんだよ」
菊男「叩きつけてやるんだよ。たのむ」
光子「誰に叩きつけるの」
宅次「よォ、菊男ちゃん、オレで出来ることあったら、言っとくれよ。なんでもすっから」
菊男「五万円！　たのむ」
宅次「五万円か……」
菊男「必ず返す。たのむ！」
光子「そんなこと言ったって、五万円なんて大金――あしたじゃだめなの」
菊男「たのむよ、おふくろさん」

●キュリオ・ウノ（夜）

店じまいしかけていたいち子を拝み倒している光子。

●津田靴店（夜）

光子の持ってきた三枚の札と合せて五枚をひったくるように受取る菊男。
二人にガクンと頭を下げて、飛び出そうとする。

体ごととめる宅次。

宅次「待ちな」

菊男「――」

宅次「オレがいこ」

菊男「え？」

宅次「菊男ちゃん、行っちゃマズい。こういうハナシは第三者が」

菊男「そうじゃないんだよ、あのね」

宅次「(哀願する) おやじがハナシつけてきてやるよ。こうみえたって食べたお雑煮の数が違わァ。場数踏ンでンだよ」

光子「――行かしてやって……」

菊男「ワルいけど」

片手拝みで、とび出していく。

宅次「菊男ちゃん……」

●北沢家・居間（夜）

遼介の前に、五枚の札を叩きつける菊男。
台所から入りかけたあや子、びっくりする。

遼介「なんだ、これは」

菊男「借金、返すよ」
遼介「借金？」
菊男「六年前の借金、そういえば判るだろ」
あや子「――菊男さん――」
　菊男、酔いの力も手伝って、激しく父につめよる。
菊男「差し出たまねしないでくれよ」
遼介「女に逢ったのか」
菊男「女とは何だよ、女とは。ちゃんと尚子って名前が（あるんだよ）」
遼介「苗字は何ていうんだ」
菊男「（絶句する）」
遼介「苗字も判らないような女と――第一、警察にあげられた晩に知り合った女なぞ、ロクなことはない」
菊男「どして判るんだよ！」
遼介「――」
菊男「成人式や文化の日に知り合った女は上等だっていうのかよ。万引した日に知り合った女はクズだっていうのかよ！」
遼介「酔っぱらってるな」
菊男「――誰が金を払ってくれって頼んだよ！」

遼介「一生つきまとわれてもいいのか」
あや子「相談しないでやったお父さんもいけないかもしれないけど、親として心配するのは当り前でしょ」
間に入ろうとするあや子を押しのけて、遼介に向っていく。
菊男「どして本人に言わないで、カゲで取引するんだよ。この間の就職だって」
遼介「就職がどうした」
菊男「――」
遼介「文句いうんなら人の世話になるな」
あや子「二人ともやめて頂戴」
遼介「――うす汚ない真似(まね)しといて、なに言ってンだ」
菊男、爆発する。
菊男「汚なくしたのはそっちじゃないか」
遼介「こいつ！」
菊男「偉そうな顔してるけど、オレのすることがシャクにさわるんじゃないか」
遼介「なんだと」
菊男「じいちゃんに頭押さえられて、やりたいこと何にも出来なかったから、オレのすることが羨(うらやま)しいんじゃないか」
遼介「(この野郎)」

あや子「菊男、よしなさい！」

　もみあいながら叫ぶ菊男。

菊男「口惜(くや)しかったら、へベレケになるまで酒飲んだらいいんだよ。スナックで女の子引っかけたらいいんだよ。体裁ぶってやらないくせにオレのこと」

遼介「おい、水、ぶっかけろ」

　もみあうところへ電話のベル。

　ＳＥ　電話のベル

あや子「(取って) 北沢でございます」

初江(声)「船久保でございます」

あや子「船久保さん……」

遼介「――――」

●船久保家

　争ったらしい母と息子。

　髪の乱れた初江が、公一のセーターの端をしっかりと握って、息を切らせてたたみの上にねそべるようにして電話をかけている。

初江「夜分、お騒がせして申しわけございません、公一が――うち、出るっていうもんで」

公一「はなせよォ！」
初江「待ちなさい。お母さんが悪いかアンタが間違ってるか北沢さんに聞いて戴きましょうよ、モシモシ！」

●北沢家・居間（夜）

電話に出ている遼介、あや子、菊男、入口に直子。
遼介「どっちがいい、どっちが悪いってことないでしょう。外泊がいいとはいってませんよ。でもねえ、男の子持てば、一度はそういう日があるんじゃないんですか」
言ってしまって具合の悪い遼介。
菊男・あや子「――――」
遼介「どこのうちでも、表沙汰になるかならないかの違いで、そうですよ。おやこじゃないですか。出るの引っこむのっていわないで、よく話し合って」
いきなり笑い出す菊男。
遼介「菊男！」
あや子「――――」
遼介「――その、相手の女の子にしたって――親もきょうだいもある娘さんでしょう。頭から悪い女だってきめつけてしまわないで――」
菊男「ウハハハハハ」

遼介の電話口に顔を突き出すようにして笑う菊男を、払いのけながら、何とも当惑した顔でつづける遼介。

遼介「いやあ、いま、親がのり出すこたァないでしょう。――なにも公ちゃん、悪いことしたわけじゃないんだから、こういうことは本人にまかせて」

あや子「――他人(ひと)さまの息子さんだと物判りがいいこと――」

大笑いしながら出てゆく菊男。

直子「お兄ちゃん」

●ハルナ美容室（夜）

かつらの髪をといたり結(ゆ)い上げたりしている日出子。

入口に菊男が立っているのに気づく。

二人、離れて立つ。

日出子「――あの晩、知り合った人なのね」

菊男「結婚するんだって」

日出子「あなたが、よせっていえば、きっと、よしたわ。そういう目してた」

菊男「――朝、目が覚めてから、名前、聞いたんだ。尚子。字はちがってたけど、妹と同じ名前なんだ。なんか――ひどく、自分が嫌で……」

日出子「――運がなかったのね、あの人」

　二人、黙っている。
　菊男、近寄ろうとする。
日出子「（やわらかく）そばへこないで」
菊男「？」
日出子「あの人、帰っていったんでしょ。今夜ぐらい、離れていないと、あの人に、すまないから」
菊男「──」

●夜の道

　歩く尚子。

●ハルナ美容室（夜）

　離れて立っている菊男と日出子。
　時計が十時を打つ。

●北沢家・居間（夜）

　坐っている遼介、あや子。食卓の上に散乱した札。
　下に落ちた札を直子が拾う。

あや子「高校に入るまでは、一緒に釣にいったりしてたのに、いつ頃からこうなったのかしらねえ」
遼介「奴のハナシはするな」
あや子「――（もう）おやすみ」
直子「（小さく）おじいちゃん、まだじゃない」
遼介「――」

●加代の家（夜）

こっちの時計も十時を打つ。
こたつでうたた寝をしている健吉と加代。
こたつの上には鍋ものと、徳利が三本。
加代、目をさます。

加代「あッ」
加代、起床ラッパのまね。
加代「タカタカタカタカタカタカタ、起きないと大将サンに叱られるゥ」
健吉「え？　アッ！」
加代「三本飲むと、どうも寝すごすな。健ちゃん、うちへ帰って、マズいんじゃないの」
健吉「なあに。何時に帰ろうと大威張り」

加代「早く支度！」
健吉「せくな急ぐな天下のことは」
　わざと悠々と身支度をはじめる健吉。
健吉「すまんが水をいっぱい」
加代「立っているものは、じじいでも使え」
健吉「年寄り、ジャケンにすると後生が悪いぞ」
加代「よし、汲んでやるから、この次くるとき、マニキュア、買ってきとくれよ」
健吉「赤いのだろ、よしよし」
　加代、立って台所へ。水道をひねる音。
加代「赤ったっていろいろあンだから。西瓜みたいな」
　ＳＥ　バタンという音
健吉「西瓜がどうした——」
　返事がない。
健吉「西瓜が——」
　顔を向けてアッとなる。
　流しの下にズリ落ちている加代。
　後頭部を押さえてうめいている。
健吉「どうした！　おい、どうした！」

加代「(うめく) 痛アイ、痛アイ……」
　出しっぱなしの水道。
　うめく加代、抱きかかえたままオロオロする健吉。

●夜の道

　帰っていく菊男。

菊男(N)「気持を爆発させたあとは、妙に気恥かしいものが残る。だが、それも今夜一晩のことだ。あしたになれば、何事もなかったようにおやじはオレの顔を見ないでたばこをすい、じいちゃんは威張っておふくろに用を言いつける。家庭というヤツは、そういうものなのだ」

●加代の家・表（夜）

　路地のおもてに、健吉の声が洩(も)れる。
加代「痛いよォ、痛いよォ」
健吉「加代ちゃん、加代ちゃん……」

6

●加代の家（夜）

帰り仕度をしながら楽しそうな表情で何か言っている健吉。

台所で、ガラスのコップを片手に、これも、ふざけながら、水道の栓（せん）をひねる加代。

急に加代の首がグーンとうしろにのけぞる。

顔をゆがめ、手で後頭部を押さえながら、ゆっくりりと崩れ落ちる加代のスローモーション。

微塵（みじん）に砕け散るコップ。勢いよくほとばしる水道の水。

何か言っている健吉。けげんそうにうしろを向く。

アッとなってかけ寄る。

後頭部を押さえて、うめく加代。
抱き起す健吉。
砕けて床の間に飛び散ったコップのかけらが、キラキラと光っている。
助け起こす時にその破片で傷つけたらしく、健吉の指先から血が滴っている。
後頭部を押さえ弓なりに体を反らせて呻く加代。（蜘蛛膜下出血の第一回の発作）
勢いよくほとばしる水道の水。

●北沢家・居間（夜）

健吉、遼介、あや子、直子が食後の番茶を飲んでいる。和服の健吉は、湯のみを両手で抱えるようにして、コックリコックリと舟を漕いでいる。指先に繃帯。湯上りの菊男が頭をタオルでゴシゴシやりながら出てくる。

菊男は、父の遼介と目を合わせたり口を利くことをしない。少し離れている。

夕刊をおろして、健吉をじろりと見る遼介。

クスンと笑う直子。あや子、目でおよしなさい、とたしなめながら、遼介の胃の薬を揃え、グラスにつごうとする。

健吉の舟漕ぎ運動、いよいよ大きくなり、自分の湯呑みの上に、つんのめりそうになる。

あや子「あぶない――」

　小さく言って立った拍子に、グラスを床に落してしまう。
　ガシャンとこわれるグラス。
　健吉、ビクッとして、反射的にあや子を抱きしめるようにして、
健吉「（半分ねぼけて）しっかりしなさい、しっかり――」
　言いながら、目を開き、ハッとなる。
菊男「じいちゃん」
あや子「おじいちゃま……」
遼介「どしたんだ……」
直子「やだ、どしたの、おじいちゃん」
健吉「うん？」
　キョロキョロする健吉。
　あや子、当惑しながら、わざと明るく、
あや子「夢、見てらしたんだ」
健吉「え？」
菊男「寝言いってたよ」
健吉「え？」
直子「しっかりしなさいとか何とか――ね……」
あや子・遼介「――」

健吉「そりゃ、その——（『戦友』のフシで）
〽しっかりせよと抱き起しィ」
一同「——」
健吉「いやあ、何年たっても、戦争の記憶ってやつは消えんもんだねえ。何かこう、音がすると思い出すンだねえ」
一同「——」
健吉「〽仮繃帯も弾丸の中ァ　あ、繃帯がほどけてら」
あや子「——『ここはお国を何百里』でしょ」
直子「なんだっけ、そのうた」
菊男「『戦友』」
直子「ああ、あの長いの——」
あや子「あと、何ていうんでしたっけ」
健吉「うん、ええと——」
遼介「〽折から起る突貫に　だろ」
あや子、ガラスの破片を片づけなから、何となくバツの悪い雰囲気をほごそうと——
あや子「あ、そうか。
〽友はようよう顔上げて
お国のためだ　かまわずに

　　遅れてくれなと目に涙」

健吉「（しゃべるようにうたう）

〽あとに心は残れども
　残しちゃならぬこの体
　それじゃ行くよと別れたが……」

　健吉の妙に実感のこもった口調に、一同シーンとしてしまう。

健吉「――（呟く）永の別れとなったのか……」

　ガタンと立ち上る。あや子と菊男が声をかけようとするが、スーと出ていく健吉。

直子「寝ぼけてる……」

あや子「居ねむりなんかする人じゃないのに――」

遼介「モウロクじゃないのか」

あや子「お父さん……（目でとめて）直子。早くお風呂、入って頂戴。あとがつかえてン
　だから」

直子「ハイ……」

　直子、立って出ていく。

　待っていたように、
あや子「この四、五日、おかしいわねえ」

遼介「おかしいって」

あや子「ごはんもすすまないし、考えごとしてるのかしら、ハナシがチグハグなんですよ」
遼介「……会社が思わしくないのかねえ」
あや子「……朝は早く出ていくし、夜も遅いし」
ドアの外で何やら健吉と直子がしゃべっている感じ。
ドアが開いて、直子が首を出す。
直子「……おじいちゃん、たばこ買いにいったわよ」

●北沢家・玄関外（夜）

表札をたしかめ、中をのぞきこんでいた光子。（風呂道具を抱えている）

いきなり出てきた健吉の姿に泡を食って、とび退(の)く。

和服に衿巻(えりまき)を巻いただけの健吉、あわてて、ついおじぎをしてしまう光子も目に入らないように足早に出ていく。

あや子(声)「おじいちゃま！」

またかくれる光子。

●玄関（夜）

ドアをあけて外を見るあや子。

あや子「たばこなら買い置きがあるのに——」
　ドアをしめるあや子、うしろから遼介。
あや子「——第一、たばこ屋さん、しまってるわよ」
　そのうしろから菊男、
菊男「自動販売機なら一晩中、やってるよ」
あや子「どっちにしたってこんな時間に出かけることないでしょうに——おかしいわねえ」
遼介「どこへいったんだ」
あや子「あたしに聞いたって——。血圧が高いんですもの。もしものことがあったら、笑われるのあたしたちなんですからね」
遼介「そう思ったら、行先ぐらい聞いときなさいよ」
あや子「ジカに聞けばいいでしょ。『おやこ』じゃないの」
　あや子、何となく気になって立っている菊男を見ながら、
あや子「ヘンな『おやこ』。(ブッブッ) 肝心なことはみんな『人』に聞かせるんだから」
　二階へゆこうとする菊男に、
あや子「菊男さん。寝る時ぐらい、あいさつしたらどうなの」
菊男「(口の中でお義理に) おやすみ」
　上っていく。

あや子と遼介、居間へもどりながら、

あや子「――こんなことしてたら、あの子、ますます曲るわね」

遼介「――」

あや子「一つうちにいて、口、利かないなんて、不自然よ」

遼介「こっちからきげん取ることないだろ」

あや子「どっちが先、ってこと、ないでしょ。なにも、一緒にお風呂に入って背中流せとはいわないけど、一緒にお酒のむとかゴルフにさそうとか」

遼介「――」

あや子「ひと頃、練習場へつれてって――素質がある、なんていってらしたじゃないの」

あや子「え？」

遼介「（立ちどまって）そうだ――忘れてた」

遼介「使わない方のゴルフのセット。出してくれ」

あや子「ああ、赤いチェックのケース――はい」

あや子、ほっとしてうなずく。

●菊男の部屋（夜）

菊男（N）「たばこを買いにいく。お茶を飲みにいく。友達に逢う――男は時々、こう言ってうちを出る。じいちゃんもたばこを買いに行ったのではないのだ。どこにも売っていない、少し毒のあるたばこをすいに夜の町へ出ていったのだろう」

●道（夜）

歩く健吉。

●北沢家・菊男の部屋（夜）

菊男(N)「じいちゃんの白い頭は、多分ゆっくりと夜の街を歩いているだろう。だが、気持は、ゴールに向う小学生のように息せき切って走っている。ひょっとしたら、その向うにじいちゃんの靴屋があるのかもしれない」

●津田靴店・茶の間（夜）

チャブ台を逆さにして部屋の隅(すみ)に押しつけて、ギュウギュウ詰めで二つのフトンが敷いてある。

うす暗い電灯。

腹這(はらば)いになってたばこをすっている宅次。

帰ってくる光子、フトンをまたぎ、湯道具を仕舞いながら、

光子「仕舞い湯で話し込んじまって——」

宅次「風呂の帰りに『遠っ走り』すっと湯冷めすっぞ」

光子「え？」
宅次「みっともない真似すンな」
光子「アンタ、どして（知ってンの）」
宅次「昼間、日出子さんにうち、聞いてたろ」
光子「だって、――何かあったときに、うちも知らないじゃあ」
宅次「そいでいいんだよ。電話も知らないうちも知らない。菊男ちゃんがここへきたとき
だけの『おやこ』。それでいいんだよ」
光子「――おっきいうちだよォ」
宅次「――」
光子「――門から、段々になって――西洋館がついてさ。今、お金があるってうちじゃな
いね。昔からの家柄のいいうちっていうんだね」
宅次「――菊男ちゃんの声、してたか」
光子「ううん」
夜の町を火の用心の拍子木（ひょうしぎ）が通っていく。
光子「――いる時は、ああ、こういう顔してンな、背の高さはこんなもんだな――判って
ンのよ。でもさ、帰ったあとで、思い出そうとすッと、スーと消えちまって――」
宅次「――」
光子「生んで育てた人だと、判るんだろうねえ」

宅次「——目は丸くて、タレ目なんだよ、くちの回りにホクロが」
光子「人の目よか自分の心配！」
宅次「え？」
光子「——ねる前に目ぐすり！　おじいさんて人、立派だねえ」
宅次「帰ってきたの」
光子「出かけてった」
宅次「この時間に、どこいったんだ」
光子「まさか、夜警のアルバイトってことは……」
宅次「菊男ちゃんのじいさんだぞ。なに言ってやがんだ」
光子「だから、まさかっていったろ？　（ブツブツ）自分がいきたいくせに、先越されたもンだから、ヤキモチやいて」
　宅次、口惜(くや)しまぎれにフトンを引っぱる。
　ストンと引っくりかえる光子。

●加代の家（夜）

　ねている加代。冷やしている頭の手拭(てぬぐ)いを取り替える健吉。
　目を覚ます加代。
健吉「やっぱり医者に診せたほうがいい」

加代「やだよ」
健吉「加代ちゃん」
加代「入院なんてことになったら、病気、悪くなるからね」
健吉「――」
加代「頭痛は死んだお母ちゃんゆずり。心配することないよ」
健吉「――」
加代「こやって、アンタが手握ってくれンのが一番のクスリだよ」
　加代、目をつぶる。握り合った二つの手。
加代「こんどくる時、マニキュア、買ってきとくれよ」
健吉「赤いんだろ。よしよし」
加代「赤ったっていろいろあンだから、西瓜みたいな」
健吉「西瓜の赤だな、よしよし」
加代「――眠ったら、帰っていいよ」
健吉「――」

●踏切り（夜）

　シグナルの赤が点滅する。
　通りすぎる国電。

●北沢家・居間（夜）

立てかけてあるゴルフセット。

テーブルにうつ伏してうたた寝をしているあや子。

うしろに立つ健吉。

あや子「あ、おじいちゃま――」

健吉「人も少ない車も少ない。東京の散歩は夜中に限るねえ」

威張って言うが、クションと小さなクシャミを一つ。

あや子「――」

F・O

●北沢家・ポーチ（朝）

パジャマの上にセーターを羽織（はお）って歯を磨いている菊男――

あや子が、声をひそめて言っている。

ゆうべのゴルフのセット。

菊男「要（い）らないよ」

あや子「要るいらないじゃないの。お父さん、あんた誘うつもりでゆうべ、二時間もかかって、手入れしたのよ」

　庭で、クラブを振っている遼介が見える。

菊男「やだよ、オレ」

あや子「一軒のうちで、おやこが角（つの）突きあってるの見てンのやなのよ、お母さん。お父さんの方から下手（したで）に出てるんだから――」

　哀願するあや子。

　口のまわりを真白にして、ゆきかける菊男の袖を押さえるあや子。

あや子「お父さんね、アンタの就職、出版社につとめてるお友達に聞いてみるかっていってるとこなんだし。アンタだって、いつまでも靴屋のアルバイトしてるわけにはいかないでしょ」

菊男「――」

　クラブを振る遼介。

あや子「つまンないとこが似て、二人とも『えこじ』なんだから」

直子「お母さぁん！」

　のぞく直子。

直子「歯ブラシ！　下おっことしちゃったの、新しいの」

あや子「二番目のひきだし（言いかけて）いくわよ」

　直子を送り出して、

あや子「お母さんのこと可哀そうに思ったら、ね、このへんで折れて頂戴よ。いいわね」

ドスの利いた声で半ばおどかしている。

クラブを振っている遼介。

●台所（朝）

小走りに入りかけるあや子、ハッとなる。何と健吉が米びつから米を紙袋にあけている。

健吉も、びっくりして、中腰になったはずみに、袋の中身の米を台所いっぱいにブチまけてしまう。あわてた拍子に、ひざの上のビニールの小袋に入れた梅干もころげ出してしまう。

足許（あしもと）に梅干のカメ。

あや子「あら！　おじいちゃま――」

這いつくばったままの健吉。一瞬、硬直する。

入ってくる菊男。

菊男「オレ、朝、パンのほうが――」

菊男、米粒の上に足を踏み出して、これも棒立ち。

菊男「どしたの」

あや子「――」

健吉、白い米粒と赤いみごとな大粒の梅干の散乱した中で、あえぎながら言う。

健吉「ハ、ハ、ハトなんだよ」
二人「ハト？」
健吉「鳩の餌なんだよ」
　入ってくる遼介。
遼介「今朝はコーヒー、もらおうか（言いかけて）どしたんだ」
あや子「ハトのエサなんですって」
遼介「ハトのエサ？」
健吉「散歩の途中に、ハトが、氷川神社に、いるんだよ。わたしに馴れて、ゆうべもいったら、鳩が腹をすかして、クウクウクウクウいって、エサをせびるんだ」
遼介「ハトは、夜、起きてないだろ」
健吉「え？」
あや子「トリメっていいますもンね」
健吉「宵っぱりの鳩もいるんだ」
　米粒と梅干の中に坐り込み、傲然と胸を張る健吉。
あや子「梅干もハトにやるんですか」
健吉「ハトに餌をやりながらゆっくりと梅干を食べると血圧に利く」
　顔を見合わす遼介とあや子。
あや子「――ひとことおっしゃって下されば――あたしが」

健吉「（威張って）包んどいてくれ」
ゆったりと立とうとして再び、米粒の中へ尻餅をつきかける。
とび込んで支える菊男。
出ていく健吉。
遼介「――きてるぞ（アタマ）」
あや子「……お米と梅干ねえ、どうします」
何か言いかける遼介の口をふさぐように両手で米をすくい紙袋に入れながら、どなる菊男。
菊男「おじいちゃん。お米さあ、どのくらい要る？」

●階段下（朝）

階段の手すりにつかまって、大きくあえいでいる健吉。

そのズボンにも両手にも米粒がくっついていて、ほどけかけた繃帯（ほうたい）は梅酢で赤く染っている。

二階からおりてくる直子、びっくりする。

直子「どしたの、おじいちゃん」

健吉「鳩が豆鉄砲くらったんだ」

●台所（朝）

顔を見合わせて立っている遼介とあや子。
意地になって、米をかき集めている菊男。

菊男(N)「恥をかきつけている人間には、恥に対する免疫（めんえき）が出来ている。オレは板の間に坐り込んで、ゆっくりと米をかき集めた。それにしても、じいちゃんは、どこの鳩にエサをやるつもりなのだろう」

●居間（朝）

健吉、遼介、あや子、直子が揃って朝食。あや子、トースターでパンを焼いている。
自分の前にだけ御飯茶碗。
菊男が入ってきて、健吉の長椅子にすわり新聞をひろげる。

直子「あら、お母さんだけ、『ごはん』？」
あや子「ゆうべ、みんな、晩ごはん食べるっていって――食べないンだもの」
直子「あたし、食べたわよ」
あや子「(明るく) 男の人達のこと――お米は減るけどごはんは残るわね。あ、いけない……」
健吉・遼介「急に会議があったから――」

菊男「――」

あや子「女が肥るわけねえ。こやって残りもの始末するんだもの」

遼介「男だって、肥ってンのいるじゃないか」

あや子「二度、食べるんじゃないの、そういうかたは」

健吉「(咳払い)」

なにを言ってもシラけてしまう。

菊男、新聞をバサリとたたむ。下から、黒地に白抜きの、バカに目立つチラシがすべり出て床へ。直子、ひろって、

直子「リッパース・ハウス、あ、この店、アンアンだかノンノに出てた」

あや子「なんなの」

直子「ディスコ」

あや子「どういうイミなの。リッパーって」

遼介「切り裂くってイミじゃないか。ほら、ジャック・ザ・リッパー」

健吉「人殺し」

あや子「なんだか凄そう」

直子「(菊男に) ねえ連れてって」

菊男「(サラリと) 悪いことした奴でないと入れないんじゃないかな」

直子「(つい調子にのって) じゃおじいちゃんもいけるじゃない。今朝お米と梅干泥棒

……」
あや子「直子――」
（バツの悪い間）
直子「リッパース・ハウスか！」
菊男、立って、部屋の隅のゴルフバッグからクラブを一本抜き、スイングのまね。
あや子「――久しぶりだわねえ、ゴルフするの」
言いかけるのへ、
遼介「おい、赤い帽子あったろ」
あや子「赤い帽子ですか」
遼介「ここンとこにティ差すのがついてる」
言いながら、遼介、ゴルフセットのそばへくる。
あや子「ありますけど、（小さく）菊男には大きいんじゃないの」
菊男「（テレながら小さく）オレ、赤いの、やだよ」
遼介「靴もあったろ。ほら、一回はいただけで、小さすぎるので仕舞ってある」
あや子「あれ、大きさどうでしょ。菊男はお父さんと同じ（言いかける）」
遼介「待てよ。公ちゃん、背があるからなあ。あれじゃ小さいか」
あや子「あら、それ、みんな――船久保さんの――公一さんに上げるんですか」
遼介「いやはや。親子げんかの仲裁も高いもンにつくねえ。船久保の奴、ヘソ曲りでゴルフ、やらなかったろ。――手袋からボールまで面倒みてやらなきゃならないから物入りだよ」
あや子「――あたし、てっきり菊男にだとばっかり――」
菊男「――」
遼介「――ゴルフよか就職が先だろ」
菊男「――」
あや子「そりゃそうですけどねえ」
菊男、クラブを手に庭を見ている。
あや子「うちにも使う子がいるのに……」
遼介「公ちゃんには、父親がいないんだぞ」
あや子「いたって、目をかけてもらわなきゃ、いないのと同じでしょ」
遼介「おい……」
菊男、くるりと振り向くと、さも大事そうにセーターの袖でクラブ・ヘッドを拭い、極めて静かにクラブをケースの中へかえす。
健吉、じっと見ている。
菊男(N)「惨(みじ)めな目に遭(あ)った時の心得。
一つ。品物に八つ当りしないこと。
一つ。頰に笑顔を絶やさないこと。

一つ。無理をしていると他人にさとられないようにすること」

●境内

鳩にマメをやっている菊男と日出子。
おびただしい数の鳩が、屋根から舞い下り、また舞い上ってエサをついばむ。

菊男(声)「鳩って本当に鳩胸だね」
日出子(声)「オスも鳩胸なのよ――」
菊男「どれが親子で、どれが夫婦なのか、全然判んないな」
日出子「鳩の気持になると判るのよ。みんな同じみたいにみえるけど、一羽一羽に心臓があって、好ききらいがあるのよ」
菊男「親子げんかなんかすンのかな」
日出子「悲しかったりうれしかったりすると思うな」
（間）
日出子「鳩もやっぱり、初めての相手を忘れないものかしら」
菊男「どうかな」
日出子「忘れないと思うな」
ＳＥ　パッと飛び立つ
日出子「妹さんと同じだって言ったわね。――あの人の名前――」

菊男「(豆をまく)」
日出子「尚子さん……」
菊男「もう名古屋へ帰ったよ。結婚するって言ってたから」
日出子「一生、顔忘れないな……」
菊男「――」
日出子「君はどうなのって、どして聞かないの」
菊男「――」
日出子「あたしは忘れると思う。だって、半分は好きだったけど、半分はお金のためだったから――」
SE　バタバタと鳩が飛び立つ
菊男「鳩って本当は、豆よかお米の方が好きなんだって」
日出子「本当?」
菊男「お米よか梅干の方がもっと好きだって」
日出子「いい加減なこと言ってる――」
菊男「――いい加減じゃないよ」
恋人たちのまわりを舞い上り舞い下りる沢山の鳩。

●加代の家

　一人用の土鍋（どなべ）におかゆを炊き、梅干をそえて、加代の枕元に運ぶ健吉。
　不器用な手つきで、フタを取り、すすめる。

健吉「アチチ、ほら、おいしいぞ」
加代「おかゆは嫌いだって言ったろ」
健吉「ただのおかゆじゃないよ。米は極上のササニシキ、梅干は三年ものだぞ。一口、お上り」

　健吉、フウフウ吹いて、口許（くちもと）へ運んでやる。

加代「ヘタクソ！」
健吉「ごめんごめん」
加代「もったいぶって――うちのと同じ味じゃないか」
健吉「――そうかい」

　健吉、もう一さじとすすめるが、加代、ソッポを向く。

健吉「加代ちゃん。医者呼ぼう」
加代「医者より慰謝料」
健吉「そっちは元気になってからだ。若くていい男みつけて、結婚するんだろ」
加代「そン時、泣くなよ」
健吉「泣くなあ」

　健吉、もう一度すすめるが、加代、首を振る。

健吉「なんか食べたいものは（言いかける）」
加代「忘れてッだろ――」
健吉「うむ？」
加代「マニキュア」
健吉「赤いのだろ」
加代「西瓜の色――あ、西瓜、たべたいなあ」
健吉「西瓜か……」
　加代、かすかにうめいて、首を弓なりにそらせる。
加代「（甘えてせがむ）チチンプイプイ」
健吉「チチンプイプイ」
　健吉、首すじから頭のあたりをいとおしそうになでさする。
　おもてを豆腐屋のラッパが通りすぎる。

●北沢家・居間（夕方）

　こちらも豆腐屋のラッパが聞こえている。
　電話に出ているあや子。
あや子「北沢でございます」
――「（声がない）」

あや子「モシモシ、こちら北沢でございい」
修司（声）「北沢健吉さんいますか」
あや子「あ、おじいちゃま、只今、出かけておりますが、どちらさま」

●公衆電話

電話をかけている修司。
修司「出かけてるって、どこ行ってンの」
あや子（声）「今日は会社の方へ――」
修司「来てないから、うちへ電話してンのよ」

●北沢家・居間

あや子。
あや子「モシモシ、あのどちらさまでしょう」
修司（声）「居留守使ってンじゃないだろね」

●公衆電話（夕方）

電話しながら、マジックで電話ボックスに大きくいたずら書きをする修司。100万円、50万円、30万円と数字を書いたり消したり。

修司「伝言？　いないんじゃしょうがないから、また電話するって、そいっといてよ。名
　前？　──」

●北沢家・居間

　あや子。うしろに学校から帰ってきた直子。

あや子「モシモシ」

修司(声)「あのねえ、加代が色々お世話サンになってます。そいや判るから」

あや子「モシモシ」

　電話切れる。

　あや子、受話器をおく。

直子「だあれ」

あや子「おじいちゃまの──知ってる人」

直子「……………」

　直子、お八つを出しながら、
直子「おじいちゃんもヘン、お兄ちゃんもヘン、お父さんも──どして、お兄ちゃんよか
　船久保さんの公一さんのこと、可愛がるのかな」

あや子「よその者は、よくみえるんでしょ」

●津田靴店（夜）

表へ出した看板を引っこめている光子。
靴の木型で自分の肩を叩く宅次のうしろへ廻り、肩をもむ菊男。

宅次「利くねえ……おう利く――」
光子、入りながら、
光子「菊男ちゃん、もちっと下の方、やってごらん。ケケケケって（笑いだす）なるから」
菊男「え？」
光子「肩凝り性のくせして笑い上戸ときてるから始末が悪いのよ」
菊男「だらしねえなあ、おやじさん。男の笑い上戸なんてシマンないよ」
宅次「うーん、利く」
光子「――ほんとはくすぐったいくせに――菊男ちゃんにもんでもらいたくて、我慢して――」
菊男「え？」
光子「もちっと下のほう（やってごらん）」
菊男、もむ。
とたんに身をもんで笑い出す宅次。

光子「もう駄目だ」
　菊男、もむ。宅次、笑う。
宅次「よしな、よしなって」
菊男「凝ってンだろ。もんでやるよ」
宅次「いいんだよ。もういいんだよ。親不孝！　おい！　この野郎！」
　ひとしきりじゃれ合って——
宅次「——いや、菊男ちゃん、うまいよ。マッサージってのは才能なんだよ」
光子「くすぐったがりやが講釈して」
宅次「ピタッとツボ押さえてるよ。靴屋にしとくの、もったいないねえ」
　菊男、ふざけて座頭市気取りで白目を出す。
　ドスのきいた低音で言う。
菊男「『お客さん、目が高いねえ』」
宅次「なんのまねだい。目ン玉、ゴミでも入ったかい」
光子「（突つく）座頭市のつもり！」
宅次「座頭市だ？」
光子「そうだろ、菊男ちゃん」
菊男「『御新造（ごしんぞ）さんは、判りが早えや』」
　宅次もパッと白目を出す。声音で、

宅次「『市ツァンよ。あんたの目玉は、見えてるねえ』」

菊男、びっくりして目をあけ、宅次の迫真の演技にびっくりする。

菊男「おやじさん……」

宅次「『目が見えねえのも、オツなもンでござんすよ。九尺二間の小店でも、住めば都よ我が里よ。きりょうの落ちる女房でも、声だけ拝めば観音さまだ』」

光子「そう思ったら、おさい銭上げとくれ」

菊男「うまいよ、おやじさん」

宅次「『いい声してるねえ、おニイさん。情が深くって、あったかいや』」

日出子「なにやってンの」

日出子がのぞく。

菊男「シッ！」

光子「『座頭市ごっこ』してンのよォ」

宅次「『そういう声は、ニイさんが惚れておいでの別ピンの髪結いさんだな』」

日出子「やだ、そっくり」

このあたりから、光子は切なくなってくる。

光子「（小さく）よしとくれよ」

宅次、よさない。長い靴ベラを仕込杖にしてヒョロヒョロと立ち上る。

宅次「『長え間、やっかいかけたねえ』」

菊男「『イッつぁん、どこへ行きなさる』」
宅次「『目ンない千鳥の藪探し』」
ひょろひょろと出てゆこうとする。
光子「よしとくれよ」
宅次「『なあに、夫婦二人の食いブチぐれえ』」
光子「よしとくれっていってるだろ！」
光子、半泣きで食ってかかる。
光子「やだっていうのに！」
菊男「アブない」
宅次、靴ベラで座頭市よろしく光子を斬る。
菊男「ほら、おふくろさん」
日出子「こういう感じで――」
二人、斬られ方の指導。
宅次の市、みんなを斬り捨て白目をむいて大見得を切る。
菊男・宅次・日出子「『いやな、渡世だねえ』」
三人一緒に言って吹き出す。
一人だけ笑えない光子。

●津田靴店・茶の間（夜）

夕飯をよばれている菊男と日出子。

徳利（とっくり）を三、四本倒して、上機嫌の宅次。光子。

菊男「おっどろいたな、オレ」

日出子「あたしも――おじさん、あんなに演技力あると思わなかったわね」

宅次「ヘン、こうみえたって、学芸会の大スターよ」

日出子「ね、初舞台はなあに」

宅次「恥かしながら――ヒラメ」

二人「ヒラメ？」

光子「小学校の一年の時にね、『浦島太郎』でヒラメやったんだって」

菊男「ヒラメってどうすンの」

宅次「おでこに図画紙（ずがかみ）のヒラメをくっつけてさ、『タイやヒラメの舞い踊り』」

宅次、ユラユラゆれてみせる。

一同、ワアワア笑う。

三人「見たかった――」

宅次「（ポツンと）ヒラメも片っ側しきゃ目がねえんだよ」

二人「え？」

光子「あの（言いかける）この人ね、白（内障といいかける）」
宅次「――夢なんか見る？」
菊男「見る見る。ね『英語の単語を因数分解で解け』なんてのみて、汗びっしょりよ」
宅次「そういう教養本部はナシでさ、普通のやつ」
光子「うん！　ゆうべね、特売でさ（言いかける）」
日出子「あたし――」
宅次「菊男ちゃんに子供がいるんだよ」
三人「え？　あ、夢か」
宅次「男の子でさ。それがね――（はにかんで）どういうわけか、オレ、そっくりなんだなあ」
三人「（言いかける）」
宅次「（言わせない）その子がね、オレのこと、おじいちゃんなんていうの」
光子「出来ない相談」
宅次「――」
光子「菊男ちゃん、長男なの。次男三男ならともかく」
宅次「だから夢だって言ってンだろ」
菊男「案外――正夢（まさゆめ）かもしれないよ」
光子「菊男ちゃん……」

宅次「(また座頭市の目と声で)『見えねえ目から、涙がこぼれらァ』」
光子「あんなこといってるけど、ドタン場へくると、血は水より濃いっていうから」
菊男「冷たい血なら、くみたての水の方があったかいってさ」
宅次「『見えねえ目から涙がこぼれらァ』」
光子「――泣き虫の座頭市だねえ、ほら!」
ハナガミをほうってやる。チューンと物凄(ものすご)い音でハナをかむ宅次。
日出子、覚めた目で菊男を見る。

●ディスコティック「リッパース・ハウス」(夜)

うす暗い店内。もうもうたるたばこの煙。
ガンガンひびくサウンド。
中二階の手すり寄りの席に菊男と日出子。
日出子「あんまり、罪なことしない方がいいと思うの」
菊男「どういうイミ」
日出子「あの二人ね――靴屋の――菊男さんの一言一言、胸ドキドキさせて聞いてるのよ。真にうけてるのよ」
菊男「冗談でいってンじゃないよ」
日出子「冗談だとはいわないけど――気まぐれよ」

菊男「気まぐれ？」

日出子「菊男さんのうちへ行って判ったの。あなた、あのうちのこと、好きなのよ。お父さんのことも本当はとても好きなのよ。好きなのに、愛してもらえないから――スネてるのよ」

菊男「君には判んないんだよ」

日出子「じゃあ捨てられる？　あのうちやおじいさんやお母さんや――本当に捨てられる？　あしたから靴屋の息子になりきれる？　なれないわよ。あの北沢のうちがあるから帰るうちがあるから、靴屋の店が楽しいのよ」

　菊男、ふと下を見てハッとなる。

　真下にいるのは父の遼介である。

　そして、今朝のゴルフの帽子をおどけて頭にのせた公一と、その恋人の武満マリ子(23)。

　マリ子は尚子によく似ている。

菊男(N)「思いがけないところで肉親の顔を見るのはドキンとするものだが、オレの真下で笑っているのがおやじ、そして、その横に公一君というのは一体どういうことなのだろう。

公一君の頭には、見覚えのあるおやじのゴルフ帽がのっかっている。

そしてもう一人の女の子は、この間外泊したという公一君の恋人に違いない」

下の席では、公一が遼介にマリ子を紹介している。

公一「武満マリ子さん。ぼくの『おやじ』」
マリ子「はじめまして」
さばけた笑顔で挨拶する遼介。
遼介「どうも、このたびは公一が――ってのもヘンか」
マリ子「――」
公一「固いあいさつは、省略」
遼介「マリ子さん――いま」
マリ子「心聖女子大の三年です」
公一「アメリカ文学専攻」
遼介「お住まいは」
マリ子「横浜です」
公一「おやじさん、銀行」
遼介「急にゴルフやるっていい出すんでね、おかしいなと思ったら――」
公一「『犯罪のかげに女あり』」
マリ子「（笑っている）」
遼介「おかげでゴルフ道具一式とられちまった」
マリ子「すみません」

遼介「公ちゃん、見直したよ。……（小さく）趣味いいよ」
二人「――」
遼介「いいねえ、今の若い連中は、ボクが君たちぐらいのときは」
公一「こういう店なんかなかった――」
遼介「防空壕（ぼうくうごう）ですよ」
マリ子「ステキ……」
公一「おばさんと結婚する前、恋人、いなかったの」
遼介「そういうハナシはしないことにしてるんだ。あとが恐いから」
マリ子「ズルい……」

公一にライターをつけてやる遼介。
じっと見ている菊男。たばこに火をつける。

菊男(N)「息子とその恋人とサバけた父親――うるわしい眺めだった。オレのときは、うす汚いものをみるような軽蔑（けいべつ）した視線と金五万円の金だ。よその息子には物わかりのいい笑い顔をみせて――そう思ってながめると公一君の恋人の横顔は、あの晩の尚子に似ているようだ」

●回想・北沢家・居間

遼介から金を受取る尚子。

●「リッパース・ハウス」（夜）

　遼介と公一、マリ子をじっとみつめる菊男。
　突然、日出子の声が割って入る。
日出子「人のハナシ、聞いてないのね」
菊男「聞いてるよ」
日出子「聞いてない。気になるんでしょ。あの人に似てるから――」
菊男「出よう」
　菊男、いきなりすいかけのたばこを下に落す。
おどろく日出子。
公一、マリ子と談笑していた遼介、アッとなる。
肩に落ちて、くすぶっているたばこ。
上を見上げる。がすでに菊男の姿は見えない。

●クローク前

　もみ合っている菊男と日出子。
日出子「どして謝りにいかないの」
菊男「いいよ」

日出子「どうして――」
菊男「出よう」
日出子「あなたがいかないんなら、アタシ、いく」
菊男「――」
日出子「アンタのしたことは、万引よかもっと悪いわ。人間として最低よ」
　日出子、中へもどってゆく。

●客席

　遼介に詫(わ)びている日出子。
　公一、マリ子。遼介、肩に焼け焦げ。
日出子「申しわけありません。持ち合わせがないので、あとで、弁償させていただきます。お名刺を――」
　遼介、若い二人の手前、大きいところを見せる。
遼介「(手を振って) あなたの謝まりっぷりに免じて、いいことにしましょう。リッパース・ハウスっていうけど、本当だなあ。肩口を、やられちまった」
日出子「本当に申しわけありません」
遼介「ぼくでよかった。そっちのお嬢さんだったら、大事だ。伜(せがれ)のフィアンセ――あ、まだ早いか――」

マリ子「やだ、北沢さん」
日出子「北沢さん……」

●道（夜）

歩いてゆく菊男。追いつく日出子。
日出子「――ごめんなさい」
菊男「――」
日出子「お父さんだったのね」
菊男「――」
菊男、少し足をゆるめる。
ならんで歩き出す二人。

●船久保家（夜）

帰ってきた公一が水をのんでいる。

ゴルフセットを見ている初江。

テーブルの上に、ゴルフの帽子。

公一「あの人じゃないな。犯人はあの人の連れだって、北沢のオジさんもそいってたよ」

初江「情ない息子だわねえ。いかに中二階から、落っこってきたからって、すぐかけ上って行けば犯人、つきとめられたでしょ。どして、黙ってたの」
公一「おじさんがさわぐな、大したことないってそういうからさ」
初江「北沢さんもご災難ねえ。背広は台なしになるわ、二人にはたかられるわ」
公一「二人じゃないよ、オレ一人だって」
初江「――」
公一「(少したじろぐ)」
初江「まあいいわよ。いいたくなきゃいわなくたって、でもねえ、公ちゃん。本当のお父さんだったら、こうはいかないわよ。就職もしないのに恋人が出来て、それも普通のおつきあいじゃないわけでしょ。お父さん生きてたら、ひと悶着(もんちゃく)あったわね」
公一「そうかな」
初江「他人だから、理解があるのよ」
初江、何となく食卓のゴルフ帽をかぶる。
初江「菊男さん、ひがむの、無理ないわ」
公一「そっちがひがんでンじゃないの」
初江「なんでお母さんがひがむの」
公一「オレが北沢のおじさん、占領してるから」
初江「なにいってンのよ。お母さんには、お見合いして、おつき合いしてる人がいるんだから」

初江、ゴルフ帽の匂いをかいで、
初江「ポマード臭い……」
　顔をしかめてみせる。
　じろりとみる公一。

●北沢家・居間（夜）

　あや子に背広の焼け焦げを示している遼介。直子、健吉がいる。
　少し離れて、菊男。
あや子「こんなとこに焼けこげ、出来るもンかしらねえ」
遼介「もののはずみだよ。キャバレーってのは、席が上と下に分かれてるんだ」
あや子「キャバレーいらしたんですか」
遼介「取引先の部長でね、キャバレーの好きなのがいるんだよ。気がついたら、肩ンとこが、ポオッとあったかくなってさ、若い連中が部長、肩ンとこいぶってますって騒ぎでさ」
あや子「何てキャバレー？　弁償してくれないんですか」
遼介「談判するだけ、くたびれるからねえ」
あや子「――よりによっていい方の背広に――」
遼介「でも、あのホステスはちょっとよかったたな」

あや子「ホステスさん？」
遼介「客の代りにあやまってるんだ、あの商売もラクじゃないね」
　菊男、急に、さっきディスコでかかっていた曲を口ずさむ。
菊男「――」
一同「？」
菊男「直子、リッパース・ハウス連れてってやろうか」
　遼介、ギクリとなる。
遼介「――」
　健吉、――フフと小さく笑って、菊男の肩を叩く。
健吉「すいがら一本、火事のもと――」

●健吉の寝室（夜）

　あや子、フトンをしきながら健吉に――
健吉「なんだい、頼みってのは」
あや子「菊男に意見して頂きたいんです」
健吉「……意見……」
あや子「あの子、もう一軒、外にうちがあるんです」
健吉「……」

あや子「渋谷のガードの向う側の、小さい修理専門の靴屋で、働いてるんですよ」
健吉「アルバイトなら、なにも目くじら立てることァないだろ」
あや子「――でも、靴屋の主人をおやじ、奥さんのこと、おふくろって呼んで――入りびたりなんですよ。靴屋さんに子供のないこともあって、すっかりおやこ気どり――ああいうことがあるからお父さんとも打ちとけないのよ」
健吉「――」
あや子「おじいちゃま、ほどほどにするようにっていって下さいな」
健吉「――うむ」
あや子「あ、それから、昼間お電話ありましたよ」
健吉「（とぼけて）誰だい」
あや子「お名前、聞いてもおっしゃらないんですけど――カヨがお世話になってますって」
健吉「カヨ――カヨ、ああ――前にうちの社で使っておった給仕の女の子だよ、ヨメにいったそうだが、その身寄りのもンだろ」
あや子「――（含みをもたせて）世間体もありますし、あ、菊男のことですけどね。とにかくおねがいします」
健吉「よっしゃよっしゃ」

●キュリオ・ウノ

　店の中を掃除しているいち子。
　突然声がかかる。
健吉「すまないが……」
いち子「（振り返る）」
健吉「この辺に津田という靴屋さん（ないだろうか）」
いち子「あ、お隣りです」
健吉「どうも」
　といって反対の方に歩き出す。
　いち子追って外へ出て、
いち子「おじいちゃん！　こっち！」
　と宅次の家の方を示す。

●津田靴店

　ならんで働いている宅次と菊男。
　茶の間との境に腰かけて、じゃがいもの皮をむいている光子。
光子「いらっしゃい」

菊男「（つられて）らっしゃい」
宅次「サブいな、早くしめてよ」
　入ってくるのは健吉。
光子「アッ！」
菊男「じいちゃん」
光子「あの連隊長――」
　宅次は、あわてて挙手の礼をしてしまう。
菊男「じいちゃん、どうしてここ、判ったの、そうか直子のやつ（言いかける）それとも、
　おふくろ」
健吉「どうも孫がいろいろと世話になっています」
　（間）
健吉「（宅次に）一時間ほど、連れ出してもよろしいかな」
宅次「は、どうぞ！」

●道

　どんどん先に歩いてゆく健吉。
菊男「じいちゃん、どこいくの、ねえ」

●路地

先にゆく健吉、ついていく菊男、加代の家の前。
健吉、中へ入る。
キョロキョロあたりを見ながら、入る菊男。

●加代の家

ひときわ散らかっている室内。
ねている加代。
目で上れという健吉。
上る菊男。
健吉「こういうわけだ……」
菊男「……じいちゃん」
健吉「孫だ」
加代、起き上って、この人にしては意外なほど、折り目正しく頭を下げる。
加代「はじめまして、加代です」
菊男も、キチンと頭を下げる。
菊男「はじめまして菊男です」

土鍋のおかゆ、梅干。

そのへんに散らばっているブラジャーや下着。

そして、健吉は、さっさと上衣を脱ぐと、綿の出たチャンチャンコに着がえると、下着を取りかたづけたり、散らばったカミクズをチリかごに入れたりして働きはじめる。

それを目で追いながら、加代、ニコッと菊男に笑いかける。

菊男に目もくれず働く健吉。

菊男、胸を熱くしながら、見ている。

菊男(N)「綿の出た紫色のチャンチャンコが、じいちゃんの白髪に似合って、男らしく美しく見えた。どんなことがあってもこの秘密は絶対にオレが守ってやる。病人をかばって働くじいちゃんの背中を見ていたら、胸の奥から瞼の裏に熱い塊りが上ってきた」

7

●北沢家・表（朝）

オート三輪から運送屋が二人、大きなりんご箱をおろし、ベルを押す。

男「北沢さん、小包み！」

中から、あや子が出てくる。

男「小包みですよ」

あや子「ハンコですね、どうもご苦労さま」

あや子、荷札をたしかめて、奥へどなる。

あや子「りんご、届きましたよォ！」

●居間(朝)

りんご箱から、りんごを出しているあや子と直子。

りんごは陸奥(むつ)りんご。うす紅色に輝く超大型のりんごが、食卓の上に一列にならぶ。

背広姿の健吉。Gパンにカーディガンの遼介。菊男。

健吉「みごとなりんごだねえ」

あや子「陸奥っていうんですって」

菊男、手に取って匂いをかぐ。

あや子「食べるんなら、アタっているのからにして頂戴よ。(遼介に)お返し、海苔(のり)でいいかしら」

遼介「食べもしないうちにお返しの心配することたァないだろ。おい、白いほうのカーディガン」

あや子「引越しのお手伝いにじゃたまンないでしょ」

健吉「引越しって(言いかける)」

直子「(いたんでるのを見せる)いたんでる、ほら」

あや子「(小さく)こっち、置きなさい。船久保さん――」

遼介「同じアパートの隣りの部屋へ移るんだから引越しってほどじゃないけどさ」

あや子「(健吉に)お隣りの部屋でね、徹夜マージャンするんですって。反対側があいたんで移るっていうんですけど――なにも（言いかける）」
直子「お母さん、これ、どっち側」
いたんだ具合で、列を分けているらしい。
あや子「こっち――奥さん、おはなしがすすんでんだし決まれば、ねえ、あのアパート引きはらうかもしれないわけでしょ。もう少し様子みてからだって」
遼介「でもねえ、公ちゃん、気になって勉強に身が入ンないっていってたから――家賃は同じだし」
あや子「でも管理人さんにお礼やなんかあるでしょ。昨今は、ちょっと動けばお金が」
直子「お母さん、これ、こっち？」
あや子「（焦々してくる）見りゃ判るでしょ。いちいち。まあねえ（健吉に）うちじゃペンキひとつ塗らないかたが、よそ様の引越しだとGパンはいて（笑いかける）」
遼介「男手がないんだから」
あや子「公一さんがいるでしょ」
遼介「一人じゃタンスは動かせないだろ」
あや子「それ、こっち――（りんご）あ直子、それ、もうくっついたでしょ」
サイドボードの上にひな人形の内裏さま。
遼介「どうしたんだ」
あや子「仕舞おうと思ったら、首がとれちゃったんですよ」

　健吉、ひな人形をチラリとみて、ネクタイを結ぶ。
あや子「あら、おじいちゃま——」
遼介「——出かけンの」
健吉「北東の風曇りか（とぼける）」
遼介「土曜、休みじゃないの」
健吉「会社じゃないんだが……。（口の中で）なまじ少人数のとこはいかんなあ。社員の
　出たり引っこんだりに知らんプリも出来んしねえ」
あや子「もめてるってどなた、井上さんですか」
健吉「井上、加藤は犬のクソ……」
直子「なあに、それ」
あや子「多い苗字だってことでしょ」
　健吉、じっとりんごをみつめる。じっとみている菊男。
菊男(N)「じいちゃんはじっとりんごを見つめていた。あの女の枕もとに、赤くて冷たい
　このりんごをならべてやりたい——じいちゃんの目は、そう言っていた」
健吉「(立ち上る) どっこいしょ」
　釣られたように遼介も立ってゆく。あや子、直子も玄関の方へ。
あや子「直子。先出て門あけて——（遼介に）お帰り遅いわね」
遼介(声)「いや、そんな遅くならないよ。ビールの一本もつきあって帰りゃいいだろ」

あや子(声)「奥さんお強いの？」

遼介(声)「酒か？　船久保は強かったけど、細君はどうかねえ」

あや子(声)「おじいちゃま、お帰りは」

健吉「夕方にゃ帰れるだろ」

　一同の声がだんだんと遠ざかる。

　菊男、りんごをみつめて、じっと立っている。

　近寄って、いきなりりんごを二つジャンパーの下に抱えこむ。

　とたんにドアがあいて遼介が入ってくる。

遼介「そうか、ライター、石、なくなってたんだ」

　机の上のライターに手をのばしかけて、異様な形で立ちすくむ菊男に気づく。

遼介「(軽く) どしたんだ」

菊男「――――」

あや子「どしたの」

　入ってくるあや子。

　菊男、動いた拍子にジャンパーの下からりんごが二つ、ころがり出てしまう。

遼介・あや子「菊男――」

　遼介、少し顔がこわばりかけるが、笑いにまぎらせ、わざと何でもない、という調子で――

遼介「なにをやってるんだ」
　あや子も、明らかに当惑している。
　これも、少々ぎこちなく、りんごをひろいながら、
あや子「みなさいよ。りんごがキズになっちゃうじゃないの」
　棒立ちの菊男が何かいいかける。
　うしろに立っていた健吉がいきなり言う。
健吉「二つ三つ、包んでくれ」
あや子「え？」
健吉「手みやげにする」

●道

　歩いてゆく健吉。半歩遅れて、菊男。健吉、黙って手に持ったりんごの包みを菊男に手渡す。
菊男「じいちゃん……これ、あの人」
健吉「――りんごはあまり好かんといってたな。（口の中で）りんごよか西瓜（すいか）だ……」
菊男「西瓜――」
健吉「いまの時期じゃ、無理だな」
菊男「西瓜……」

ならんでいるりんご。
出てゆく遼介とあや子。歩きながら、
遼介「絶対、女がいるよ。女のうちへ持ってくつもりで」
あや子「そうかしら」
遼介「じゃ、どこだ」
あや子「お世話になってるお宅とか——学校とか」
遼介「幼稚園の生徒じゃあるまいし、大学生が学校へりんご持っていくか。女だな……」
あや子「それはおじいちゃまの方じゃないんですか」
遼介「——（おい、といいかける）」
あや子「あ、あなたも、りんご持ってらっしゃるんじゃないんですか、船久保さん」
遼介「——ヘンな言い方よせよ」
あや子「——フフフ。いってらっしゃい」

●津田靴店・表

りんごの包みを手にためらう菊男。道の片側の線路を、轟音（ごうおん）と共に国電が近づく。

菊男、パッと包みを破ると、りんごをほうり投げようとする。が、瞬間、思い直して、キュリオ・ウノへ入ってゆく。

●キュリオ・ウノ

宇野いち子の前にりんごを置く菊男。
いち子「なあに、これ」
菊男「りんご」
菊男、おどけた身ぶりで出ていきかける。
いち子「どうしたの、くれるの」
菊男、そうだよ、どうぞどうぞというしぐさで、出ていく。

●津田靴店

ならんでトントンやっている宅次と菊男。
宅次、話しかけたい。が、半分、放心して手を動かしている菊男に、気おくれしてやめる。
おもてから光子が入ってくる。
光子「菊男ちゃん、冷たいねえ」
菊男「え?」
光子「お隣りにばっかり上げてさ」

光子、うしろからりんごを出す。

菊男「あ——」

光子「うちにゃ、くれないんだから」

菊男「毒が入ってンだよ！　そのりんご」

光子「えッ！」

宅次「へへへへ」

いきなり笑う宅次。

宅次「オレ、判るんだなあ、その気持。菊男ちゃん、オレたちに食べさしてやろう。そう思って——買ってきた——んじゃないんだよ、本宅から——……持ち出したんだよ。ところが、イザとなったら、なんての、テレちゃってさ、隣りにおいてきた——そんなことじゃないの」

菊男「半分、当ってるよ」

宅次「半分……フーン、半分ねえ」

菊男、トントンやりながら、また放心する。

菊男(N)「表札は、江口、となっていた」

●加代の家・表

江口の表札。

菊男(N)「名前は、加代だったかな」

●加代の家

ねている加代。

チャンチャンコを着て流しで米をとぐ健吉。

菊男(N)「恋人――二号――愛人――

どれも少しずつ違っているように思えた。ほかにピッタリする言い方はないかと言葉を探したが、みつからなかった」

土鍋を枕もとへ持ってきて、水加減を相談している健吉。

加代、濡れている健吉の手を、自分の額に当てる。

しずくが耳の方へ流れてゆく。

●津田靴店

仕事をする宅次、菊男。
りんごの皮をむきながらの光子。
光子「菊男ちゃん、あんた無理してンじゃないの」
菊男「無理って、なによ」
光子「うち、くるの、本当は具合悪いんでしょ」

菊男「どうして」
光子「おじいさん、うちへみえてから――なんか、さあ……」
宅次「(聞いている)」
光子「菊男ちゃん、気持変った……」
菊男「なにいってンだよ」
宅次「菊男ちゃんよ。義理はないんだよ。自然に足が遠のくもよし、『オレ、今日でお仕舞いだよ』これでいいんだよ」
宅次、ニコニコしながら、ひょいと手をのばしてりんごを食べる。
菊男「おやじさんもおふくろさんも何いうんだろうなあ。オレさあ」
不意に宅次が低く呻(うめ)くと胸を押さえてカクンと前のめりに倒れる。
光子、突然のことに一瞬、ポカンとして、見ている。
菊男、宅次をゆさぶるようにして叫ぶ。
菊男「おやじさん、おやじさん……」
宅次ぐったりして返事なし。棒立ちの光子。
口をパクパクさせるが声が出ない。
菊男、体をゆすぶって、切迫した声で叫ぶ。
菊男「おやじさん！　しっかりしなよ！　おふくろさん、救急車！　百十番！」
宅次「(生きかえって) 救急車は百十九番」

光子「アンタ……」
　菊男、あっけにとられている。
宅次「菊男ちゃんよ。オレ、死んだら、葬式にゃ来てくれよ」
菊男「おやじさん……」
光子「なんだ、お芝居か……」
宅次「毒が入ってるっていうからさ、りんごに当ったかと思ったけど、何ともないや。
（りんごをつまんで）いや、おどろいたねえ。菊男ちゃんでもあんな声出すンだねえ。
『おやじさん、おやじさん！』」
光子「ずるいよ。こういうことは二度はきかないんだから。こんどはあたしが、白目出したって、『あ、また芝居してる』でさ、おふくろさん！　なんて騒いでもらえないんだから」
宅次「何事も頭、使わなくちゃ」
菊男「（低く）やめてくれよ」
宅次「（調子にのって気づかない）菊男ちゃんよ。オレ、死んだまね、うまいだろ」
菊男「やめてくれっていってンだろ」
光子「どしたのよ」
宅次「なんだ」
菊男「病人がいるんだよ。死ぬなんて、エンギが悪いんだよ」

夫婦、菊男の意外に強い言い方に、顔を見合わせながら——

光子「病人て、だれ……」

宅次「おっかさんか、妹か」

菊男「——」

入ってくる若い男、田所研次。

光子「いらっしゃい——」

研次「出来てっかな」

光子「名前——」

研次「田所」

光子「田所さん」

研次「黒いやつ」

光子「黒い靴——」

さがしながら、

光子「——怒ンないでよォ。子供のない人間てのはさ、年とって病気ンなっても、誰も看(み)とってくンないな、って、気持があンのよ。菊男ちゃんに『おやじさん！』ていわれて、救急車にかつぎこまれるなんてのは、あたしたちの夢……」

宅次「オレ、なんだな。ここでさ、五体満足なうちに、パタッとさ」

光子「菊男ちゃんに手、握られて、死にたいんだろ」

菊男「死ぬっていわないでくれっていってるだろ」
光子「菊男ちゃん――アンタ――」
　出した靴を片手に言いかける光子。
　宅次は、田所が、ヒョイと黒い靴クリームを一個、ジャンパーのポケットに忍ばせたのをみつける。
宅次「なんの真似（まね）だい、そりゃ」
　ギクリとした田所、靴の台などを蹴散（けち）らして、逃げようとする。おどりかかって取り押さえようとする宅次。もみあう二人。
宅次「待ちな！」
光子「どしたのよ」
宅次「菊男ちゃん、押さえてくれよ」
　宅次、振り切ろうとする男にブラ下りながら、ポケットから靴クリームを出す。
宅次「ヤクザな目だけどな。万引ぐらい見えンだよ」
光子「万引……」
菊男「――」
田所「金、払やいいだろ。いくらだよ」
　宅次、カッとなる。
　このあたりから日出子が入ってくる。

宅次、田所を突き倒すようにして坐らせる。
日出子「(小さく光子に)どしたの」
光子「――万引……」
日出子、体をこわばらせて、菊男を見る。からみあう二人の視線。
宅次「いま、なんてった――おい!」
光子「ちょっと、たかが靴クリームひとつでさ」
宅次「金の多寡じゃねえんだよ。バレたら金払やァいいだろう、そういう心根が許せねえってンだよ」
日出子「誰だって魔がさすこと、あるわよ。出来心ってこと、あるでしょ!」
宅次「じゃあ、なにかい、黙って見逃せっていうの」
日出子「見逃せとはいってないわよ。ただねえ(言いかける)」
宅次「俺ァね、万引ならまだこれの方が(ピストルかまえるまね)銀行強盗の方が好きだね。ありゃ、体、張ってるもの。見つかりゃ、ババーンで、チョーエキだもの。万引ってのは、根性がさもしいんだよ。きらいだね、俺ァ」
日出子「いくらなの。あたしがお金(払います)」
ガマ口を出そうとする日出子。
宅次「金じゃないっていってンだろ」

光子「（間に入る）先のある若い人なんだから――もうしちゃ駄目よ」
田所「（口の中で）ども、すみません」
　とび出そうとする。
光子「ほら、肝心の――（靴）」
田所「あ」
光子「――五百円――」
　田所、くしゃくしゃの五百円札をほうり出すようにすると、ガラス戸にぶつかりながら飛び出してゆく。
宅次「ああいう人間は、どこの会社でも、駄目だね」
日出子「少し言い方、きついんじゃないですか」
宅次「え？」
日出子「たしかに万引はいけないわよ。でもねえ、そういう言い方して、一生、残るような、傷つけたほうも、罪は重いんじゃないんですか」
光子「ちょっと、日出子さん……」
宅次「アンタ、万引の味方かい」
日出子「――」
宅次「菊男ちゃん、どう思う。オレが正しいか、日出子さんが」
菊男「言う資格ないな」

宅次・光子「――?」
菊男「オレ、万引やったから」
二人「えッ!」
おどろく宅次と光子。
そして、日出子と菊男。

●津田靴店

こわばった顔に、せいいっぱいの笑いで取りつくろう宅次。
宅次「菊男ちゃんが万引だってさ」
光子「冗談うまいんだから」
宅次「菊男ちゃんよ。そういう冗談、ナシ。ねッ!」
菊男「――本当なんだよ」
日出子「――」
菊男「高校ンとき、本屋で――(ジェスチュア)やったんだよ――警察突き出されてさ。
青山警察いってみなよ。ちゃんと調書のこってるって」
宅次「………」
光子「あんた――知ってたの」
日出子「――」

（間）

宅次「へへ……（意味もなくヘラヘラして）菊男ちゃんも水臭いよ。なにも言わないんだもの。そうとは知らねえから、言いたい放題言っちまってさ。おとっつぁん、引っこみがつかないじゃねえか。なあ」

また間があいてしまう。

宅次、笑うとも泣くともつかない顔で、懸命にヘリクツを考え出す。

宅次「——菊男ちゃん、本だろ、なあ、本はいいよ。学生が本、万引（言いかけて）——その、なにするってのは、それだけ勉強熱心てことじゃあ——ないの。ねえ」

（間）

宅次「（光子をド突いて）おい、何とか言いなよ」

光子「うん、あの——（目を白黒させて）銀座に千疋屋（せんびきや）って店あるけど、あれ、万引と関係——（だんだんと声が小さくなる）」

宅次「（押し殺した声で）バカ」

菊男「——あ、洗濯もの、飛んでら」

菊男、出ていく。

おもての、線路沿いの杭（くい）に差した足袋（たび）をひろっている。

日出子「（ポツリという）お父さんが警察にもらい下げにきたのよ。それから、お父さんと、しっくりいかないんだって——」

店に背を向けて立っている菊男。

国電が通りすぎていく。

菊男のうしろ姿を見ながら、日出子、

日出子「菊男さんとお父さん、おやこらしい口、利(き)いたことないらしいの」

立っている菊男の背中。

●船久保家

こちらは引越しの真最中。いでたちも勇ましい遼介と公一が、洋服ダンスを運び出そうとして騒いでいる。

Gパン姿の初江、浮き浮きと立ち働いている。

公一「無理だよ、年なんだから」

遼介「バカにしちゃいけないよ、こう見えたって毎週ゴルフできたえて……」

公一「洋服ダンスはハンディがないの」

遼介「ヘリクツいってないで、ほら」

初江「セーノ！　大丈夫ですか」

遼介「セーノ！」

公一「ウム！」

遼介ヨタヨタしながら、運び出す。

公一「大丈夫かな」
遼介「人の心配するひまに向うズネ気つけろ」
公一「エッサ」
遼介「ヨッサ」
公一「ホッサ」
遼介「ワッサ」
初江「息が合うじゃないの」
遼介「そりゃ（ハアハアいっている）気が合えば息も合うよ、なあ」
公一「おう――」
初江「気が合うのもいいけど、人にかくれて、ガールフレンド紹介したりしないで頂戴よ」
公一「あれ、知ってたの」
公一、ガタンと洋服ダンスを置く。
遼介「アイタタ――」
公一「どうしたの」
遼介「どうしたのじゃないよ、おう――いきなり手放すバカがあるかよ」
初江「あらすみません――」
遼介「おう――」

公一「足、やったの」
遼介「おう――」
公一「どこ、爪先？　大丈夫だよ、あと血豆になるくらいでさ」
遼介「じゃけんな息子だね、おう」
初江「バチが当ったのよ、北沢さん」
遼介「引越しの手伝いにきたり、足の上に洋服ダンスおっことされたり踏んだり蹴ったりだ、おう――」
初江、救急箱をもってくる。公一、無理に遼介の靴下をぬがす。
母と子で争って、赤チンを塗る。
フウフウ吹く公一。
しみるしみると顔をしかめるが楽しそうな遼介。

●北沢家・居間

ポツンと坐って、骨董品の手入れをしているあや子。
手を休めて、考えごと。
口を動かしながら台所から入ってくる直子。
モグモグやりながら、みんなの椅子を、眺めたり、さわったりしている。
あや子「坐って食べなさいよ、お行儀悪い――」

直子「その割には減ってるなあ」
あや子「なによ」
直子「椅子。うちじゃ、男はうちに居つかないでしょ、椅子の減りがちがうんじゃないかと思って」
あや子「――」
直子「なにかさ、このごろおじいちゃんヘンみたい」
あや子「――」
直子「どこ、いったのかな、おじいちゃん」
あや子「どっかの靴屋さんで働いてンじゃないの」
直子「――」
あや子「そうだ、アンタ、すまないけど、夕方、お使いにいってきて頂戴」
直子「やだ、お使いなんて」
あや子「お使い賃、はらうから――」
直子「どこよ」
あや子「お煮しめと、お結びでいいわ（口の中で）」
直子「それよかさ、おひる――」

●船久保家

取り散らかった部屋のまん中で、車座になって、そばを食べる遼介、初江、公一。

●加代の家

おかゆを食べさせてやる健吉。

●津田靴店

宅次と光子が二人だけで残りもののわびしい昼食。
店に菊男の姿はみえない。

光子「あんたも小意地が悪いのよ、いかに万引だってあんなにクソミソに言うこたァないのよ」
宅次「――――」
光子「――それにしても菊男ちゃんが万引……」
宅次「そのハナシは、よせ」
光子「――うちが針のムシロだったんだね。それで、菊男ちゃん、うちに入りびたりになったんだ」
宅次「――――」

光子「もう駄目だね、こっちにも知れちまったんだもの。もう菊男ちゃん、こないかもしれないね」
宅次「——ちょっと出かけてくる」
光子「どこ、眼医者さん」
宅次「——」
光子「目のことといやいいのよ。白内障でイライラしてたって。そうすりゃ菊男ちゃん、水に流してくれるって」
宅次「何べん言ったら判るんだ。目のこと言ったら絶縁だぞ」
光子「——強がって」
宅次「いまなんてった」
光子「弱虫……」

●キュリオ・ウノ

菊男が、オルゴールをいじっている。古い童謡が流れ出す。
本から目をあげて、いち子が見る。
じっと聞く菊男。
日出子が外からのぞいている。
聞いている菊男。

菊男(N)「いつかは、言わなくてはいけないと思っていた。ここの夫婦にだけは、言いたくないという気持もあった。言ってしまったらスッキリした。だが大切にしていたものを自分の手で、わざとこわしてしまった時の、あの痛みがあった」

●イメージ・温泉旅館の一室（夜）

伊香保（いかほ）あたりの典型的な温泉旅館の客間。
揃（そろ）いのどてらにくつろいだ宅次、光子、菊男、日出子の四人が夕食の膳。
酒をさしつさされつ、手拍子をとって合唱している。
音頭とりは無論、宅次。

四人「〽昔々浦島は
　助けた亀に連れられて
　竜宮城に来てみれば
　絵にも描（か）けない美しさ」
宅次「〽乙姫さまのご馳走に
　鯛（たい）やひらめの舞踊り」
四人「〽ただ珍しく面白く
　月日のたつのも夢のうち」
一同、カンパイのグラスをぶっつけあう。

宅次「ありがとよ、菊男ちゃん」
菊男「なによ」
宅次「水に流してくれてさ」
菊男「おやこだろ。何言ったたって根にもたないよ」
光子「この人さ、あんなこといったから、もう菊男ちゃん、来てくれないって、ひがんでたのよ」
菊男「こやってきてるだろ」
宅次「どてら、よく似合うよ」
光子「こやってると、本当のおやこにみえるかねえ」
宅次「おやこにゃ見えねえな。じいさんとばあさんと伜夫婦」
日出子「やだわ」
宅次「やだったってしょうがないよ。おーい、お銚子お代り！　心配しないでジャンジャンもってきて！　お、そうだ、豪遊ついでに芸者あげてワアッと」
光子「いいよ、芸者は」
宅次「ケチケチすンなよ。一生にいっぺんなんだからさ」
光子「芸者なら、ほら、ここに二人いるじゃないか」
宅次「イモ俵は引っこんでろ」
光子(声)「アンタ！　アンタ、アンタ」

●津田靴店

耳もとで、どなっている光子。
手を休めてボオっとしている宅次。

宅次「え?」
光子「目ぐすり」
宅次「いいとこで声かけンなよ」
光子「いいとこってなによ」
宅次「少しだまっててくれよ」

宅次、目を閉じてイメージのつづきを見ようとガン張る。
さっきと同じ格好になって——

●イメージ・温泉旅館の一室(つづき)

食膳には、お銚子やビールびんが倒れている。
酔っぱらっている宅次、光子、菊男、日出子。
四人ならんで、どてらの裾(すそ)を乱して、ラインダンスなどやって大さわぎ。

四人「ターンタンタカタカタンタン」
「天国と地獄」をハミングしながらふざける。

宅次「足ひらいてパッ！」
　四人、足をひらいてドンとたたみに尻もち。
　重ねもちになったりして、キャアキャアはしゃぐ。
　スーッとふすまがあいて、女中が顔を出す。
女中「あのォ」
四人「（笑っている）」
女中「（大きな声で）アノオ、お布団、どういう風にお敷きしましょうか」
宅次「なんか言った？」
光子「お布団どういう風に敷こうかって――」
菊男「おふくろさんと彼女がここで、おやじさんとオレは、あっちの部屋」
宅次「じゃないんだ。あのな、ここは、じいさんばあさん。あっちが若夫婦」
菊男「おやじさん」
日出子「やだ、困る、あたし」
宅次「困らないの。おねがいします」
日出子「あたし、帰る」
宅次「まあ、まあ」
　宅次、お銚子をとって、酒をつぐ。
宅次「おやこ固めの盃（さかずき）、それから、そっちは夫婦の盃をしようじゃないの」

菊男「――おやじさん」
宅次「菊男ちゃん、不束(ふつつ)かな親だけど、末長く、つきあっとくれよ」
光子(声)「アンタ、アンタってば」

●津田靴店（夕方）

手を休めて放心している宅次をゆすぶる光子。
光子「菊男ちゃん、帰るって」
立っている菊男。
店のおもてに日出子が待っている。
宅次、腹巻をさぐると、クーポン券を出す。
宅次「どうだ。こんどの土日なあ、四人で伊香保いかないか」
菊男「伊香保？」

●茶の間（夕方）

食卓の上に四枚のクーポン券。
宅次、光子、菊男、少し離れて日出子。
宅次「これね、お詫(わ)びのしるし兼ゴマスリ」
菊男「あのねえ（言いかける）」

宅次「根にもってるか、菊男ちゃん」
菊男「持ってないよ」
宅次「だったら、行ってくれよ」
光子「行ってやってよ。ね、日出子さんからも、さあ」
日出子「ええ——」
宅次「あんた、いけるよねえ」
日出子「あたしはかまわないけど」
宅次・光子「菊男ちゃん——」
菊男「オレさあ」
宅次「（言わせない）いえね、しくじっといてこんなことというと、言いわけみたいでなんだけど、本当のことといやあ、ちいっと、嬉しかったねえ」
菊男・日出子「うれしかった」
宅次「今までね、菊男ちゃんは、オレたちなんかにゃ手も出ない一本三百円のバラの花だったのよ。それが万引——（つい言ってしまう）」
光子「（突つく）」
宅次「——いや、人の落度、よろこんじゃいけないけどさ、聞いたとたん、ちょいと虫喰いがありゃ、オレたちにも手が出るかな——なんてね——かえってピタッと——こう、気易（きやす）くもの言えンだなあ」

光子・菊男・日出子「―――」
宅次「よう菊男ちゃんよ、お揃いのどてら着て、色の変ったお刺身たべてさ、ワアッと騒いでこようじゃないの」
菊男「―――」
宅次「そいでさ、先ゆきのことも、いろいろ話し合おうじゃないの、なあ」
光子「(うなずく)」
　菊男、切符をもてあそぶ。
うなずきあって、のり出す夫婦。
　菊男、切符を押しもどす。
菊男「せっかくだけど」
光子「菊男ちゃん」
宅次「(ガックリ)やっぱし、根にもってンじゃないか」
菊男「そうじゃないよ」
宅次「そんなら、いこ。な、四人で揃いのドテラで、色の変ったお刺身」
菊男「いけないいんだよ」
宅次「どして」
光子「やっぱし、一晩うちあけると本宅が――」
菊男「そうじゃないよ」

宅次「――やっぱし、根にもってンだよ」
菊男「……オレ、当分、うちあけちゃマズいんだよ」
三人「――」
菊男「実は――じいちゃん――」
光子「おじいちゃんて、こないだきた――（髪）まっ白の――品のいい」
菊男「もう一軒、うち、あったんだ」
光子「――ってことは」
宅次「妾宅（しょうたく）か？　でも、そ、そのじいさん、元連隊長で、そっくりかえって暮してんだろ」
光子「ヨコのものをタテにもしない人なんだろ」
菊男「――」
光子「素人、くろうと」
宅次「年増（としま）か若いのか」
菊男「すごく年、はなれてるな。その人、いま病気なんだよ」
光子「そのこと、うちの人は」
菊男「じいちゃん、オレにだけ……」
三人「――」
　菊男、突っかえ突っかえしゃべる。

菊男「ごみごみした棟割長屋の――すげえせまいとこで――うちの中、物出しっぱなしで、しッ散らかってンだよ。そン中で、うちじゃあ、自分のフトンも自分でしかないじいちゃんが、洗濯もン、取りこんだり、おかゆ作って食べさせたりして働いてンだよ」
三人「――――」
菊男「じいちゃんこの頃、タイドがおかしいんで、おふくろなんか疑ってたんだよ。じいちゃんも、つまンないチョンボしたしさ。でも、そのたんびに、じいちゃん威張って『お前たち、何言うか』って感じで、相手に物言わせないとこあったんだよ。いま、ここでバレたら、じいちゃん、男として立場ないっていうか、今迄威張ってた分だけ惨めで――」
三人「――――」
菊男「オレ、どんなことがあっても、じいちゃんの秘密守ってやろうって、そう思って……」
宅次「――オレ、なんか、すること……」
光子「あたしも、ねえ」
日出子「ね、いって――」
(間)
菊男「ひとつだけ言ってもいいかな。(ポツリポツリと)じいちゃん、黙って、オレ、そのうちへ引っぱってってさ。『こういうわけだ』……そいって――綿の出たチャンチャンコ着て、看病してンだよ——」

●加代の家（夕方）

加代の枕もとで、みかんをむいて食べさせる健吉。

健吉「来月になンないと西瓜（すいか）は、無理だろ」
加代「西瓜が駄目なら、西瓜色」
健吉「え？」
加代「西瓜の色したマニキュア、っていったろ」
健吉「ごめんごめん。あしたは必ず『探してくるの佐賀県』だ」
加代「『アテにならないの奈良県』じゃないかな」
健吉「いやいや。『グンと大舟の——群馬県』で待っといで。ほら、お獅子（しし）だ、お獅子だ」

みかんの袋をひっくりかえして食べさせてやっている。

豆腐屋のラッパ——

●船久保家・廊下（夕方）

豆腐屋のラッパ。

遊んでいた子供たちが、母親と一緒に帰ってくる。

荷物をもった直子が入ってくる。

キョロキョロとドアの名札をたしかめている。
船久保の名札をみつけ、ノックする。
答えない。
うしろから主婦が声をかける。
主婦「船久保さんなら、こっちへ越したんじゃないの」
直子「あ、こっち——」
主婦「まだ、名札出てないけど」
直子「どうも」
直子となりを叩く。
これも答えなし。
テレビの箱や、ガラクタが廊下に出してある。
そのかげで、ブーツのひものほどけたのを直す直子。
入口の方で、にぎやかな声がして遼介、初江、公一が銭湯から帰ってくる。
遼介、首ったまに派手な公一のロングマフラーを巻いている。
遼介「いやあ、驚いたねえ。公ちゃんにあんな胸毛、あるとは思わなかったねえ」
公一「よしなよ、大きな声で、あ、下駄箱、こっち」
三人下駄を入れている。
初江「気持悪いでしょ。もう、ヤンなっちゃう」

遼介「船久保あったかなあ、胸毛」
初江「ありませんよ、そんなむさくるしいもの」
遼介「いや、それにしても、いい体格だ、もう、こっちは劣等感で」
公一「いやあ、年の割にゃオナカも出てないし、立派なもんだよ、お母さんにみせたいよ」
初江「およしなさい、おすしはにぎり？　ちらし」
公一「スシよかウナギ」
初江「おすしでいいの」
遼介「よし、じゃあ、うなぎおごるか」
　遼介、アッとなる。
　困ったような顔で立っている直子。
遼介「直子――」
初江「あら――」
直子「お母さんが、これ、お届けしなさいって――」
　遼介、マフラーをはずす。

●船久保の新しいアパート（夜）
　まだ片づいていない室内。

こたつの上の食卓にあや子のお重詰めと、りんご。

ビールをのんでいる遼介、公一、直子、電話している初江。

初江「おいしく戴いております。お忙しいところ、お手数かけて」

●北沢家・居間（夜）

あや子がにこやかに電話している。

あや子「あり合わせのものでかえって失礼かと思ったんですけど」

初江(声)「とんでもございません。差し入れは戴くわ、ご主人お使い立てするわで、ほんとに申しわけありません」

あや子「お役に立ちましたかしら、うちで『楽』しておりますでしょ、ギックリ腰にでもなってご迷惑かけてるんじゃないかって気もんでましたの」

初江(声)「いいえ、もう」

あや子「こんなことでしたら、いつでもおっしゃって下さいまし」

声とはうらはらに新聞の広告欄にのっている男の顔にマジックで、乱暴にひげやめがねをいたずら書きしているあや子。

●船久保の新しいアパート（夜）

にこやかにあいさつする電話口の初江。

初江「むさ苦しいところですけど奥さまも一度、お遊びに」
　そして、うしろで直子が、父と初江を見ている。
　いささか憮然（ぶぜん）たる面持でビールをのむ遼介、公一。
初江「はあはあ、お待ちしております。あ、ご主人と代りましょうか」

●北沢家・居間（夜）

　電話を切りかけるあや子。
あや子「いえ。別に用もございませんから、はあ、では、ご丁寧に――ごめん下さいまし」
　にこやかに一礼して電話を切る。急にきげんの悪い顔になる。
　いたずら書きをした新聞をくるくると丸めて長い筒にする。
　刀のようにかまえて、
あや子「エイ！」
　SE　電話が鳴る
　あや子、刀をおっぽり出して、またいつもの声。
あや子「もしもし、北沢でございますが」
　SE　電話ガシャンと切れる
あや子「モシモシ」

首をかしげて切る。少し気味が悪い。

●加代の家（夜）

加代の枕もとに弟の修司がすわっている。
横になったまま、弟を叱りつけている加代。
湯タンポに湯を入れながら背中で聞いている健吉。

加代「アンタのおかげで、姉ちゃんどれだけ肩身のせまい思いしたか」
修司「どして医者いかないいんだよ」
加代「静かにねてりゃ直ンの、お前、健ちゃん、おどかすつもりらしいけど、もう弱味なんかひとつもないからね」
修司「――」
加代「こやって泊りこみで看病してくれてンだよ」
修司「泊りこみ？」
加代「ああ、うちにも会社にもおおっぴらでさ。病院いくんなら特別室、食べたいものは何でも持ってくるぞ。これで文句いったらバチが当るからね」
修司「姉ちゃん――」

修司、健吉の背をにらみながら、何かいいかける。

加代「二度と電話なんかしたら、姉ちゃん死んじまうからね」

修司、承服しかねる感じだが、病人相手では仕方がない。

ムッとして口をつぐむ。

加代のタンカを聞きながら、ふとふりむく健吉。

粗末（そまつ）な茶ダンスの棚に、コップにしおれた桃の花。

そして、その前に、白い折鶴とひと廻り小さな赤い紙でもう一羽の折鶴がまるでひな人形の内裏（だいり）びなのように寄りそっている。

健吉、湯タンポを加代の足許（あしもと）に入れる、そっと加代の足首をにぎる。

じっとしている加代。

そっぽを向いている修司。

健吉、立って、桃の花のコップの水を取り替える。

●北沢家・居間（夜）

夕刊をひろげている遼介。お茶をいれるあや子。直子。
菊男、時計を気にしている。九時を打つ。
遼介「(肩を上げ下げする)」
あや子「大丈夫ですか。あしたになってアチコチ痛いって言うんじゃないかしらねえ」
遼介「お茶」
あや子「(フフと笑って) やっぱり銭湯ってのは、ちがうわねえ」

遼介「え?」
あや子「顔がピカピカよ。内風呂と違ってお湯が多いから、どことなくアカぬけるのねえ」
直子「あたしもこんどから行こうかな銭湯」
遼介「――」
あや子「直子、お母さんとこから肩かけもって来て頂戴。なんだかスースーする――」
直子出ていく。
あや子「――お風呂っていえば、この頃おじいちゃま、うちでお風呂入らないわね」
菊男「(ハッとなる)」
遼介「年寄りは二日にいっぺんとか三日にいっぺんの方が体にいいんじゃないのか」
あや子「それにしても、一週間にいっぺん入るかどうかよ、その割に肌着が全然汚れないの」
遼介「年とると油っ気が脱(ぬ)けるんだろ」
あや子「それだけかしら」
遼介「え?」
あや子「どっかでお風呂入ってらっしゃるんじゃないかと思って」
遼介「おい」
あや子「――(うすく笑う)」

遼介「これがいるっていうのか」

　小指を立てかけて、菊男に気づき、半端な感じで引っこめる。

あや子「血圧、高いんですからねえ、それとなく聞いといた方がいいんじゃないですか」

遼介「――まさか、あの年で――第一、そっくりかえって威張ってた人間が、今更――本人も引っ込みがつかないだろ」

あや子「（目で意味をもたせて）だから、こっちでそれとなく……」

　SE　ドア・チャイム

あや子「あ、お帰りだわ」

菊男「あ、オレ――」

　出るからいいよ、という感じで飛び出す菊男。

●玄関（夜）

　何やら大きな箱状の荷物を下げて、ハアハア息を切らしている健吉。菊男。

菊男「（小声で）どうなの、病人は」

健吉「――もはや、これまでだな」

菊男「具合、悪いの」

健吉「いや、そうじゃないんだが、泊り込みでついててやった方がよさそうだ」

菊男「――」

健吉「白髪頭下げて、赤っ恥をかくか——」
菊男「おやじさんにいうの？」
健吉「——」
菊男「おふくろ」
健吉「そのへんだな」
菊男「言うことないよ。誰にも言うことないよ」
健吉「おい」
　菊男、パッと階段をかけ上っていく。
あや子「おかえりなさい」

●北沢家・居間（夜）

　遼介とあや子、びっくりする。
　ガタンと大きな音を立てて入ってくる菊男。
　ボストンバッグを下げ外出支度。
菊男「泊りがけで、伊香保へ行くよ」
遼介「伊香保？」
あや子「どしたの、急に」
遼介「誰と行くんだ」

菊男「――」
　うしろから健吉。
健吉「（何かいいかけるが、菊男、押すようにして言わさない）」
遼介「誰と行くんだ、女じゃないのか」
菊男「――女もいるけど、相当、年いってるな」
遼介「年上の女とつきあってるのか」
菊男「津田宅次　五十三歳
　　津田光子　四十九歳」
遼介「なんだ、そりゃ」
菊男「一緒に行く靴屋だよ」
あや子「――（菊男）」
遼介「靴屋？」
　菊男、いきなり両手を父親の前に突き出す。
　爪の間に黒い汚れのたまった手。
菊男「オレね、渋谷の靴屋で働いてたんだよ」
遼介「いつからだ」
菊男「二月になるかな」
遼介「アルバイトか――」

菊男「みんなで伊香保いこうってさそわれたんだよ。断わると悪いじゃない」
あや子「行くことないでしょ。あんた、伊香保よか就職の方が」
菊男「行って参ります」
遼介「おい！」
あや子「菊男――」
　菊男、出ていく。

●北沢家・表（夜）

　出てくる菊男。うしろから追ってくる健吉。
　手にした四角い包みを手渡す。
　目が頼むと訴えている。

●加代の家（夜）

　寝ている加代。
　枕もとで、包み紙をほどく菊男。
　出てくるのは、見事な内裏びな。
加代「あ、おひな様」
　菊男もハッとなる。

たっぷりと大きい古典的な顔だちの上等なもの。
菊男、加代が横になったまま、よく見える位置に飾ってやる。
加代「自分のおひな様、飾ったの生れて初めてなんです」
菊男「――」
加代、少し改まってキチンという。
加代「ご挨拶がおくれましたけど、北沢さんにはいつもお世話になっております」
菊男「こちらこそ――」
菊男もキチンとひざを揃えて頭を下げる。
二人、だまってひな人形を見ている。
日出子「(遠慮勝ちな声で) ごめん下さい」
菊男、戸をあける。
日出子、包みを差し出しながら、
日出子「――小さいのだけど」
菊男「西瓜――」
日出子「(うなずく)」
菊男、目で上れという。
日出子「――でも」
加代「どうぞ」

　日出子、上る。
菊男「江口さん、竹森さん」
　二人の女を引き合わせる。
加代「加代です」
日出子「日出子です。はじめまして」
　二人、何となく目で笑いあう。
　菊男、包み紙を破いて、小さな西瓜を出す。
　加代、うれしそうな笑顔で二人を見る。

●北沢家・居間（夜）

　健吉、遼介、あや子。
遼介「靴屋へ行ってたこと、知ってたのか」
あや子「ええ――」
遼介「何て靴屋だ」
あや子「さあ、名前なんかないんじゃないかしら、修理専門の小さなお店ですもの」
遼介「アルバイトか」
あや子「だと思いますけどねえ」
遼介「そんなことといってるから、就職を真剣に考えないんだ。やめるように言いなさい」

直子「――やめないんじゃないかしら」
遼介「小遣いなら（言いかける）」
あや子「お金じゃないわね」
遼介「――」
あや子「靴屋さんの夫婦ね、子供がないのよ。菊男のこと、息子みたいに可愛がって、菊男ちゃん菊男ちゃんて――菊男の方も、おやじさん、おふくろさんなんていって。一緒に銭湯に行ったりしてるらしいの」
遼介「どして早くいわないんだ」
あや子「――（少し笑って）なんだかいいにくくて――（小さく）あてつけみたいで――」
健吉「――」
遼介「なんだい」
あや子「菊男、このうちにないものが向うのうちにあるんでしょ、だから、行くんでしょ……」
遼介・健吉「――」
あや子「そうじゃないんですか」
遼介・健吉「――」
　二人が、口ごもりながらなにか言いかけた時、湯上りの直子が入ってくる。

あや子「早くおひな様、仕舞いなさいっていったでしょ」
直子「ハーイ」
　直子、ひな人形を持って、
直子「おひな様って、すごく無表情。何考えてンのか、全然、判んないなあ」
あや子「ポーカー・フェイスっていったかしら、ねえ（二人に）」
遼介・健吉「――」
あや子「でもよくみると、判るんじゃないの。心配ごとがあるな」
健吉「――」
あや子「うしろめたいな」
遼介「――」
あや子「しあわせそうだなって――」

●加代の家（深夜）

　ひな人形。
　加代、横になってじっとひな人形をみつめている。
　その目から涙があふれて、耳の方へ落ちる。
　うす暗い明り。
　枕屏風（びょうぶ）の向うの台所で、キャンプ用の寝袋に入っている菊男。

その横にすわる日出子。
表を火の用心の拍子木が通ってゆく。
加代、涙のあとをみせて、目を閉じ、安らかな寝息を立てている。
台所の菊男と日出子、どちらともなく唇を寄せ合う。
ひな人形。
ねむる加代。その枕もとに小さな西瓜。

●北沢家・健吉の寝室（深夜）

ポッカリと目をあけて天井を見ている健吉。

●道（深夜）

帰っていく日出子。

●加代の家（深夜）

ねむる加代。
そっと起き出し、様子をうかがい、また寝袋にもぐる菊男。
壁にブラ下っている紫色の綿の出たチャンチャンコ。
束ねられた新聞。

台所にならぶ、びん類。

編みかけの毛糸玉。

古い箱など、ゴタゴタしたもので散らかっている室内。

菊男(N)「うちが古いせいか、柱はかつおぶしのような匂いがした。じいちゃんはこの匂いが好きだったのだ。だらしなく散らかったこの人間臭さを愛したのだ。ここにすわっていると、どんなみっともないこともいえそうな気がしてくる。裸の自分にもどって、弱音も吐ける——待てよ。この匂い、この感じ——どこかに似ていると思ったら、そうか、おれの入りびたってる、靴屋のおやじとおふくろのうちにそっくりなのだ——」

●津田靴店・茶の間（夜）

ふとんをしいている宅次と光子。

尻をぶつけあいながら、しいている二人。

せまいゴタゴタした室内。

●加代の家（夜）

目をあいている菊男。

ねむる加代。

ひな人形。

8

●喫茶店

向い合って坐る菊男と加代の弟の修司。

菊男、黙って封筒を押しやる。

修司、中を改めておっぽり出す。柔く小声で、

修司「はなし、違うんじゃないの」

菊男「取りあえずの小遣いだって」

修司「孫の出る幕じゃねえんだよ。じいさん、どしたんだよ」

菊男「――病人が落着いたら、三人で話し合おうって」

修司「話しはじいさんと差しでいいんだよ」

菊男「じいちゃん、いま、看病でくたびれてるし」
修司「じいさん駄目なら、息子、あんたのおやじさんでもいいんだよ。でも、そいじゃあ、じいさん立場ないだろうと思ってさ」
菊男「働くつもりがあるんなら、履歴書預ろうって」
修司「何かカン違いしてンじゃないの。オレはね、姉貴に代って」
菊男「だから近いうちに三人で」
言いかけた菊男、アレ？　となる。
修司のすぐ横の隣りの席でうしろ向きになり、体を斜めにして耳を澄ましていた男が、急に声をかける。
背広姿の宅次である。
宅次「おう北沢君、偶然だねえ」
菊男「(おやじさんということばを泡くってのみ込む)」
宅次「元気でやってる？　(オレ) この間から、青山署の方へ変ってね」
菊男「アオヤマショ――」
宅次「通りかかったら寄ンなさいよ」
菊男「――」
宅次「お友達？」
菊男「(ドギマギしながら) 青山署の――津田刑事」

じろりと見て、失笑する修司。

修司「芝居すンなら、手洗ってやンな」

二人「え？」

修司「そんな手の汚ねえ刑事はいねえってさ」

宅次、靴ずみで黒っぽくなっている指、汚れた爪の間。

封筒を手に立ち上る修司。フフと笑って出ていく。

ガックリする宅次と菊男。

宅次「一枚上でやがる」

菊男「おやじさん、どして——」

宅次「菊男ちゃん一人で出すのが心配でね、なんて見破られちゃ世話ないけどさ。そっち、引越すわ」

宅次、コーヒーカップを手に、菊男のテーブルに移って、

菊男「おやじさんでも背広持ってンだね」

宅次「こうみえたって、背広の二枚や三枚。ケーキ、食べる」

菊男「(いらない)」

宅次「映画みにいこか」

菊男「——おふくろさんに、内緒だろ。どやされるよ」

宅次「——菊男ちゃん、これから」

菊男「悪いけど、買物たのまれてるから」
宅次「病人どうなの」
菊男「もう大丈夫だろ」
宅次「――（うなずいて）お見舞い、いかないよ」
菊男「（うん）」
宅次「――菊男ちゃん、おとっつぁんと、こういうとこ――」
菊男「こないよ」
宅次「ほんとうのおやこってのは、そういうもんなんだなあ」
目をシバシバさせる宅次。
菊男「おやじさん、目どうかしたの」
宅次「いや、なんでもないよ。昼間から、ひま人が多いねえ。満員だよ……」

●津田靴店

靴をもってきた客がガラス戸を叩（たた）いている。
客「誰もいないの」
四角い箱を大切そうに抱えて帰ってくる光子。
光子「あら、すみません。いないときは、ほら、そこ。名札つけて、靴入れといて下さいよ」

客「名札がないから困ってンのよ」
光子「すみません、どこいったんだろ」

●加代の家・表

　菊男が買物から帰ってくる。ジーパン姿。買物かごからトイレットペーパー、大根などがはみ出している。

菊男「ただいまァ」

　中へ入っていく菊男。

●加代の家

　上る菊男。
　枕屏風を立てて寝ている加代。
　綿の出たチャンチャンコを着て、台所で水仕事をしている健吉。
加代「お帰りなさい」
健吉「ごくろさん」
加代「スーパー混（こ）んでたでしょ。特売日だから」
菊男「いや、大したことなかったです」
　菊男、買物を取り出しながら、

菊男「アッ――」
　しまったという感じ。
菊男「電球忘れた――六十ワット六十ワットって、口の中で言ってたのになあ」
健吉「役に立たん奴だ」
加代「忘れっぽいのは遺伝かな」
健吉「うむ？」
加代「アレ、忘れてるじゃないか」
健吉「え？　ああ」
加代「買いにゆくの、きまり悪いんだろ」
健吉「いやあ――クスリ屋だろ」
加代「化粧品屋、クスリ屋でもいいけどさ」
菊男「じいちゃん。オレ、どうせ電球買いにゆくから一緒に――」
健吉「うん……いや（ちょっとテレる）――」
菊男「なあに……」
加代「いいんですよ。ちょっとイジめただけ」
菊男「――」
健吉「（加代に）あしたは間違いなし」
加代「よし。ほら、水、こぼして――」

菊男、健吉の手許を見る。下着の洗濯をしている。

菊男、健吉を押しのけてひったくろうとする。

健吉「いいよ」

菊男「――寒い時は冷たい水、いけないいんだろ。心臓によくないっていってたじゃないか」

健吉、渡すまいとして頑張りながら、あごで加代をしゃくって、
健吉「―― （あれが）気がねするから――」

ザブザブとすすぎながら、まだ未練がましく傍（そば）に立っている菊男に――

健吉「出世前の男が洗うもンじゃない」

菊男「オレ、出世なんかしないから大丈夫だよ」

菊男、少し調子をかえてもっと小さな声で言う。

菊男「――渡した……」

健吉「（うなずく）」

加代、チラリと見ている。

洗濯物を絞っている健吉。

菊男（N）「じいちゃんが洗濯をしている。自分の肌着も洗ったことのないじいちゃんが、女の下着を洗っている」

絞り終えた洗濯ものを出窓の物干に干す健吉。

菊男(N)「じいちゃんは、こんな暮しがしたかったのだ。親代々、軍人のうちに生れて背筋を伸し膝も崩さない暮しではなく、居ぎたなく散らかして、体面や体裁、そんなもののない暮しがしたかったのだ。この暮しを続けるために胸を張って嘘をつき、言い逃れをし通してきたのだ」

おもてで子供の遊ぶ声。母親の声も聞こえる。

母親(声)「ほらヨシユキ! 三輪車出しっぱなしで。駄目でしょ、あぶない!」

転んだらしく、ワッと火のついたように泣く幼児の声。

母親(声)「みなさいよ。アブないっていってるでしょ!」

甘えたように泣く子供の声。

菊男(N)「おもてで子供が泣いている。生れたままの裸の声で泣いている。じいちゃんは、子供の頃から男の子は泣くなと教えられて、泣くこともできなかったのではないか。人生も、もはやたそがれ時になって、じいちゃんは、自分の声で泣いたり笑ったりしたくなったのだ」

加代も聞いている。子供を持てなかった自分の境遇を考えているのかもしれない。

健吉の背中、じっと見ている菊男。

●ハルナ美容室・裏口

四角い包みを持って迷っている光子。

　ためらいながら、入ってゆく。

●ハルナ美容室・廊下

　従業員控室から、出てくる佐久間エミ子。ラーメンのドンブリを廊下に出す。
　光子。

エミ子「あ、靴屋さん」
光子「あの――日出子さん、いるかしら」
エミ子「いることはいるけど……（ちょっと言いよどんで）」
光子「いえ、ここ一日二日顔見せないからね、カゼでもひいたのかと思って」
　ちょっと呼んでもらえる、というジェスチュア。
エミ子「――いま、ちょっと、まずいんじゃないかな」
光子「え？」
　ドアの中から、日出子とマダムの声が聞こえてくる。
マダム（声）「前借りって、いくらなの」

●控室

　マダムと日出子
日出子「五十万――」

マダム「ちょっと竹森さん（言いかける）」
日出子「五十万が無理なら三十万でもいいんです」
一と息抜いて、おだやかな、皮肉な感じで言うマダム。
マダム「――うちは美容院なのよ。バーやキャバレーならともかく、右から左にそんなお金」
マダム「――（チラリと見て）また、お父さん、病気なの」
日出子「すみません。でも、お願いするとこ、ほかにないもンですから」
日出子「――義理の悪い借金したらしいんです。今月中に返さないと、面倒なことになるって」
マダム「たまには、突っぱねたほうがいいんじゃないの」
日出子「――――」
マダム「この前の前借りが、まだ残ってるし、ねえ」
日出子「（言いかける）」
マダム「アンタ、腕がいいから黙ってたけど、――勤務状態だって――この頃じゃ、うちへ勤めてるんだか靴屋へ勤めてるんだか判んないって、みんな言ってるわよ」
日出子「すみません」
マダム「時間かまわずに男から電話はかかるし――そうよ、あんた、頼むとこほかにないって言ったけど、電話の人に……つきあってた人でしょ、その人に頼んだほうが早いんじゃないの」

日出子「――」

●ハルナ美容室・廊下

エミ子を引っぱって、何やら聞いている光子。

●津田靴店（夕方）

宅次と光子。

メロンらしい四角い包み紙。

宅次「なんでまたメロンなんか買ったんだよ」

光子「お見舞い。菊男ちゃんに持たせようと思ってさ」

宅次「差し出たマネだっていうんだよ。じいさんにとっちゃ秘めごとだろ。知らんプリが一番の見舞いなんだよ」

光子「でもさあ」

宅次「第一、メロンてのが気に入らねえや。なんだい、網目がなきゃ、ただの『瓜』じゃねえか。丸い輪っぱのザブトンかなんか敷きやがってでかい面（つら）すンなってンだ」

光子「メロンよかさ――日出子さん……おどろいたわねえ」

宅次「（トントンやっている）」

光子「——人に言えない親がいるってことは、あたしもチラチラ聞いてたけどさ、これが
(親指)」
宅次「下品なまね、すンな」
光子「どこが下品なの」
宅次「女がする手つきじゃねえや」
宅次「なんだよ」
光子「——ついこないだまで、つきあってたなんてったっけ。お金出す人——パーパ」
光子「パトロン、がいてさ、その人の女房にどなりこまれたこと、あンだって」
宅次「(トントン)」
光子「はじめっから、スンナリ育った娘さんじゃないな。カゲがあるなとは思ったんだけど、まさか」
宅次「(トントン)」
光子「ね、菊男ちゃんたちさ、どの程度のつきあいかねえ」
宅次「そんなこと、知るか」
光子「——手、握ったくらいのとこかねえ」
宅次「オレに聞いたって判るか!」
光子「(シッ)」
宅次「え? あッ——」

立っている日出子。

宅次「おう――いらっしゃい」

光子「――」

日出子「菊男さん――」

宅次「じいさんとこじゃないの」

日出子「そうお」

宅次「お茶でも――いもせんべ、あったろ」

光子「（そっと宅次の足を蹴とばす）」

宅次「アッ……」

光子「なんか言伝て――聞いとこか」

日出子「ううん。いい――じゃあ――」

光子「お店、忙しくて大変だねえ」

明るく、日出子、出ていく。

宅次「お前な、よくそう、コロッと態度、変れるな」

光子「菊男ちゃんのタメにゃ、しょうがないだろ」

宅次「――」

光子「菊男ちゃん、長男なんだよ。それでなくたって、万引――いろいろあってさ、お父さんとしっくりいってないんだろ。お嫁さんぐらい、大威張りで親に、紹介出来る娘さんでないと――」
宅次「――」
光子「うちで知り合ったんだから、あたしたちも、後押ししたんだから」
宅次「(トントン)」
光子「深間(ふかま)にはまンないうち、何とかしないと――責任があンじゃないの」
宅次「――」
光子「そうじゃないの?」
宅次「しつこいな。同じことなんべんコネクリ返しゃ気が済むんだ」
光子「いやなこと、みんな女房に言わしといて――」

●道(夕方)

帰ってくる菊男。
足元へ、空きカンがころころところがってくる。
線路の脇に日出子が立っている。

●町(夕方)

歩く菊男と日出子。

遊園地で遊んでいる二人。

菊男(N)「日出子はひどく楽しそうだった。よくしゃべり、よくはしゃいだ。長い髪を風になぶらせてよく笑った。何かいいことがあったのかと聞いたら、答えのかわりに、体をぶつけるように腕を組んできた。その手ざわりに、ひどく切実なものを感じて、もう一度わけをたずねたが、楽しそうな笑い声に邪魔されて、それっきりになってしまった」

●北沢家・居間（夜）

夕刊を見ながら夕食をする直子。
台所から、ポットを手に入ってくるあや子。
あや子「なんですよ。新聞見ながら食べる人がありますか」
直子「いいでしょ。おじいちゃんやお父さんがいない時ぐらい」
あや子「——くせになるからいけないの」
取りあげる。
直子「お父さん、船久保さん？」
あや子「棚、吊りにね」
直子「へえ、お父さん、棚吊れるの」
あや子「らしいわねえ」

●船久保家・玄関（夜）

デパートの包み紙でくるんだ板を抱えた遼介が、玄関先でもみあっている。
靴を手にしている公一。うしろの初江。

遼介「なんだ、公ちゃん、出かけちまうのか」
公一「ちょっとね、約束——」
初江「せっかく北沢さん、お見えになったんだから——ごはん食べてから出かけりゃいいじゃないの」
公一「メシの約束だもの」
遼介「ビール一ぱい、つきあってきなさいよ」
公一「（片手拝みで）行って参ります」
初江「ね、誰なの、約束って、お母さん知ってる人？」
公一「友達」
初江「だあれ」
公一「だから友達だって言ってるだろ」
初江「都合の悪い人はみんなトモダチでごまかすんだから」
公一「うるさいなあ、いちいち」
初江「こうなんですよ。ちょっと聞くと、すぐうるさいなあ——」

公一「オレ、いないと、北沢さん上りにくいかな」
初江「なにいってンのよ、北沢さんねえ、そんなおつきあいじゃないわよ」
公一「昭和ひとけたは純情ですねえ。なんならさ、ドア、少し開けときゃいいじゃない」
初江「公一！」
遼介「こいつ、おとなからかいやがって――」
公一「行ってまいりまーす。ごゆっくり」
　二人、取り残される。
初江「すみません、どうぞ――」
遼介「はあ――」
　二人、ちょっとバツが悪い。
初江「この頃の若い子ってどういうんでしょう。人が気悪くするようなことというの、しゃれてるって思ってるのかしら」
遼介「そういうとこあるなあ」
　遼介、棚板をおいて上りかける。
　ＳＥ　電話のベル
初江「船久保です。あ、村瀬さん」
　初江、改まった感じになる。
初江「先日は――」

言いながら、受話器を押さえて、遼介にちょっと失礼といっている。

遼介、またしても半端な形で——

初江「すっかりご馳走になりまして。はあ、はあ、はあ、どうも——」

初江、立往生している遼介にどうぞ上って下さいとジェスチュア。

初江「いいえ。こちらこそ。はあ、こんどの日曜？　はあ、公一もですか。そんなお心づかい——はあ、いえ、あの、ご近所の方ですから、かまいません。あの、どうぞお上りになって」

遼介、失礼しますとサインして棚板をおき、おもてへ出る。

●船久保のアパート・下駄箱前（夜）

下駄箱から靴を出してはいている遼介。
追ってくる初江。
初江「失礼しました」
遼介「——村瀬さんでしょ。順調にいってるようじゃないですか」
初江「——北沢さんご夫婦のおすすめ下さったおはなしですもの。私なりにつとめてます」
遼介「義理はありませんよ」
初江「判ってます。でも、このへんがシオドキかもしれないわね。子供なんて恋人が出来れば、親なんかどっちでもいいんですもの。今のうちに身の振り方考えとかないと――
お宅の菊男さん、そんなことありません」
遼介「さあどうですかねえ。あれはまだ就職も決まらないでフラフラしてますから」
初江「でも、アテはおありなんでしょ。あの、よろしかったらおビールでも」
遼介「――でも、公ちゃんもいないし――」
買物帰りのアパートの主婦、初江にあいさつしながらじろじろと遼介を見る。
初江「そうですか。せっかくいらして下すったのに」
遼介「それに、ちょっと寄るところもありますし」
初江「そうですか」
初江、心残りらしい。

●アパートの前（夜）

少し立っている遼介。
何となく拍子抜けの感じ。
あや子（声）「ほんとに心配してるんですか――菊男の就職……」

●回想・北沢家・居間（朝）

出勤前の健吉は長椅子、遼介、あや子、少しはなれて菊男。

遼介「心配してるからこそ、同窓会名簿めくって、今西のとこや、ユニオン出版に聞いてるじゃないか」
あや子「出版社なら、菊男、いいんじゃないの」
遼介「こっちがよくたって、先方がね。今は人が余ってンだから——履歴書と成績表がなきゃ、ハナシにならないだろ」
あや子「菊男さん、履歴書、どしたの」
菊男「——」
あや子「この間うちからいってるでしょ。どこへ出すにしたっているんだから、書いといて頂戴よって——菊男さん」
菊男「いいよ」
出てゆく菊男。
(間)
遼介「まだ、靴屋、つとめてるのか」
あや子「爪の間、まっくろにして帰ってくるとこみると、行ってるわね」
遼介「どういうつもりなんだ。一生靴屋やるつもりならいざ知らず」
あや子「まさかそこまでは考えてないでしょ」
遼介「やめさせなきゃ駄目だぞ」
あや子「あたしにいったって。あなたから言って下さいよ。おじいちゃまもおっしゃって下すったんだけど――効き目がないんですよ」
健吉「――」
あや子「よっぽど、行きいいのねえ。あの靴屋さん……」

●津田靴店・表（夜）

ぼつぼつと店を片づけながら夫婦げんかをしている宅次と光子。
光子「じゃあ、『ほっとけ』っていうの？」
宅次「子供じゃないんだから、ハタがくっつけろの、ひっぺがせのって、気もむこたァないんだよ」
光子「でもね、日出子さんじゃあ、まとまったとこで、親の気にゃいらないわね。あとあと、もめるの目に見えてるもの」
宅次「かばってやりゃいいじゃないの。向うが何といおうと、こっちは長男のヨメとして」
光子「差し出た真似して」
宅次「なにが差し出た真似だよ」
光子「本宅の親が聞いたら、怒るっていってンの」
宅次「ヘン。文句いう前に、親らしい態度しろって――」
入口に男がのぞく。

光子「(小さく) 隠弁慶（かくれべんけい）」

宅次「俺ァな、言ってやっぞ。そこ、すわンなさい。あんた方親として少し冷たいんじゃないか。万引しようが、少しひねくれようが自分の息子じゃないか。人間だ。アザもありゃほくろもあるさ。どしてあったかい目で見てやンないんだ」

表をみてどなる。

宅次「もう、仕舞い！」

光子「修理ですか」

入ってきたのは遼介。

遼介「失礼します」

宅次「サブいから、パシャンとしめる」

遼介「(しめる)」

宅次「もちっと、パシャン。建てつけ悪いんだから」

遼介「(しめて) どうも――いつも菊男がお世話になりまして」

二人「え、あ――菊男――」

光子「それじゃあ」

宅次「菊男さんのお父さん――」

遼介「北沢です」

宅次、ポカンとする。

次の瞬間、舞い上ってしまう。

宅次「あ、いやあ、お父さんもお人が悪い。そんならそうと――」

光子「やだ、どうしよう」

宅次「知らないもンだから、もっとパシャンだなんて、えばっちまって」

遼介「いや、こちらこそ、ごあいさつが遅れまして」

宅次「どうもこりゃこりゃ、いやあ、さすが、いい靴はいてるな、と思ったんだ。いやあ、うちらあたりへもってくるのは、昔でいやあ、下駄ですよ。靴といえるのは、滅多にないんすけどね。これ、イタリー製でしょ」

光子「……（あきれている）」

遼介「あ、これ、つまらんものですが」

ウイスキーの箱。

●キュリオ・ウノ（夜）

いち子を拝み倒している光子。

光子「今日に限って、煎茶（せんちゃ）が切れてンのよォ。意地が悪いったらありゃしない」

いち子「気の張るお客さん？」

光子「菊男ちゃんのお父さん……」

いち子「つれもどしにきたんだ」

光子「おどかす……」

　上ずりながら、気が気ではない光子。

●津田靴店（夜）

　こっちも上ずった宅次が遼介の相手をしている。

　入ってくる光子。

　遼介、外面のよい、さばけた父親ぶりをみせている。

宅次「どうぞ奥へと言いたいとこなんすけど、奥もあの通り、落花狼藉なもんで」

遼介「すぐ、おいとましますから」

宅次「たばこ」

遼介「（あります）」

宅次「おい、お茶どしたんだよ。もう気が利かないのが取り柄で」

遼介「どうぞおかまいなく」

　二人、たばこの火をつけあって、

遼介「ご迷惑をかけてるようで」

光子「いやですよ」

　カーテンを引きながら言いかける光子に、言わせない宅次。

宅次「とんでもない。迷惑かけてンのはこっちの方！」

遼介「いやあ、メシつきフロつきのアルバイトらしいって、家内が恐縮してました」
光子「どして、こういうことになったのか、ねえ、あたしたちも判んないんですよ。本宅に申しわけないなんて言い言い、あッやだ、本宅だなんて」
宅次「あたしらね、ふざけて、菊男ちゃんのオメカケだなんて、なッ！」
遼介「ここは妾宅（しょうたく）ですか。あいつ、生意気に――」
　二人、やや不自然なほど笑う。
　とびこんでくる菊男と日出子。
　カーテンを手繰（たぐ）りながら、いきなり宅次をどなりつける菊男。
菊男「駄目だよ、おやじさん。いい加減な伝票書いちゃ。今晩はオレ、背中流してもらうから（ね――）」
日出子「そうよ。菊男さん、困ってた（から）」
　言いかけてハッとなる菊男。
　日出子もヘンな気配に語尾が小さくなる。
菊男「――」
遼介「板についてるじゃないか」
日出子「――（アッ――）」
宅次・光子「菊男ちゃんの――お父さん――」
遼介「こちら、おたくの娘さんですか」

宅次「いや、あの」
光子「そこの美容院の――」
宅次「日出子さん」
菊男「おやじ――」
　日出子、体を固くしてあいさつ。
遼介「どうも――いや、この近くまで来たもんだから」
菊男「(小さく）来ることないよ」
宅次「なんせ急だもんで、びっくりして」
光子「あ、お湯――」
宅次「バカ」
　台所へすっとんでゆく光子。
日出子「あたし」
　手伝いましょうと言いかけて、遼介の手前――やめる。菊男に小さく、
日出子「――失礼します」
菊男「いいよ」
日出子「でも――」
菊男「かまわないよ」
　菊男、エコジになって、日出子の腕を押さえる。

見ている遼介。
ちょっと間があいてしまう。
宅次「（モタモタしながら）いまね、笑ってたのよ。菊男ちゃん、おじいちゃんやお父さん、差しおいて、妾宅があるんだねえって」
光子「生意気だってね」
遼介「昨今は、何でも子供の方がゼイタクですよ」
宅次「その通り——」
光子「ほんと」
（間）
日出子「失礼します」
菊男「（押さえる）」
（間）
宅次「なんなら（奥で）ビール」
遼介「どうですか、腕の方は」
宅次「は？」
菊男「？」
遼介「靴屋として『もの』になりますか」
宅次「え？」

菊男「(言いかけるが、遼介かまわず続ける)」
遼介「いや、この間うちから、どうも就職のはなしがあっても上の空でしてね」
菊男「カンケイ(ないだろ)」
遼介「あるんじゃあないのか。(にこやかに)いや、素質がある将来モノになるっていうんなら、男一生の仕事として靴屋、大いに結構なんですが、どうも親ゆずりの不器用で、こちらさんのご厚意に甘えてご迷惑をかけているんじゃないか」
菊男「いいよ、そのハナシは」
遼介「もし、そうなら、そちらさまにもご迷惑。まあ、こっちも一生の問題ですからねえ。ご遠慮なくクビにしていただいたほうが、お互いのために」
菊男「帰ってくれよ!」
遼介「——(やわらかく)何分、よろしく」
遼介、にこやかに立ち上る。
遼介「一足、先に帰るよ」
宅次「あのよかったら、みんなでビール——そうですか」
光子「おじゃまいたし——やだ、間違えちまった……ハハ——おかまいもいたしませんで」
遼介、コートを着ながら、日出子に、
遼介「学校はどちらの——」

日出子「――新潟の十日町高校……」
遼介「――じゃ、スキーの名人だ」
　日出子、哀（かな）しく笑う。
菊男「――」
日出子「――」
遼介「――」

●津田靴店・表（夜）

　にこやかにあいさつして帰ってゆく遼介。

　表まで見送っている宅次と光子。

　二人とも恐縮している。

宅次「そこ、まっすぐ行って右曲がると、タクシー拾えますから」

光子「結構なもの、いただいて、すみません――」

遼介「おじゃましました」

　礼儀正しくあいさつして歩き出す遼介。

　向きを変えると、途端にムッとした顔になる。

　歩く遼介。

菊男（N）「おやじがどんな顔をして帰っていったか、見当がつく。さっき、ここで見せたにこやかな笑顔の分だけ、不愉快な顔をしている。さばけた物判りのいい父親を演じた分だけ心を開かない頑(かたく)なな表情をして歩いている。

六年前のあの日、オレが万引をして、警察へ身柄を引取りにきた晩、オレの前を歩いていたあの時の表情と同じに違いない」

●津田靴店(夜)

菊男と日出子、黙って坐っている。

入ってくる宅次と光子。

菊男(N)「ひとつ腹が立つと、見るもの聞くものシャクの『たね』になってくる。靴屋のおやじとおふくろにも腹を立てていた。何だってあんなにペコペコするんだ。悪いことでもしていたみたいに、卑屈(ひくつ)になって、きげんを取っている。大学を出ていないと判っていて、学歴を聞いたおやじにもう一度腹を立て、力ずくで追い返さなかった自分に腹を立てていた」

国電が通る。

宅次、遼介の持ってきたウイスキーの箱をあける。

宅次「コップ、四つ!」

菊男「飲むことないよ」

宅次「いいから——」

●津田靴店・茶の間（夜）

四つのグラスにウイスキーをつぐ宅次。光子、菊男、日出子。

宅次「菊男ちゃん、今日でクビ！」
菊男「おやじさん」
宅次「そういういい方も、今晩でお仕舞い！」
光子「アンタ――」
菊男「おやじの――うちのおやじのいうこと（言いかける）」
宅次「言うな」
菊男「やることが汚いよ」
宅次「なにが汚い。父親としちゃ当り前だろ」
菊男「――」
宅次「……当り前だよ……お父さん、気が利くじゃないか。お別れのパーティの酒まで心配して下すってら」
光子「アンタ、なにも」
菊男「オレはやだからね」
日出子「お別れパーティか。フフ、お誂え向きだなあ」
三人「え？」

日出子「あたしも、今日でサヨナラ」
菊男「――」
光子「日出子さん」
日出子「田舎へ帰るの」
菊男「こんど、いつ――出てくるの――」
日出子「(首を振る)」
光子「それじゃ美容院、やめるの」
日出子「(うなずく)」
菊男「どしてやめるの？　やめることないよ。オレも、ここやめない。君も」
日出子「(笑って) 菊男さん、うち、捨てられる？」
菊男「？」
日出子「お父さんやお母さんや、おじいさんや、あのうち、捨てられる？」
菊男「――」
日出子「うちか、この店か、どっちかひとつっていわれて、うち捨てられる？」
菊男「――捨てられるよ」
日出子「嘘(うそ)、捨てられないわよ」
菊男「――」
日出子「捨てられない――あたしがそうだもの」

菊男「――」
日出子「散々迷惑かけるお父ちゃんだから――もう、しらない。捨てよう。そうすればあたしもラクになる。そう思ったわ。でも、イザとなると駄目なのよ」
光子「あんた、お金のこと」
菊男「金って――」
日出子「お金――って、ヘンなもンね、お金って、ある人にとっては、三十万五十万ははした金よ。どしてそのくらいのお金で、身をあやまったのかって言うわ。でも、追いつめられた時、道に五円玉でも落ちてる？」
電車が通る。
三人「――」
宅次「ホタルの光、うたお」
誰も何もいわない。
また電車が通っていく。

●津田靴店・表

帰ってゆく日出子。

●津田靴店・茶の間（夜）

三人。
フラフラして立ち上る菊男。
追いかけようとする光子。目でとめる宅次。

●ハルナ美容室・表（夜）

看板の灯り（あか）は消えているが、一部分だけ明りがともっている。
見ている菊男。
裏へ廻ってゆく。

●廊下（夜）

入ってくる菊男。誰もいない。
控室をのぞく。入ってゆく。

●控室（夜）

ここにも誰もいない。うす暗い室内。
ドアをあけて中をうかがう。

一条の光が洩れている。奥へ進む菊男。

●ハルナ美容室（夜）

無人の美容室はほとんど明りがついていない。

奥の方から、細い光りが洩れている。

衣ずれのようなひそやかな物音がする。

菊男、足音をしのばせて歩み寄る。

「着付室」のプレート。

ドアが細目にあいている。

のぞいて、ハッとなる菊男。

●着付室（夜）

ここもほの暗い。

文金高島田のかつらをのせ、白無垢姿の日出子が帯を半分締めかけたまま、牡丹刷毛にたっぷりと水白粉を含ませ、顔を真白に塗っている。

菊男がのぞいているとは知らない日出子。

体を廻したりしながら帯を結ぶ。

真白の紅のない日出子の不思議な美しさは、花嫁のもっている悲しさのようにも見え、

　別れの旅路へ急ぐ人の別れのいでたちのようにも見える。
　帯を結びながら、日出子、暗い鏡の中に菊男の姿を見つける。

日出子「菊男さん……」

　菊男、うしろに立つ。日出子、菊男をみつめながら呟くようにゆっくりと話しはじめる。

日出子「──ずっと前に、あれは新宿だったかな。アングラの芝居見たことがあるの。芝居っていうよか、前衛舞踊劇っていうのかな。幕があがると、東北の雪深い田舎で、まっくらな中に村の地蔵堂みたいな所があるの──いや地蔵堂じゃなくて女郎屋かもしれない。そこにお女郎がいるの」

菊男「──」

日出子「旅の男たちに体を売って生きている──貧しい女なの。格子戸の中で泣くような声で笑ったり、お金数えたりしたわ。いくら働いても働いても、しぼり取られて、不幸な女なんだけど、どういういきさつだったか、お嫁にゆくことになるの」

菊男「──」

日出子「お女郎仲間が粗末な白無垢の花嫁衣裳を祝ってくれるの。貧しい寄せ集めの衣裳でお嫁にゆくの。虚無僧のかぶるような編笠みたいな綿帽子かぶって、ワラ靴はいて、途中で物凄い吹雪に逢ってしまうの。あたり一面、まっ白な雪で、聞こえるのは、女の悲鳴みたいな吹雪の音だけ」

ＳＥ　吹雪の音

日出子、まっ白い顔にかすかに紅をつけながら──

日出子「どっちへどう進んでも駄目なの。だんだん意識がなくなって、雪の中に倒れてしまうの。その上に雪がつもって──まっ白の花嫁衣裳は死出の旅の旅支度になりましたっていう」

菊男、日出子を抱きしめる。

日出子「白無垢って汚れをはらう色だけど、別れの色なのね」

菊男「──別れることないよ」

日出子「一度、こういう格好してみたかった──もう、これで、一生着ることないもの──見てもらえて、よかった」

菊男「別れることないよ」

日出子「あの靴屋の店──菊男さんにとっては『かりそめの場所』なのよ。かりそめの場所で知り合った女は、かりそめの女よ」

菊男「そうじゃないよ」

日出子「──気がついていたの。でも、そのこと、気がつかないフリして、一日でも半日でも楽しければそれでいい。そう思ったわ」

菊男「帰るの、よせよ」

日出子「(首を振る)」

菊男「どして」
日出子「おたがいに、うち、捨てられないもの」
菊男「捨てられる」
日出子「捨てられない」
菊男「捨てるよ」
日出子「捨てないわよ」

菊男、口をふさぐように烈しく抱きしめる。

うす暗い室内に白無垢の花嫁衣裳と、菊男のうす汚れた白いつなぎの作業衣がからみ合って、スローモーションでゆっくりと床に倒れる。

遠くのネオンが小さな明りとりのガラス窓に反射して、青や赤に色を変える。幾本ものひも。

国電が通る音。風の音。色を変えるネオンのガラス。

そして、白無垢。

●加代の家（夜）

眠る加代。

枕もとで、じっと寝顔をみつめる健吉。

加代が寝返りを打ち、片手をフトンの上に出す。

健吉、チラリと見て、そばの紙でカンジンヨリを作る。
指輪にしてはめて結んでやる。

●津田靴店・茶の間（夜）

目薬をさしている宅次。
のろのろと片づけている光子。急に老けこんだ老人夫婦。
恋猫の呼びあう声。

●ハルナ美容室・着付室（夜）

白無垢を羽織(はお)ってならんで横になる菊男と日出子。

菊男(N)「吹雪の音が聞こえてきた。まっ白の花嫁衣裳を着た日出子と二人、吹雪の中へ旅立ってゆく自分の姿が見えてきた。この先に何があるのか、幸せがあるのか不幸があるのか何にも見えなかった」

●北沢家・居間（深夜）

ウイスキーをのむ遼介とあや子。
あや子「美容師ねえ」
遼介「おかしいと思ったんだ。ああ入りびたるってのは普通じゃないよ。なんかある」

あや子「居心地がいいからでしょ」
遼介「女だよ。男はな、ただ気がおけない、居心地がいいぐらいじゃ、そうそう通わないよ」
あや子「バーなんか、そうだわねえ」
遼介「バーテンがいいとか雰囲気がどうとかいうけど、結局は女だよ」
あや子「そうなのねえ」
遼介「お前もいい年して、そのくらい判んないかねえ」
あや子「そうすると、なんですか。あなたが船久保さんの公一さんのこと、いろいろ心配してまめにゆくのも、やっぱり奥さんがいるからかしら」
遼介「何いってんだよ。ハナシが全然違うよ」
あや子「あら」
　湯上りの直子が出てくる。
　素肌にバスガウンを着ている。
直子「お風呂、ぬるいわよ」
あや子「なんですよ。もう子供じゃないんだから、ちゃんとしなさい（胸のところ）」
　ＳＥ　玄関のベル
あや子・直子「ハーイ！」
遼介「菊男か？」

あや子「おじいちゃまでしょ」

直子「あたし（出る）」

あや子「ちゃんと（胸許）」

直子「おじいちゃんじゃない」

あや子「おじいちゃまだって、男性ですよ」

　直子、出ていく。

あや子「――」

遼介「――」

直子(声)「おかえンなさい」

健吉(声)「はい、只今」

直子(声)「遅いなあ、おじいちゃん。お兄ちゃんとおじいちゃん遅く帰る競争してるみたい」

健吉(声)「菊男は帰ったのか」

直子(声)「まだ」

健吉(声)「フーン」

　入ってくる健吉。

　うしろから直子、健吉の体を押すように中に入れて、自分は出ていく。

　あや子、ウイスキーのおつまみを口に入れながら、あや子・遼介「おかえりなさい」
健吉「ただいま……」
遼介「毎晩遅いけど、体、大丈夫なの（言いかける）」
健吉「玄、玄関の、こういうやつ（手首をぐるぐる廻す）ドアの——きしんでやな音してるから、あれはずして、油、差さなきゃ駄目だ」
あや子「（モグモグしながら）ああ、ノブですか」
健吉「口、動かしてるひまに、手も動かす（威張る）」
あや子「ハイ、やっときます」
健吉「菊男は、まだらしいな（言いかける）」
あや子「（にこやかに）悪いことは出来ないわねえ」
健吉「（え？）」
あや子「バレたんですよ」
健吉「——（ギクリとする）」
あや子「妾宅」
健吉「（ショック）」
あや子「（お父さん）帰り寄ったんですって。靴屋さん——」
健吉「靴屋——ああ、菊男のハナシか」
あや子「あら、誰のハナシだと思ってらしたんですか。美容師のね、ちょっとキレイなひと――年、いくつぐらいなんですか」
遼介「二十三、四――かな」
あや子「おじいちゃまとお父さん、差しおいて菊男が妾宅とはねえ」
健吉「大したもんじゃないか、ハハ、ハハハハ」
あや子「ほんと……あ、そうそう。夕方、会社からお電話ありましたよ。『ここ、四、五日、お見えがないけど、お体の具合でも悪いんじゃありませんか』って、木元さん」
健吉「どっこいしょっと、そうだ木元ンとこも、二人目が生れたっていってたな。あの祝儀袋、あったかな」
あや子「ありますけど」
健吉「(口の中でブツブツ) やっぱり一万円かねえ。祝儀、不祝儀も、重なるとバカにならんな」
あや子「あの（言いかける）」
健吉「風呂は大丈夫かな。湯加減――」
あや子「――いま、直子が上ったばかりですけど」
健吉「タオル――大きいの、出しとくれ」
健吉、胸を張って出てゆく。
遼介「――会社、行ってないのか」
あや子「――（うなずく）」

遼介「毎日、どこいってるんだ」
あや子「聞こうと思うと、先廻りして文句いうか威張るかして言わせないのよ。よくまあ、文句や威張るタネが考えつくもんだと思って――」
　また、おつまみをつまむ。

●北沢家・表（夜）

　帰ってくる菊男。

菊男(N)「夜遅く、うちへ帰った。うちを捨てると言った癖に、夜ふけの道をおもてへ出ると、足はひとりでにこのうちへ向って歩き出していた。二重のうしろめたさにベルを押す手が重かった」

　ベルを押す菊男。あや子がドアをあける。

　菊男、顔をそむけるようにして入っていく。

菊男(N)「こういう晩は、誰とも顔を合わさず、誰とも口を利かずにねむりたかった」

　玄関のあかりがきえる。そして、門灯が消える。

　F・O

●加代の家（表）

　日の丸を出している健吉。

菊男(N)「次の日は、じいちゃんの——例の家で、ささやかなお祝いがあった。病人の具合がいいので床上げをするという。ゆうべの今日で靴屋へ顔を出すのも何やら面映(おもは)ゆい気もしたので、じいちゃんの誘いは渡りに船といったところだった」

健吉「ああ、いいお天気だ……」

伸びなどして弾んでいる。

●加代の家

心づくしの祝いの膳が。
すわっている菊男。
加代「魚屋さん、おそいねえ」
健吉、入りながら、
健吉「昼間だから、おくれるんだろ」
加代「鯛(たい)の尾頭つきとお刺身だよ」
健吉「アイ」
加代「忘れたんじゃないのか」
健吉「ちゃんとそう言った」
加代「——もひとつ——ほら、たのんだの」
健吉「え！　あッ——」

加代「忘れたろ」
健吉「忘れたなあ」
加代「ううん――この間から言ってたのに」
健吉「じゃあ、ひとっ走りいってくるか。どっこいしょ」
菊男「じいちゃん――買物ならオレ」
健吉「いや、魚屋待ってるひまに」
加代「足の運動――」
健吉「いってまいります。色はええと」
加代「西瓜（すいか）の色」
　うなずく健吉。
菊男「（小さなくしゃみ）」
　健吉、自分のチャンチャンコを菊男に着せてやる。
加代「車、気つけなよ」
健吉「アイ・シー」

●加代の家・表

　三輪車で遊んでいる子供たち。
　子供たちに敬礼をしながら、出てゆく健吉。

鼻唄が遠ざかる。

●加代の家

チャンチャンコを着て、すわっている菊男と加代。

おもてで子供の遊ぶ声。

母親の声「ほらほら、ヨシユキ。あぶないでしょ。自転車通るんだから、はじの方で遊ばなきゃ」

子供のふざける声。

三輪車のベル。

加代、膳の上のものをつまみ食いしたりして、くったくのない様子。

菊男(N)「この人に、聞いてみたいことがあった。どこで生れて、どういう育ち方をしたのか。しあわせだったのか不幸だったのか、どういういきさつで、じいちゃんと知り合って、こういう暮しをするようになったのか。結婚もせず、子供も生まず、それで幸せなのか。将来のことをどう考えているのか」

加代、菊男に、人なつっこい笑顔を向ける。

菊男(N)「だが、この人の笑い顔を見ると聞けなかった。そういうことを聞かせないものが、あった。風のないあたたかい日だった。

『かたつむり枝に這(は)い　すべて世は事もなし』

あれはブラウニングだったか、詩の一節が浮かんできた。
これも男と女の幸せのひとつの形なのだろう」
加代「――こんどは菊男さんにもいろいろお世話になったなあ」
菊男「いやあ――」
加代、ちょっと改まって、すわり直すと、晴れやかな顔でキチンと手をついて頭を下げる。
加代「いろいろ、ありがとうございました」
菊男「いえ――」
菊男、あいさつを返そうとした時、頭を上げようとした加代、突然、烈しいうめき声と共に後頭部を押さえて、えびのように体をそらす。
呆然とする菊男。
菊男「じいちゃん！　じいちゃん」

9

●加代の家・表

日の丸の旗が出ている。

三輪車で遊ぶ子供たち。

見守っている近所の主婦。

おだやかな春の陽ざしの中で日の丸の赤が美しい。

菊男（N）「日の丸が出ているけれど、別に祭日ではない。病人の床上げのささやかなお祝いだ。人生の半分を軍人として過したじいちゃんが、昔は権威や体面のシンボルであったに違いない日の丸を、今、一番大事にしているものの心祝いのしるしにしている。おだやかな春の陽ざしの中で、日の丸の赤を美しいと思った」

●加代の家

出窓から差し込む春の陽ざし。
健吉のチャンチャンコを着た菊男と加代が坐っている。
食卓の上は、ささやかな祝いの用意。
子供の遊ぶ声がのどかに聞こえる。
加代、ちょっと改まって坐り直すと、晴れやかな顔でチャンと手をついて頭を下げる。
加代「いろいろ、ありがとうございました」
菊男「いえ」
菊男、あいさつを返そうとした時、頭を上げかけた加代、突然烈しいうめき声と共に
後頭部を押さえて、えびのように体をそらす。
呆然とする菊男。
菊男「じいちゃん！　じいちゃん！」
菊男、うめく加代を助け起し、転がるように玄関に飛び出して、外をみて叫ぶ。
菊男「じいちゃん！　じいちゃん」
外にはのんびりと三輪車で遊ぶ子供と母親。
明るい陽ざしの中でゆれている日の丸。
菊男「じいちゃん！」

菊男、再び家の中へ駈け込む。
のどかにゆれている日の丸。

●雑貨屋

下町の、何でも屋風の小店で、マニキュアを見ている健吉。
店番をしているかっぽう着のオバサン。
品薄で売れ残りの感じ。
健吉、太陽にすかしてみたりする。
健吉「西瓜みたいな色のは、ないかねえ」
オバサン「そういうのは、専門店へいかないと――」
健吉、頭を下げておもてへ出る。

●加代の家

後頭部を押さえて激しくうめく加代。
オロオロしている菊男。
菊男「かかりつけの医者はないんですか！」
答えることも出来ず頭を押さえてうめく加代。
魚松「ヘイ、お待ち遠！」

勢いよく格子戸を開けて、魚屋が盤台を上りがまちに置く。

魚松「魚松です！」

盤台のフタを取りかけた魚松、うめき声と、助け起している菊男にびっくりして棒立ちになる。

菊男「このへんに病院――いや、救急車！　救急車！」

魚松「(口をパクパクさせている)」

菊男「早く！　電話して！」

魚松、すっとんで出ていく。

ガタンと盤台のフタがずれて、中に三人前の小さな尾頭つきの鯛が、ピンと尾を上げて焼き上っている。

色も鮮やかな鮪の刺身。

菊男「すぐ救急車がくるから、しっかりして、じいちゃん、どこ、いったんだろな」

●化粧品店

モダンな店。

美しく化粧した若い女店員に、マニキュアを見せてもらっている健吉。両手に二本持って迷っている。

健吉「どっちかねえ」

女店員「こっちはピンク系。こっちは朱系統だけど、口紅はどっちなのかしら、お孫さん」
健吉「孫じゃないんだ……」
女店員「ああ、お嫁さん――」
健吉「嫁でもないいんだなあ」
女店員「？」
健吉「女房に頼まれてね」
女店員「ウワァ、随分モダンなおばあちゃんなのね」
健吉「じじいのつれ合いだから、ばあさんとは限らんよ。実は年が若いんだ」
　けげんそうな女店員。健吉、いたずらっぽい目で笑いかけながら、テスト用の口紅で、そばの紙に、35と書く。
女店員「ウワァ、頑張ってるウ……」
　健吉、笑っている。家族には絶対に見せない顔である。笑いながら、二本の赤いマニキュアを陽にかざす。

●加代の家
　たたみの上に横たわる加代。もう半分意識がない。
　菊男、玄関を気にしながら、中腰でオタオタしている。

突然、加代が何か呟きながら、手を空に泳がす。

菊男「すぐ救急車がきますから。しっかりして——」

加代、菊男の手を握る。紫色のチャンチャンコを着た菊男を健吉と錯覚しているのだろう。

もうほとんど見えなくなった目を向けて、

加代「健ちゃん」

菊男「——」

加代「健ちゃん」

菊男「——」

加代「——健ちゃん」

握った手が、だらりと力なく落ちる。

菊男「じいちゃん！　じいちゃん！」

あたたかい春の陽ざしがさしこむたたみの上に力なく加代の手が落ちる。

救急車のサイレンが近づいてくる。

●花屋

道端に出店している花屋で、赤いチューリップを買っている健吉。包んでもらう間に、ほかの花にそっと触れたり、匂いをかいだりしている。

健吉「今年は、桜はどうかねえ」
花屋「さあ、どうですかねえ」
　彼にとっては、今が遅まきながらめぐってきた人生の春なのである。

●加代の家・表

チューリップと化粧品の袋を手に弾んだ足どりで石段を下りてくる健吉。
手前にとまる救急車の赤い点滅。
うちの前に立ってヒソヒソばなしをしている七、八人の主婦と子供に気づく。
一同も健吉に気づき、こわばった表情で道をあける。
健吉、一瞬けげんな顔で立ちどまるが、転がるようにうちに飛び込む。

●加代の家

　とびこむ健吉。
加代を取り囲むように坐っている二人の救急隊員と菊男。
菊男、悲痛な目で健吉を見上げる。
健吉の手からチューリップと化粧品の袋が落ちる。
すでにこと切れている加代。
チューリップの横に今は空（むな）しくなった鯛の尾頭つきと鮪の刺身の入った盤台。

健吉、死者のような無表情な顔で、加代のそばにすわる。
健吉「加代ちゃん
　加代ちゃん」
　呟くが、それは声にならない。

●ハルナ美容室

　客のセットをしている日出子。楽しいムード・ミュージックが流れている。
　奥のドアから顔を出すエミ子。昼食中らしく、口をモグモグさせながら、
エミ子「竹森さん、電話」
日出子「だあれ」
エミ子「男の人」
日出子「ことわって」
　エミ子、引っこむ。
　セットをつづける日出子。
　また顔を出すエミ子。
エミ子「急用だからって――北沢っていってるけど」
日出子「北沢――菊男さん……」
　日出子の白い無表情とも見えた顔に、うっすらと血の気が上り、漂うものがある。

櫛（くし）を置き、控室へ。

●ハルナ美容室・控室

ラーメンをすすりこんでいるエミ子に背を向け、受話器を取る日出子。
甘え、恥じらいをこめて――
日出子「おはよう……」
何か言いかけた日出子の顔が一瞬こわばる。
日出子「死んだ――」
ラーメンをすすっていたエミ子の箸（はし）がとまる。
日出子「死んだって、おじいさん――」

●津田靴店

宅次と光子に、説明している日出子。
宅次「死んだ――」
日出子「おじいさん」
宅次「妾宅（しょうたく）で倒れたのかッ！　そういうことになるんじゃないかと思ってたんだよ」
宅次、日出子に言わせず、まくしたてる。
宅次「じいさんさ、血色よかったろ。あの『テ』の顔は血圧高いんだよ。おまけに孫みてえに若いコレ（小指）だろ。たまんないわ」
日出子「そうじゃないのよ（言いかける）」
宅次「本宅、全然気がついてなかったんだろ」
光子「びっくりすンだろねえ」
宅次「まあ、死んじまえば、恥もへったくれもないからいいようなもんだけどさ」
光子「それにしたって」
宅次「『あとは野となれ山となれ』」
日出子「違うのよ！」
二人「え？」
日出子「亡くなったのはおじいさんじゃないのよ」
光子「それじゃあ」
宅次「――女のほうかい」
日出子「（うなずく）」
光子「病気よくなったって言ってたじゃないの。どして――」
日出子「床上げのお祝いしてて、発作起したんだって」
光子「発作……」
日出子「蜘蛛（くも）膜下（まくか）出血らしいって」
光子「蜘蛛膜下出血……」

宅次「──じいさん、あとが辛いぞ……」
二人「───」
宅次「今ごろはあのほれ、一点非の打ちどころのねえってような息子だの嫁さんに乗り込まれてさ、身の置き所のねえ思いしてっぞ」
日出子「──言わないんだって」
二人「言わない？」
日出子「菊男さん、うちには言わないって」
光子「だって、お通夜だ、お葬式だっていろいろ」
日出子「菊男さん、一人でやるって」
宅次、パッと前かけをとってほうり投げる。
宅次「おい、なにボヤボヤしてンだよ」
光子「え？」
宅次「黒い服！」

●加代の家（夕方）

豆腐屋のラッパが路地に流れ、昼までは日の丸がはためいていたあたりを赤く染めている。

宅次「(ひそひそ声で) 今晩お通夜(つや)ねえ……」

●加代の家

上りがまちの所で、宅次と光子、そのうしろに菊男が、葬儀屋と声をひそめて打ち合わせをしている。

日出子は台所で湯のみ茶碗などを揃えて洗ったりしている。

光子「いくらなんでもせわしいんじゃないの」

葬儀屋「あさってが友引なんですよ」

光子「あ、そいじゃあ、やっぱり今晩お通夜で、あしたお葬式だわ……」

一同、そっと窺うような視線で奥を見る。

白布をかけ、北枕で横たわる加代のそばに、チャンチャンコを着て坐る健吉。

無表情な横顔に、三人――

宅次「じゃあ、そういうことで――」

葬儀屋「そいから――仏様の、ご宗旨」

菊男「ご宗旨――」

葬儀屋「お願いするお寺さんの――」

光子「浄土宗とか禅宗で――お経が違ってくるから」

三人、顔を見合わせる。

菊男、健吉のそばに寄って、

菊男「何宗か、判んないかな」

　化石のような健吉が、かすかに口を動かす。

　愛した女の宗旨すら聞いていなかった已れを責めているのかもしれない。

宅次「――（低く）菊男ちゃん」

　いいからもうよしな、と目でとめて、葬儀屋に、
宅次「――見つくろいで」

光子「あんた――」

　日出子、台所の隅にほうりっぱなしになっているチューリップをひろい上げ、鍋に水をはって入れる。

　足元に盤台。鯛の塩焼、そして、色の変りかけている鮪の刺身。

　見ている日出子、どうする？　という感じで菊男と目が合う。

　陽は落ちたらしい。夕焼けに代る薄墨色の夕闇の中に、加代の白布と健吉の白髪。

菊男(N)「うららかな春の陽ざしは、夕焼けに変り、夕焼けは薄墨色の夕闇に変っていた。そして、ついさっきまで笑ったりしゃべったりしていた人は、冷たい『なきがら』に変っている」

　宅次と光子は葬儀屋と、祭壇の飾りつけの場所を手で示しあっている。

宅次「ごくうちの『ナン』だから、（小さいので）」

光子「近所づきあいもなかったらしいし――身内も、ねえ」

宅次「弟が一人いるって言ってたけど、どした連絡――」

菊男、目で判らないいんだよ、という感じ。

●北沢家・居間（夕方）

無人の居間に電話のベルがひびく。

あや子（声）「直子！　直子、いないの？」

台所から水仕事の手をエプロンで拭きながら、小走りに出てくるあや子。

あや子「帰るとすぐ二階へ上っちゃうんだから。少しは手伝って頂戴よ――」

受話器を取って、

あや子「北沢でございます」

修司（声）「健吉さん、いる？」

あや子「あ、おじいちゃまですか。出かけておりますが、どちら様」

修司（声）「どこ、行ってんの」

あや子「――会社ですけど……」

修司（声）「会社にいないから、そっち、電話してンじゃないの」

あや子「モシモシ。どちら様ですか」

修司（声）「（からかうように）――じいさん、どこ行ってンの、毎日……え？」

あや子「あの前にも一度、お電話戴いた方でしょうか」

●公衆電話（夕方）

　電話している修司。
修司「じいさんにね、『加代がお世話になっています』そ言っといてよ」
あや子(声)「あの、どちらさま」
修司「加代の弟――」

●北沢家・居間（夕方）

　電話口のあや子。
あや子「カヨがお世話に――モシモシ」
　電話切れてしまう。
　あや子、受話器を置く。
あや子「カヨ――」
健吉(声)「加代ちゃん」

●回想・茶の間（夕方）

　長椅子でうたた寝をしながら、ひざ掛けをかけるあや子の手を握る健吉。
健吉「加代ちゃん、加代ちゃん」

ポカンとするが、次の瞬間、スッと手を引くあや子。
健吉もハッと気づく。棒立ちのあや子。

●北沢家・居間（夕方）

放心しているあや子。
あや子「『カヨちゃん……』」
入ってくる直子。
直子「どうかしたの」
あや子「え？　どうもしませんよ」
台所へ入ってゆく直子。
あや子「カヨちゃん……」

●加代の家・表（夜）

格子戸に「忌中」の白い紙。
風呂帰りの若夫婦と子供が通ってゆく。
夫婦、子供をかまいながら、はり紙に目をとめ、中をのぞきこむように通り過ぎる。

●加代の家（夜）

台所の隅に固まって、のり巻を食べる宅次、光子、菊男、お茶をいれている日出子。

一同、悪いことでもしているように、ひっそりと呑み込む。

枕もとには、葬儀屋のしつらえた経机。

茶碗に盛った飯に逆さの箸(はし)。香華がただよっている。

そばに坐ったままの健吉の横にも、すし桶(おけ)がおいてあるが、健吉は微動だにしない。

三人、見る。

光子「おひるも食べてないんだろ」

菊男「(うなずく)」

宅次「体、もたねえぞ」

菊男、健吉のそばにゆく。

菊男「食べなきゃ駄目だよ」

健吉「――」

菊男「いま、バテたら、あしたの葬式、出らンないよ」

健吉「――」

菊男、のり巻をひとつ取って、
菊男「ほら、じいちゃん――」

口に押しこむようにする。

健吉、表情を動かさず、口だけを動かして食べ始める。

お茶をもってくる日出子。菊男、もう一つ取って差し出す。健吉、食べる。その目から涙がこぼれる。

菊男、日出子、宅次、じっと見ている。

光子、横の新聞をかけた盤台から、色の黒く変ってしまった刺身を出し、そっと流しのゴミ入れに捨てる。

菊男、のり巻をもうひとつ健吉に食べさせる。

菊男(N)「じいちゃんは悲しかったのだ。生き残った人間は、生きなくてはならない。生きるためには、食べなくてはならない。そのことが浅ましく口惜しかったのだ」

●北沢家・居間（夜）

食事のあと片づけをしているあや子。
手伝って、いろいろなものを台所へ下げている直子。新聞をひろげている遼介。
直子「どうするの？　おじいちゃんとお兄ちゃんの分」
あや子「もう帰ってくるでしょ」
直子、台所へ。
その合間を縫って、夫婦、ナマのやりとり。（ヒソヒソばなし）
遼介「出先は聞いてないのか」
あや子「——靴屋じゃないんですか」

遼介「じいさまだよ」
あや子「――（首を振る）」
遼介「聞いとけって言ったろ」
あや子「言うもんですか。なんか聞くと、威張って――。おじいちゃま、タヌキだもの」
遼介「いかにタヌキだって、しっぽつかめば」
　入ってくる直子。片づけながら、
直子「シッポがどうしたの」
あや子「お魚の切身はね、シッポの方が身が多いって言ったの」
直子「――フーン（うたがっている）」
遼介「――（新聞をみている）」
あや子「重ねないで――」
　直子、皿をもってまた台所へ。
遼介「子供じゃないんだから、どこで何しようとかまわないようなもんだけどねえ、世間体ってもンがあるよ」
あや子「(叫ぶ) 油のお皿は別にしといて頂戴よ！」
遼介「血圧だって高いんだし、もしヨソで倒れたりしたら」
あや子「それ言うと、体操なんかするのよ」
遼介「体操？」

あや子「これだけ元気だってとこみせたいんじゃないの」
遼介「ありゃ、いるな」
　遼介、小指を立てる。直子、入ってくる。
直子「何がいるの」
あや子「——三月はお金がいるって言ってンの。早く片づけなさい」
直子「——（うたぐっている）」
　遼介、また新聞をひろげる。

●加代の家・表（深夜）

　もう誰も通らない路地。
　どこかで夜廻りの拍子木。うす暗い中に忌中の札が白い。

●加代の家（深夜）

　加代のそばに坐る健吉。
　宅次、菊男、光子、日出子。
菊男「もう帰ンなよ、じいちゃん」
健吉「————」
菊男「ねえ」

健吉「――」
宅次「差出がましい口、利くようだけど、帰ったほうがいいなあ……夜通しついててやりたいって気持は判るけど――あとが――具合悪いんじゃないんですか」
健吉「――」
宅次「――今まで、こういうこと、全然なくて――こられたわけでしょ。だったら、ここで外泊してさ。――表沙汰になったら、息子さんやヨメさんの手前、そうそうエバっては暮せないでしょ」
健吉「――」
宅次「仏さまは、あたしらがついてるから」
光子「第一、体、休めなきゃ毒だわ」
菊男「今晩は帰ってさ、あしたの朝、早くくりゃいいじゃないか」
宅次「そうしなさいよ、ねえ」
健吉「――（呟く）お気持はありがたいが――」
　健吉、呟きながら、新しい線香をつける。
一同「――」

●北沢家・居間（深夜）

　電話しているあや子。ガウン姿の遼介。

あや子「夜中におさわがせして、はあ、今までこんなこと、なかったもんですから。もしかして、はあ、そちらへお邪魔して、碁でも打って遅くなってるんじゃないかしら、なんて――はあ、申しわけございません。おやすみなさいまし」

切る。

あや子「ここ一年ほど、みえてないって――」

時計が二時を打つ。

遼介「普通じゃないぞ」
あや子「菊男は靴屋さんだとして」
遼介「いや、女ンとこだよ」
あや子「美容師ってひと？」
遼介「靴屋の夫婦公認でつきあってるって感じだったからねえ」
あや子「その人のアパートかしら」
遼介「菊男よか、じいさまだよ」
あや子「――電話ぐらい、かければいいのにねえ」
遼介「名前、なんだって」
あや子「カヨ――弟だって」
遼介「ヘンなのに手、出して、ヒモにでもおどかされてるんじゃないのか」
あや子「――」

遼介「金、いくらぐらい持って出た？」
あや子「さあ、お財布の中までは、ねえ」
遼介「――血圧はどうだった」
あや子「低くはなかったわねえ」
遼介「――女の家で倒れたんじゃないかな」
あや子「カヨってひとの？」
遼介「――」
あや子「どうしたらいいんでしょうねえ。こういう場合」
遼介「どうしようもないだろ、場所もなにも判んないんだから」
あや子「――やっぱり脳溢血（のういっけつ）かしらねえ」
遼介「――」

●加代の家（深夜）

フトンや毛布にくるまって雑魚寝（ざこね）している宅次、光子。菊男、日出子。
宅次、いびきをかいている。光子は歯ぎしり。
暗くした室内。
菊男も日出子も、うとうとしている。
菊男、ふと物音で目をさます。

健吉が、加代にマニキュアをしてやっている。

胸の上で合掌した、すでにこわばっている手に、いとおしむように、うす赤いマニキュアをしている健吉。

白布をはずした顔に、やわらかくほほ笑みながら。

じっとみつめる菊男。その横で日出子も気がつく。

ならんでみつめる二人。

日出子、菊男の手の上に自分の手を重ねる。

マニキュアをする健吉。

みつめる日出子の目に涙がにじんでくる。

ゆらぐ線香の煙。

菊男(N)「マニキュアの色は、あの人が言っていた西瓜の色だった。じいちゃんは、冷たくこわばってしまった指をいとおしむように塗っている。堅苦しく生きてきた七十年の生活の終りに、ほんの短い間訪れた人生の春に、別れを惜しんでいる」

菊男(N)「重ねている日出子のてのひらをあたたかいと思った。このあたたかさだけで、ほかの何がなくても生きてゆける——そんな気がしてきた」

F・O

●街（早朝）

　歩く菊男と日出子。

菊男(N)「朝はいつもと同じ顔をしてやってきた。一人の女が人生の半分しか生きないで死んでいったというのに。いつものように朝陽が昇り、人々は昨日と同じように目を覚まして動き始める。世の中は小気味がいいくらい残酷だ。オレたちも生きている証拠に、朝の空気を胸いっぱい吸いこんで、少し笑ったりしながら歩いてきた」

●北沢家・廊下（朝）

　ガウン姿の遼介がどなっている。

遼介「おい、あや子！　あや子！」

　起きてくる直子。

遼介「お母さん、知らないか」

直子「あら？　あけ方、トイレ起きたとき、テーブルにうつ伏してうたた寝してたけど

――いないの」

遼介「どこいったんだ……」

直子「おじいちゃんもお兄ちゃんも――まだ？」

●津田靴店・表（朝）

　ガラス戸を叩いているあや子。
あや子「ごめん下さいまし！　ごめん下さい！」
　ガラス戸にはり紙。『臨時休業致します』。
あや子「ごめん下さいまし！　ごめん下さい！」
　烈しく叩くあや子。
　うしろから、ねむそうな声をかける隣りのいち子。
いち子「帰ってないんじゃないかしら」
あや子「あの、どこかお出掛け……」
いち子「お通夜だっていってたから」
あや子「お通夜。どなたか、亡くなったんですか」
いち子「手伝いにきてた菊男って人の」
あや子「（絶句してしまう）」
いち子「おじいさんの彼女」
あや子「（ほっとしながら）おじいさんの方じゃないんでしょうね、本当に彼女――女の
　人の方なんでしょうねえ」
いち子「そういってたけど――」

あや子「場所、どこなんでしょう」
いち子「さあ……」

●北沢家・健吉の部屋（朝）

いきなり襖（ふすま）をあけ、どなりつける遼介。
遼介「そんなとこでなにしてる！」
机の引出しをあけ、手提金庫をあけていた菊男。硬直する。
遼介とび込む。菊男の手から一万円札が落ちる。
遼介「なんの真似だ！　おい」
もみあう父と子。
遼介「昔の癖がまだ抜けないのか」
菊男「（はげしくにらみかえす）」
遼介「なんだ、その目は」
菊男「――」
遼介「ゆうべはどこへ泊った」
菊男「――」
遼介「あの女のとこか」
菊男「――」

遼介「女に金がいるからって、うちのものに手をつけるとは――」
菊男「――」
遼介「おい！」
あや子「どしたの？」
　立っているあや子。
遼介「どしたもこしたもないよ、こいつ。ここまで根性の腐った奴とは――」
あや子「菊男――」
　菊男の手をねじあげながら、
遼介「どこ行ってたんだ――」
あや子「靴屋さんですよ」
遼介「靴屋――」
　SE　電話のベル
遼介「――じいさんじゃないのか」
　あや子小走りに出ていく。
　いきなり父に足払いをかける菊男。
遼介「何するんだ！」

●居間（朝）

電話口のあや子。
あや子「おじいちゃんですか」
修司(声)「へへ、先手打ってるじゃないの」
あや子「──あ、きのうの──」
修司(声)「いるんだろ、じいさんよォ」
あや子「ゆうべから帰っていないんです」
修司(声)「え？」
あや子「──加代さんて方、亡くなったんじゃないんですか」
とびこんでくる菊男、アッとなる。

●公衆電話（朝）

ガク然とする修司。
修司「ほんとかよ！」
あや子(声)「今日あたりお葬式じゃないかって──」
ガシャンと電話を切る修司。
電話ボックスをとび出してゆく。
忘れていったエロ週刊誌。

●北沢家・居間（朝）

受話器を持つあや子。

電話を切る。

菊男、なにか言いかける。

ハアハア息を切らして遼介がとびこんでくる。

遼介「じいさんじゃないのか」

あや子、何か言いかける。

菊男「マージャンだよ」

遼介「マージャン」

菊男「徹夜マージャン。この間からじいちゃん、引っぱり込んでさ、靴屋の連中とやってたんだよ。じいちゃん一人負けでさ、そいで、オレ、金……」

あや子「菊男――」

遼介「いい加減なこというな！」

あや子「お母さんねえ、いま、行ってきたのよ。靴屋さん。そしたら」

菊男「いなかったろ。近所の雀荘（ジャンそう）でやってンだもの」

あや子「――（言いかける）」

菊男「（強い目で制して）――も少したてば帰ってくるよ。今バテて、ねてるけどさ」

あや子「(言いかける)」
　SE　台所で、ピーピーやかんが音を立てる
あや子「やかんかけたのお父さん?」
遼介「あッ!」
　あや子、小走りに台所へ。
　菊男つづいて飛び込んで、ガスを消しているあや子の背にかぶさるようにして低い声で――
菊男「じいちゃんのことおやじに言わないでくれよ」
あや子「そんなわけにはいかないわよ」
菊男「――言ったら、オレ、うち出るからね」
あや子「菊男――」
菊男「ほんとに、出るからね」
遼介(声)「おい!」
　あや子、居間に。

●居間

　遼介。あや子入りながら、
あや子「時間じゃないんですか」

遼介「出かけるわけにはいかんだろう」
あや子「帰ってきたら、電話しますよ、会議なんでしょ、(目くばせ)あとで——」
遼介「——(じいさん)大丈夫なんだな」
あや子「(意味をもたせて、うなずく)」
遼介「ぐるになって、なにやってんだ」
　台所と居間の境に菊男。

●北沢家・表(朝)
　気持を残しながら出てゆく遼介。

●北沢家・居間(朝)
　あや子と菊男。
あや子「いくつなの、その人——」
菊男「女のトシは判んないよ」
あや子「——いつ頃からなの、その人とおじいちゃん」
菊男「——」
あや子「おじいちゃんに言われてお金取りに帰ったのね」
菊男「お通夜とか葬式って、現金でないと、どうしようもないんだよ」

あや子「……（お茶を入れる）」
菊男「おやじさんには絶対に言わないでくれよ」
あや子「言わないわけにはいかないでしょ。ひと一人、死んでるのよ。知らん顔出来ないじゃないの（言いかけて）――アンタ、靴屋やめられる？」
菊男「（とっさに意味がわからない）」
あや子「あんたが靴屋やめるっていうんなら――」
菊男「……やめるよ」
あや子「ちゃんと、就職してくれる？」
菊男「………」
あや子「そしたらお母さんの胸ひとつに納めて、なんにもなかったことにするわ」
菊男「（うなずいて）――なんにも聞かなかった。じいちゃんは徹夜のマージャンで外泊。そうでないと、じいちゃん、あと何年生きるかしらないけど……かわいそうだよ……」
あや子「………」

●泰明商事・応接室

初江が来ている。
遼介。
初江「会議中でいらしたんじゃないんですか」

遼介「いや――一人や二人抜けたって、どうってことないですよ」

といいながらも、遼介、明らかにイライラして、たばこを取り出し、火をつける。

初江「申しわけありません。思い余ったものですから」

遼介「なにか――」

初江「実は、公一がゆうべから帰らないいんです」

遼介「外泊ですか」

言いながら、遼介席を立って、部屋の隅のインターフォンを外す。

遼介「北沢だがね、電話あったら、第二応接へつないで――」

初江「(ちょっと気勢をそがれるが) まあ、外泊ははじめてじゃありませんけど」

遼介「三度目だったかな」

初江「二度目です。どうもあたくしに再婚のおハナシがあってからは」

SE　インターフォンがなる

遼介「(手で失礼とやって立つ) はい、北沢――電話、どこから、あ、あとでこっちからかけますって」

遼介、もどって、

遼介「失礼――」

初江「……村瀬さんとおつきあいするようになってから、どうもよそよそしいんです。前は北沢さんがみえるの『今晩おやじさんくるかな』なんてたのしみにしてましたのに、このごろでは」
遼介「おふくろだのおやじなんてものは恋人──いや、ガールフレンドが出来るまでの『ツナギ』ですよ」
初江「それにしても……（ポツンと）あの子、今まで通りのほうが、よかったんでしょ」
遼介「今まで通りっていうと──」
初江「週のうち六日は、お位はいの父親。一日だけは、北沢さんていう父親が──本当の父親よりも、たのもしい、何でも話せる父親がいるほうが──」
遼介「──」
初江「あたしが再婚するってことは、あの子、北沢さんていう父親を失うことになるんですよ。あの子も、それ判ってるから、グレたまねしてるのよ──」
遼介「──」
初江「北沢さんみえるのが、あたしたちの張合いでしたものね。おいしい塩辛もらえば、『北沢さんにとっとこう』あの子、北沢さんにほめて頂きたくて、いい成績とったんじゃないかしら」
遼介「──」
初江「──公一だけじゃなかったわ。あたくしだって」
遼介「奥さん……」
　初江、せいいっぱいの気持を言う。

初江「実は今日、村瀬さんにおひる、招ばれているんです。あたし、正式にお断わりをしようかなって」

SE　インターフォン

遼介「失礼──（立つ）」

初江「──────」

遼介「え！　あ、こっち廻して──マージャンじゃないんだろ。え？　お通夜？　だれの？」

遼介、初江から体で受話器をかばうようにして、低い声でヒソヒソとしゃべる。

切迫した口調を察する初江。

初江「あの、あたくし、おいとまいたします」

遼介「いや、あのちょっと──モシモシ」

初江「お忙しいところ、申しわけございませんでした」

遼介「奥さん」

一礼して出てゆく初江。

遼介「うちはどこなんだ！」

●加代の家・表

型のごとく鯨幕がはられているが、ヒッソリとしたさびしい葬式。「告別式一時より」

の札や、ただひとつ、バカでっかい「津田靴店より」の花輪もかえって物哀しい。
読経の声。
見ている近所の主婦や子供たち。
菊男(N)「ひっそりとさびしい葬式なのに、なぜか、心が安まった。オレはずっと前から
このうちに住んでいたような、そして、並んでいるみんなが家族のような、そんな気が
してきた」

●加代の家

ささやかな祭壇。引き伸したおどけて笑いかける加代の黒枠の写真。
紫のチャンチャンコを着た健吉が坐り、菊男、日出子。誰もこない焼香、読経がつづ
いている。
やっと、二、三人近所の人がきて焼香する。
宅次「ありがとうございました」
宅次と光子、焼香の客にあいさつする。
宅次「ご近所のかたでいらっしゃいますか」
主婦たち「はあ」
宅次「そりゃまあ、ご丁寧に」
光子「おつきあいも行き届かなかったでしょうに――すみませんねえ」

主婦たち、帰っていく。

日出子、菊男の背広のボタンがゆるんで落ちそうになっているのに気づく。

突ついて目で合図。

立っていく。

つづいて立つ菊男。

●祭壇の裏

鯨幕の裏。日出子、タンスや押入れをゴソゴソやって小さなプラスチックの針箱を探す。

菊男の上着を脱がせ、ボタンをつけ替える。

祭壇の裏の狭いところに体を寄せ合うようにして、すわる二人。祭壇の向う側から、読経が低く聞こえてくる。

菊男、針箱の中に切り抜きが入っているのを見つける。

新聞か雑誌から切り抜いたらしく、茶色に変色している。

菊男「『餅をのどにつかえた時は――老人特に注意』『高血圧と老人』」

日出子「切り抜きしてたのね」

菊男「じいちゃんのこと、心配してた人が先死ぬなんてね」

日出子「………」

菊男、また一枚をつまみ上げる。

菊男「『湯どうふのコツ』じいちゃん豆腐が好きなんだ」

読経。カネの音。

日出子「わたし、加代って人の気持、判るような気がする――」

菊男「――」

日出子「――めぐり合わせが悪くて、なにやってもうまくいかない、家族は足引っぱるし、恋人には裏切られるし、もう、生きてるの、いやになって、ボンヤリしてるときに『よしよし』って、背中さすってくれる人がいたら、――いろんなこと忘れて、とにかく今日一日、誰かを信じて安らかに暮したい。そう思ったのよ」

菊男「――」

日出子「五年先、十年先のことなんかどうでもよかったのよ。年の差とか、結婚とか――将来よりも、今日一日のしあわせが欲しかったのよ」

日出子が針の先で指を突いてしまう。小さく、アッと言う。

指の先にポツンと赤い血の玉。

菊男、その指を口に含む。

じっとみつめあう二人。

鯨幕の向うの読経の声、高くなる。

●路地

石段をおりてくる喪服のあや子。

●加代の家

健吉、菊男、日出子、宅次、光子。

入ってくるあや子。

菊男「あッ！」

とび出す菊男。

菊男「こない約束だろ」

あや子「(宅次夫婦に) ごあいさつはあとにして、おまいりさせて戴きます」

あや子、菊男にとりあわず静かに焼香する。

菊男「———」

健吉、全く表情をかえない。

菊男「(終るのを待って) どしてきたんだよ」

あや子、風呂敷包みをあけて、黒い背広、喪章など出す。

あや子「おじいちゃま。お召し替え——」

菊男「——(何か言いかける)」

あや子、宅次夫婦に、行きとどいたあいさつ。
あや子「どうもこのたびは、いろいろご迷惑をおかけいたしました」
宅次「いや」
光子「ゆきとどきませんで――」
あや子「まあ、ぼんやりで、何にも知らなかったものですから――そちら様に」
二人「いやあ、あの――」
健吉がいきなり言う。
健吉「何から何までお世話になった。よく礼を言ってくれ」
あや子「――ありがとうございました」
宅次・光子「――」
健吉「それから、そこの――その――（日出子）」
あや子「――」
菊男「竹森さん。竹森日出子さん」
健吉「その人にもお世話になった」
日出子「――」
あや子「（黙って頭を下げて、宅次夫婦に）ゆうべからお疲れでございましょう。あとは、
わたくし共で『なに』致しますから――」
菊男「いいって言ってるだろ」

あや子「おじいちゃま、お召し替え」
健吉「――」
あや子「おじいちゃま」
健吉「これでいい」
あや子が綿の出たチャンチャンコに絶句したとき、いきなり修司が焼香台をぶっとばすような勢いでとび込み、アッという間に健吉を殴りつける。
宅次「アッ！」
菊男「なにするんだ」
修司「手前、人殺しじゃねえか」
菊男「よせよ！」
光子「だれなのよ、この人」
修司「どして姉貴を医者にみせなかったんだよ。医者にみせると、うちへバレるのがこわかったんだろ！」
菊男「そうじゃないよ。じいちゃん、何度も、医者よぶっていったんだよ」
修司「こんな急に死ぬなんておかしいよ。医者にかかってりゃあ」
菊男「大きな発作がきたんだよ、救急隊の人も言ってたよ。これだけ大きいのがきたら不可抗力だって」
修司「(聞いてない) まだ三十五だろ。結婚だって何だって出来たんだぞ。それ、年寄りのなぐさみものにしやがって」
菊男「そんなんじゃないよ。じいちゃんとあの人は、本当の夫婦よかステキだったよ。何もいわなくたって、気持、通いあってさ。年なんか問題じゃないって、オレ本当に」
修司「(ふり切って) 姉貴、かえしてもらおうじゃないか！　え！」
菊男や宅次をふり切って、健吉を小突き廻す修司。
宅次「仏さまの前で――やめなさい。はなしはあとで――ねッ」
修司「のいてくれよ！」
あや子「やめて下さい (かじりつく)」
修司「のけよ」
あや子「おねがいします！」
宅次「葬式終ってから！　ねッ！」
光子「ちょっとアンタ！」
菊男「よせよ！」
修司、かじりつく。
一同を振りとばして健吉に殴りかかる。
健吉「気のすむまで殴ってくれ」
修司、さすがにひるむ。
日出子「あ……」

喪服を着て立っている遼介。
棒立ちになる菊男。

10

●加代の家

ささやかな祭壇。
おどけて笑いかける加代の黒枠（くろわく）の写真。読経する僧侶。
紫のチャンチャンコを着た健吉。菊男。日出子、宅次、光子、そして、一人だけ喪服姿のあや子。
あや子「おじいちゃま。お召し替え」
健吉「――」
あや子「おじいちゃま」
健吉「これでいい」

あや子が綿の出たチャンチャンコに絶句した時、いきなり修司が焼香台をぶっとばすような勢いで飛び込み、アッという間に健吉を殴りつける。

宅次「アッ！」

菊男「なにするんだ」

修司「手前、人殺しじゃねえか」

菊男「よせよ！」

光子「だれなのよ、この人」

修司「どして姉貴を医者にみせなかったんだよ。医者にみせると、うちへバレるのがこわかったんだろ！」

菊男「そうじゃないよ。じいちゃん、何度も医者よぶって言ったんだよ」

修司「こんな急に死ぬなんておかしいよ。医者にかかってりゃあ」

菊男「大きな発作がきたんだよ。救急隊の人も言ってたよ。これだけ大きいのが来たら不可抗力だって」

修司「(聞いてない) まだ三十五だろ。結婚だって、何だって出来たんだぞ。それ、年寄りのなぐさみものにしやがって」

菊男「そんなんじゃないよ。じいちゃんとあの人は、本当の夫婦よかステキだったよ。何も言わなくたって、気持、通いあってさ、年なんか問題じゃないって、オレ本当に」

修司「(ふり切って) 姉貴、返してもらおうじゃないか！　え！」

菊男や宅次を振り切って、健吉を小突き廻す修司。

宅次「仏さまの前で、やめなさい。はなしはあとで、ねッ」

修司「のいてくれよ！」

あや子「やめて下さい（かじりつく）」

修司「のけよ」

あや子「おねがいします」

宅次「葬式終ってから！　ねッ！」

光子「ちょっとアンタ！」

菊男「よせよ！」

修司、かじりつく。一同を振りとばして、健吉に殴りかかる。経を唱えていた僧侶、さすがに驚いて、半端な感じの低い声になる。健吉、全くの無抵抗。二つ三つ殴られたり小突かれたりする。一同団子になって、健吉をかばったり、修司にしがみつく。

健吉「気のすむまで殴ってくれ」

修司、さすがにひるむ。

日出子「あ……」

喪服を着て立っている遼介。

菊男とあや子、アッとなる。

遼介、修司に、

遼介「はなしはあとで伺います」

修司「――」

遼介「隣り近所の手前もあるでしょう。はなしは葬式が終ってから」

修司「アンタ、誰だよ」

遼介「(健吉の)長男です」

宅次「弟なら、イチャモンつける前に、お焼香が先じゃないの」

光子「ここでもめたら、お姉さん、浮かばれないわよ」

修司、しぶしぶ納まって、笑いかけている加代の写真に、ハナをすすりながら焼香する。

遼介も写真を見ながら、健吉に、

遼介「――体、大丈夫なの」

健吉「――」

遼介「ひとこと電話してくれりゃいいんだよ。なんにも知らないから、一晩中、気、もんだじゃないか。(あや子に)なあ」

あや子「――(うなずきながらも来た遼介をとがめる目)」

遼介、健吉のチャンチャンコを見とがめて、

遼介「(あや子に)お前がついてて、何してるんだよ。喪服持ってこなかったのか」

あや子「これでいいっておっしゃるのよ」
遼介「――着がえるとこ、ないのか」
あや子「(指を一本出して）一間きり……」
菊男「――（何かいいかける)」
　遼介、言いながら宅次夫婦に会釈。
遼介「どうも、挨拶があとさきになってしまって――。いろいろどうも」
光子「いいえ」
宅次「どうもこのたびは――ご愁傷さまで――」
　言いかけて、宅次、そぐわないと思ったらしくだんだんと語尾が小さくなってやめる。
　遼介、修司のあとに焼香台に立とうとする。
　耐えていた菊男、飛び出して、体ごと遼介にぶつかるようにして、祭壇のうしろに連れてゆこうとする。
遼介「なにするんだ、おい――」
あや子「菊男さん――」
　菊男、かまわず、引っぱりこむ。

●祭壇の裏

　祭壇のうしろ。

鯨幕がはってある。
遼介を引っぱりこむ。鯨幕の向側から低い読経の声。
菊男、以下全員押し殺した声で、
菊男「帰ってくれよ」
遼介「おい」
菊男「くることないじゃないか」
あや子、うしろから、
あや子「――こないで下さいよって言ったのに」
遼介「そうはいかないだろ」
菊男「(母親を見据えて)じいちゃんは徹夜マージャン。それでいいじゃないか。早く帰ってくれよ」
うしろから宅次、そして光子。
宅次「菊男ちゃん、大人げないことというもんじゃないよ」
菊男「おやじさん……」
宅次「まだ判ってないってンなら、ガン張るのもスジが通ってるよ。だけどさ、表沙汰になっちまったんだろ。だったら、仕方ないよ。ここでガタガタもめたら、じいさん、尚(なお)のこと、身のおきどころがないだろ」
遼介「何があろうと、葬式は厳粛(げんしゅく)に出すのが仏様に対する礼儀(言いかける)」

菊男「――看病もしない人間が、偉そうに言うんじゃないよ」
遼介「お前は看病したのか」
菊男「彼女と一緒に（言いかける）」
遼介「看病もいいけどな、今後もあることだ。他人にいう前に、こっちに言ってくれなきゃ困るよ」
菊男「他人じゃないよ」
遼介「（少しショックだが）こういうことは、家族がするんだ。（行こうとする）」
菊男「どこいくんだよ。帰れっていってるだろ」
遼介「（ふり切りながら）葬式にきて、焼香するのは当り前じゃないか」
菊男「あてつけがましいまね、するなよ」
遼介「――お前の出る幕じゃないよ」
あや子「よして下さいよ、こんなとこで」
宅次「ほら、菊男ちゃん」
　父と子、もみあう。はずみで祭壇が大きくゆれる。

●加代の家

　うしろのもめごとで祭壇が大きくゆれる。
焼香台の前の加代の写真がバタンと倒れる。

気をもんでいた日出子、アッと支えようとする。

それを押しのけて、今まで無言だった健吉、写真を抱きかかえるようにする。

そして、そのままグラリと前へのめる。

日出子「あッ！　大丈夫ですか」

日出子の叫び声で鯨幕のうしろから、菊男、遼介、あや子、宅次などが飛び出す。

菊男(N)「このまま死んだほうがじいちゃんは幸せだ。人生の最後に愛した女と恥を抱いて死ねたら、男の花道だろう。

いや、そうじゃない。

恥を掻いた分だけ胸を張って傲然と長生きして欲しい。そう思った」

●北沢家・居間

テーブルの上の置手紙を読みながら、おやつを食べている直子。
直子「『急のお葬式で出かけます。玄関に塩を用意しといてください』誰が死んだのかな」
ガラス戸から、赤い夕焼け——
直子「塩もいいけど、今晩のごはん、どうすンのよォ」

●加代の家・玄関

往診の医師が帰っていく。送り出しているあや子。

医師「血圧がちょっと上ってますが、心配いらないでしょう」
あや子「ありがとうございました」
医師「――いろいろ、大変ですな」
あや子「……（苦く笑う）」

●加代の家（夕方）

　祭壇は取りはらわれて、いつもの茶の間。

　小机に加代の写真と白い骨箱、その前に香華がゆれている。

　フトンをしいて、横になっている健吉。

　菊男は、健吉のそばに、少し離れて遼介。

　骨箱のそばに修司。

　台所の方に、宅次、光子、日出子が半端な感じでかたまっている。宅次、居直ったようにビールをぐいぐい呑んでいる。

　上ってくるあや子。

あや子「どうもおさわがせして――心配ないようですから」

一同「――」

　一同、何となく無言で坐っている。

あや子「あの、いま、おすし、参りますから」

宅次「いや」
光子「いいえ、あたしどもは、これで——」
日出子「失礼します」
あや子「仏さまのお供養ですから、召し上ってって下さいまし」
日出子
光子 ）「でも……」
光子「店、しめてますしねえ、これで」
あや子「そうですか。それじゃあ——あの、ゆうべの、お通夜からでしょ、こちら様。お立て替えいただいたものは——」
光子「いいえ、別に——」
あや子「そちらの方も——なにか——ご用立ていただいてるの、ありましたら」
日出子「——ありません」
宅次、ビールをぐいとあおって、
宅次「そういやああれも、立替えのうちに入るんじゃないかな」
光子「え？」
あや子「あの、おいくら」
宅次「さあ、いくらにつくかねえ」
一同「？」
宅次、本当に酔っているのか、それとも酔ったフリなのか——ビールをもってフラフラと、遼介のそばへすり寄る。

宅次「グラムいくらにつくのか、なんせ目方で計れないもンだから――」

宅次、遼介のグラスにビールをつぐ。

宅次「――人間の、気持ってやつだから」

遼介「――」

宅次「そうなんだよ。こちとらが立替えたのは、親の気持ってやつだから――」

光子「アンタ――」

宅次「いや、そうじゃない。逆かもしンねえな。こっちは子供がないもンだからね、せいいっぱい親ぶってさ、菊男ちゃん菊男ちゃんなんて――本宅ツベてえから、うちへ入りびたるんだ。なんて、タメになったみてえに思ってたけど――へへ、そうか。『親は思えど子は更に』菊男ちゃんに、親孝行してもらって、うれしがってただけかもしンねえなあ」

光子「――酔っぱらって――弱いくせに、のむんだから――」

宅次「(ふりはらって) どんな人間だって、よくよくみりゃ、アバタもありゃ『しみ』もあら。落度数えた日にゃ、どんな出来のいい伜(せがれ)でも、物足ンないんだよ」

光子「かえろ！　かえろ」

宅次「どんな秀才でもねえ」

光子「アンター―」

宅次「菊男ちゃん、いいとこあンじゃないの」
光子「なんて、子無しが親馬鹿ぶって――」
宅次「お宅ねえ、おとっつあんも、おっかさんも、キチンとしすぎてンだ。茶の間がツベたいから、よそのうちは」
遼介「どこのうちも一皮めくりゃ、いろいろあるんじゃないんですか。他人さまには、わからないこともありますよ」
宅次「その通り！　だけどねえ。他人の方がよく見えるってこともある……」
遼介「――」
宅次「ヘン。靴屋風情がなに言いやがるって目、してなさるけど、たまにゃ言わしてやって下さいな、精進落しだと思って」
光子「――申しわけありません。アンタ――帰ろ。ゆうべ、寝が足ンないもンで、酔いがまわったんだ――」
宅次「やくざな目玉だけどねえ、人の気持の見分けはつくんだ」
光子「よしなさいっていってンだろ」
宅次「――お宅、ツベたいんじゃないの」
あや子「あの、おことばですけど――（言いかける）」
宅次「ツベたくなけりゃ、こういうの」
宅次、骨箱を示す。

宅次「四角四面。だから、菊男ちゃんも、おじいさんも、外で息抜きしたくなったんじゃないの？」

じっと目を閉じて、一言も言わない健吉。

遼介「――（あや子に）大分お疲れのようだから、車、ひろってきたほうがいいんじゃないのか」

光子「――車なんてとんでもない。アンタ――ほら！」

宅次「おとっさんはないの？　息抜きの――妾宅」

遼介・あや子・菊男「――」

宅次「ないの？　ないフリして実はあったりして」

光子「――申しわけありません。酔っぱらいのいうこと気にしないで下さいねえ、おじゃましました」

日出子「失礼します」

日出子、光子に手を貸して、宅次を助け起して出ていきかける。

あや子「いろいろ有難うございました」

宅次「（健吉に）あと大事にしなさいよ」

それから菊男の肩をポンと叩いて出ていく。

菊男、立とうとする。

遼介「どこへ行くんだ」

菊男「一緒に帰るよ」
遼介「待ちなさい」
あや子「菊男――（引っぱる）」
宅次「――子取ろ子取ろ――ってのあったねえ」
あや子「どうも、いろいろありがとうございました。ごあいさつはいずれ、改めまして」
　光子、宅次を引きずるように出ていく。
　日出子もつづいて、
　いきなりフフ、と笑い出す菊男。
菊男「さすがはおやじさん。いいことというなあ」
遼介「そういう言い方はよせ」

●加代の家・表（夜）

　日出子と光子に押し出されるように石段のあたりまできた宅次、立ちどまる。
宅次「そうだ。言い忘れた」
光子「よしなさいっていってんだろ」
　入ろうとする。
　二人、取り押さえる。
　出窓から聞こえる中のやりとり、

遼介(声)「靴屋をやりたい？」

　ハッとして立ちどまる宅次。

遼介(声)「一生靴屋やるっていうのか」

菊男(声)「あそこには、人間の汗だの脂(あぶら)の匂いがあるんだよ。嘘(うそ)や体裁(ていさい)がないんだよ」

あや子(声)「——あの女のひとに、引っぱられてるんじゃないの」

遼介(声)「どういうつきあいなんだ」

あや子(声)「まさか約束、したわけじゃないでしょうね」

　日出子——

菊男(声)「——結婚するよ」

日出子「(アッとなる)」

宅次・光子「『結婚』……」

　日出子、衝撃をうけるが——フフと笑いながら、二人の背を押す。

日出子「——菊男さん——親、かまってる……」

　笑いにごまかして二人の背中を押して石段の方へ歩きながら、胸を熱くしている日出子。

　そして宅次夫婦。

●加代の家（夜）

健吉、遼介、あや子、そして菊男。

そして、骨箱のそばで、ビールをのむ修司。

あや子「どういうとこの娘さんなの、どこで知り合ったの」

遼介「就職もしないのに、結婚のこと言う資格があるか」

菊男「だから靴屋をついで」

遼介「菊男、お前（言いかける）」

健吉「（咳（せき）をする）人が一人死んでるんだぞ。高い声、立てないでくれ」

遼介、フンといった目で健吉を見る。

菊男、その目をにらみつけながら、せきこむ健吉に、ポケットからちり紙を出して手渡してやる。

菊男「じいちゃん、ステキだよ。アタマ、まっ白になっても自分の年の半分くらいの若い恋人つくってさ。バレてるなんて、すごくステキだよ。死んだ友達の、子供の父親代りだなんてキレイな口きいて、イジイジ女のアパートに通ってンのよかよっぽどステキだよ」

遼介「こいつ！」

遼介、菊男を殴りつける。

あや子がとめに入るより先に、コップが飛んでくる。
割れるコップ。
投げたのは修司。
修司「(低く) 帰ってくれよ」
骨箱を抱くようにして叫ぶ。
修司「帰ってくれよォ！」
修司の暗い目に、だまり込む一同。
目を閉じて天井を向いている健吉。

●津田靴店・茶の間 (夜)

目薬をさしている宅次。着がえている光子。
光子「酔っぱらって。だらしないんだから」
宅次「〽酔っぱらったフリしてかっぱらったね」
歌って、急に真顔になって、しみじみと言う。
宅次「――思い残すこと、ねえなあ」
光子「？」
宅次「――靴屋やるってさ、菊男ちゃん」
光子「本心かね」

宅次「本心だろ」
光子「——店さあ、改築しようか。定期おろせばさあ」
　宅次、どっこいしょっと立ち上る。
光子「今晩、お風呂はやめといたほうがいいよ。——目に悪いって知ってて飲むんだから」
　宅次、店へ下りて行き、電気をつける。
　前かけをして、いつもの席に坐って働きはじめる。
光子「だからってなにも、泡くって働くことないだろ」
宅次「『発つトリ、あとを濁さず』」
光子「発つトリ、あとを濁さず？」
宅次「シャカリキでやりゃ、預った分は二日で片づくだろ」
光子「(ハッと気づく)店、たたむつもりなの」
宅次「ありゃ、なんて書くのかな、ハリ紙。『毎度ごひいき戴いて有難うございました。当津田靴店はこのたび、一身上の都合により閉店することになりました』」
　宅次、働きはじめる。
宅次「(おどけて)靴は手入れしておきましょう」
光子「お客様皆様のご健康とお幸せをお祈りいたします」
宅次「バカ、手紙じゃねえんだぞ」

光子「――」
働きはじめる宅次。
見ている光子。

●街（夜）

歩いて帰っていく日出子、フォト・スタジオのウインドーをのぞく。
ウエディングドレスの花嫁花婿。
じっとみつめる日出子。
その写真の花嫁花婿は、菊男と日出子に入れ替っている。
その隣りの、文金高島田（ぶんきんたかしまだ）と紋付きの新郎新婦。
この写真も、二人の顔に入れ替る。
その横の赤ん坊を抱いた若夫婦のスナップ（お七夜の感じ）の顔も、二人の顔。
じっと見ている。
ガラスがくもる。
くもったガラスに、指で×を書いて立ち去る日出子。
三枚の写真は、もとより別人である。

●北沢家・表（夜）

あや子に助けられて帰ってくる健吉。
ベルを押す。
直子「お帰ンなさーい！」
明るい声と共にドアが開く。
あや子「お塩――」
直子「え？　ああ――」
直子、盛大にぶっかけながら、
直子「お葬式って、誰が死んだの？」
あや子「死んだって言わないの」
直子「――『亡くなった』（言い直す）」
あや子「おじいちゃまの知ってるかた」
健吉「――」
直子「男？　女」
健吉「――」
あや子「大丈夫ですか（健吉に）」
健吉「――」

直子「（少しヘンなものを感じる）……お父さん、一緒じゃないの」
あや子「会議脱けてきたから、会社へもどるって――」
直子「フーン。ね、お兄ちゃん、どしたんだろ。全然電話もないわよ」

●津田靴店・表（夜）

ドンドン叩いている菊男。
菊男「おやじさん！　おふくろさん！」
叩く。
菊男「おやじさん、おふくろさん」

●津田靴店・茶の間（夜）

電気を消して暗い中で、フトンを並べ横になっている宅次と光子。
光子、立って電気をつけようとする。
宅次、足ばらいをかける。
光子「どして出ちゃいけないのさ」
宅次「――」
光子「あんなに呼んでるんじゃないか」
菊男「おやじさん！　おふくろさん！　フロなの？　フロ」

光子「アイヨ――」
　言いかける光子の口を枕でふさぐ宅次。

●津田靴店・表（夜）

　叩き続ける菊男。
菊男「おやじさん、
おふくろさん、
どしたのよ！
おやじさん、
おふくろさん！」
　中でふとんをかぶって耐えている宅次と光子。

●船久保のアパート・廊下（夜）

　したたかに飲んできたらしく、足許（あしもと）のふらつく遼介がノックする。

初江（声）「あいてます。他人行儀なノックなんかしないでよ」

　あけて、崩れこむような遼介にびっくりする。

初江「あッ、北沢さん、あたし、公一だとばっかり」

遼介「いけませんか。公ちゃんいないところへ、酔っぱらった男が上りこんじゃ、いけないですか」
初江「どうぞ」

●船久保家（夜）

酔った遼介が別人のように笑い、しゃべる。
ビールの相手をしながら聞く初江。

遼介「（ころころ笑いながら）いやあ、今日って今日は本当、おどろいたねえ。前からね、おやじにこれ（小指）がいることはわかってたんだよ。コートのポケットから、女の下着は出てくるわ、碁会所いくって出てったのが、行ってなかったりでね。でも、まさか——あんな若いのだとは」
初江「——五十……」
遼介「とんでもない。ありゃ、半分だな、自分のトシの」
初江「——三十五、六……」
遼介「——年もなんだけど、『うち』ねえ。（大笑いして）いやはや、葬式にいってびっくりしたねえ。ゴミゴミした路地の（言いかける）」
初江「お葬式、今日だったんでしょ。（とがめる目）」
遼介「葬式の帰りに、大笑いするのは不謹慎、判ってるけどねえ。あッ！　そうか、葬式の帰りだと、塩まかなきゃいけないのか」

初江「自分のうちじゃないから、いいんじゃないんですか」
遼介「公ちゃん！　おい公ちゃん、塩！」
初江「公一、いないんです」
遼介「え？　ああ、そうか公ちゃん、いないのか」
　遼介、ぐいぐいのむ。
遼介「いやあ、まだ東京にもああいううちがあるんだなあ。ほらよく落語にあるでしょ。『ハッツァンクマさん』の。『さあ、お上り、遠慮しないで、ズーンと奥へ、ズーンと奥へ』っていうと、アッという間に裏口へ出ちまうってやつ。一間きりの——三軒長屋のまん中ね」
初江「そこに、おじいちゃま……」
遼介「マンションだのアパートじゃないんだよ。一間きりの長屋に囲ってさ、自分は綿の出た小汚いチャンチャンコ着て、どうも女にアゴで使われてね、ヘコヘコやってたらしいんだ」
初江「——」
遼介「いや、これがね、普通のおやじなら、オレも何もいわないよ。そういうこともあるだろ。おやじも人間だ。目つぶるよ。だけどね、うちはナミのおやじじゃないからねえ。
一ツ、軍人ハ忠節ヲ尽スヲ本分トスベシ
一ツ、軍人ハ礼儀ヲ重ンズベシ

一ツ、軍人ハ――

いまだに、これでね、自分も、ビシッとしてる代りに、他人のアラも見逃さないでさ、そっくりかえった人間が、ハハハ、手前のしてるこたァ、なんだよ！　え？」

遼介、別人のごとき口調で、たまっていたウップンを初江にぶつける。

遼介「偉そうな口利きやがって、人の頭押さえつけてたのが、手前はなんだよ。ハナシが違うじゃねえか。え？　どのツラ下げて、オレの顔が見られるか――」

初江「カタキ討ちにいらしたのね」

遼介「（奥へどなる）おい、公ちゃん。自分が正しいからってあんまり威張ンなよ。なんかあるとあとで引っこみ、つかないよ」

初江「公一、いません――」

遼介「え？　いないの。そうすると奥さんと二人きり――へえ、こりゃ船久保が死んでから、はじめてじゃないの。（仏壇に）ヤキモチやくなよ」

初江「信用してますよ」

遼介「どっちを」

初江「あたしも。北沢さんも」

遼介「それが船久保のバカなとこでね。人間なんてものは、謹厳実直とみえたじいさんにこれ（小指）がいるんだよ。オレだってね、このくらいのこと、するかもしれないじゃないの」

遼介、酔いにまかせて、初江の手を握る。

初江「(笑う)おじいちゃまのおかげでお別れに手、握って頂いたわ」

遼介「え?」

初江「長い間ご心配いただきましたけど、あたし、村瀬さんのおはなし、お受けしようと思って……」

遼介「——」

初江「北沢さんとは長いおつきあいだけど、初めてねえ。ナマの——ご自分の気持おっしゃったの」

SE　ノックの音

初江「ハーイ!　どなた」

いきなり戸があいて公一がはいってくる。

初江「公一」

遼介「公ちゃん」

公一「なんだ北沢さんか」

初江「なんですよ、突っ立って」

公一「(本などをザックにぶちこみながら)車、待たしてあンだよ」

遼介「車って——」

初江「うち、出たんですよ」

遼介「公ちゃん、どういうことなんだよ。ちゃんと坐って、おやじさんに、わけを話してくれよ」
公一「そういうの、やめようじゃない」
遼介「え？」
公一「北沢さんは立派な父親代理、オレは、理想的な孝行息子。そういう〝ごっこ〟はもう『いい』にしようよ」
遼介「じゃあ、このおやじは、『くび』か」
公一「どうも長い間、有難うございました」
　おどけておじぎをする公一。
初江「なんだか、女の子がオヨメにゆくみたいねえ……」
　皮肉っぽくさびしく言う初江。
初江「――そうそう、あたしも同じこといわなくちゃあ、ねえ。北沢さん、主人に代って長い間、かげになりひなたになって息子と――あたくしのこと、心配して頂いて、本当に有難うございました」
遼介「――――」

●北沢家・居間（夜）

　集めている骨董品（こっとうひん）の手入れをするあや子。

直子、入ってくる。
あや子「どう？　おじいちゃまは」
直子「いびきかいてる――」
あや子「くたびれたんでしょ」
直子「おじいちゃん、なんかあったんじゃないの」
あや子「――」
直子「ねえ」
あや子「あ、これ入（にゅう）が入ってるわ」
直子「ニュウってなによ」
あや子「……貫入（かんにゅう）っていってね、焼きもののひびのこと言うのよ。年代が経てば――どうしても、欠けたり、ひびが入ったりしてしまうのね」
あや子、茶碗を手にしてゆっくりとしゃべる。
あや子「入が入ると、価値が下るって嫌う人もいるけど、趣きがあって悪くないって言う人もいるの……心なく扱えば、カシャンと割れてしまうけど、いたわって使えば、まだまだ大丈夫なものなのよ」

●街（夜）

歩く菊男。

曲ろうとして街角におでん屋の屋台があるのに気づく。
そこに、遼介が腰かけている。ハッとなる。
遼介、菊男を見て、少し椅子の席をすさる。
菊男、ならんで腰をおろす。
おやじに手で、（菊男に）酒とみつくろいでおでんをたのんで——

遼介「——くたびれたろ」
菊男「いや——」
遼介「ゆうべは、徹夜か」
菊男「そうでもないよ」
二人、のむ。
遼介「（フフフと笑う）〽粋な黒塀見越しの松か……」
菊男「——」
遼介「じいさん、オレにゃ言えないもンだから、お前の方にとばっちりがいったんだよ」
菊男「——」
遼介「（呟くように）ひとつ飛んで——孫ってのは、かえって言い易いのかね。すぐ『おやこ』ってのは、どうも——」
菊男「——」
遼介「（苦笑）そういうもンらしいな。どこでも」

菊男「――」

遼介、たばこを出す。自分もくわえて、菊男に突き出す。

菊男、取る。

マッチをつける遼介。

二人、たばこをすう。

遼介「靴屋か――」

菊男「――」

遼介「まあ靴屋でも下駄屋でも、いいけどな、もし、かっこ悪いのがいいっていうんなら、サラリーマンだぞ」

菊男「――」

遼介「人の足引っぱって、上役にヘコヘコして、お愛想(あいそ)して、――情ない商売だよ」

菊男「――」

遼介「どんな卑怯(ひきょう)な商売でも、女房子供飢えさせないためにやるんなら、オレはいいと思ってンだ。お前、さっき、人間の汗と脂が好きだっていってたけど、サラリーマンにも、あるんだぞ。それが――」

菊男「――」

遼介「もうひとつ見栄(みえ)と体裁(ていさい)ってのもある……」

菊男「――」

遼介「就職だけはな、意地でなく、本音で決めろよ」
菊男「うん」
　遼介、酒をつぐ。
菊男(N)「隣りに坐って酒をのむおやじの手は、オレの手とそっくりだ。指の形、爪の大きさ。嫌になるほど似ていた。そして、おやじとオレは同じだということにも気がついた。二人とも、かたくなで、過ちを許さない父をもっている。憎みながら憎み切れない。心のどこかで、愛したいと思いながらも、テレてしまって、素直に愛せない。二人ともあと、何も言わずに二はいずつ飲んだ。そして、黙って、うちへ帰った」

●街

　歩く菊男と日出子。
菊男(N)「どうしても国へ帰るという日出子を、東京駅まで送っていった。ひきとめる言葉を探しながら、足は自然に竹井建設の方へ向っていた。三月前にほとんど決まっていた就職を自分から振ったところ……」
菊男「汽車は何時？」
日出子「十四時三十八分」
菊男「その次は――」
日出子「十六時三十八分」

菊男「その次は——」
日出子「————」
菊男「遅らせてくれないかな」
けげんな顔の日出子。
菊男「すこし待っててもらいたいんだ」

●ビル

入ってゆく菊男。

●堀端

ゆきつもどりつしながら待っている日出子。

●竹井建設・社長室

竹井社長のデスクの前の菊男。
菊男「身勝手なお願いですが、改めて採用して戴けませんか」
竹井「—— 無理だねえ。いかにコネでも二度は利かないなあ。女に結婚を申し込む、女がウンという気持になったときに、そっちの都合でやめにする。少したって、あのハナシは、もとへもどしてくれっていわれたって、ウンとは言えないんじゃないの」

菊男「そこを何とかお願いします」
竹井「——気が変ったのかな」
菊男「——人間が変りました」
竹井「どう変ったの」
菊男「この前出した履歴書には、落ちてるとこがありました。賞罰ナシではありません。
　高校三年の時に、万引したことがあります」
竹井「———」
　竹井、タバコを出してすすめる。
　菊男、辞退する。
　竹井、火をつける。
菊男「そのことを、ぼくは（言いかける）」
竹井「入社したら、紺の背広だ。大丈夫かな」
菊男「——それじゃあ——」
竹井「帰りに人事課へ寄って、手続きしてゆきなさい」
菊男「有難うございます」
竹井「北沢さんはお元気かな」
菊男「——はあ——元気です……」

●碁会所（夕方）

碁を打っている健吉、相手がパチリと石を置くが、健吉、放心している。

●イメージ・加代の家

加代に長いマフラーをぐるぐる巻きつけてもらっている健吉。
コタツに入ってドラキュラの貯金箱に金を入れ眺めている二人。
鼻の下にたばこをはさみ、ひょっとこのような顔をして見つめあっている二人。
男（声）「どしたのォ！」

●碁会所

ぼんやりしている健吉。

相手の男、まわりの老人たちに、とてもやっていられないよ、といったジェスチュアをする。

●北沢家・表（夜）

ためらう日出子の手を引っぱるようにして入ってゆく菊男。
尻込みする日出子の体をベルに押しつけるようにして、ベルを押す。

●北沢家・廊下（夜）

ハーイと返事をしながら小走りに出てくるあや子。

健吉と間違えた感じで、

あや子「お帰りなさい――」

ドアを開けて、

あや子「菊男さん――」

うしろの日出子に気づく。

菊男、日出子を押すようにして、玄関の中へ、

菊男「――就職、決まったよ」

あや子「どこ――」

菊男「竹井建設」

あや子「竹井建設は、アンタ、面接のときすっぽかして――」

菊男「強引に頼んで、やっと――」

あや子「(呼ぶ）お父さん、菊男、竹井建設に就職決まったんですって」

出てくる遼介。

遼介「本当か」

菊男「(うなずく）それから――改めて、紹介したいんだ、竹森さん、おやじさん」

遼介「――」
菊男「おふくろ」
　うしろからのぞく直子。
菊男「妹――」
あや子「お名前――」
日出子「日出子です」
遼介「そんなとこに突っ立っていないで」
あや子「上って、お茶でも」
菊男「今晩の汽車で故郷(くに)へ帰るんだ」
あや子「お故郷は――どちら？」
日出子「新潟の十日町です」
菊男「うちのこと、片づけてまたすぐ出てくるって」
日出子「菊男さん――」
菊男「そのとき、ゆっくり上ればいいよ」
日出子「――」
あや子「お待ちしています」
日出子「――」
あや子「――」

遼介「——」
菊男「じいちゃんは」
あや子「碁会所。こんどは本当に行ってるんじゃないかしら」

●碁会所（夜）

主人に聞いている菊男と日出子。
主人「北沢さんねえ」
菊男「（髪の）まっ白な——」
日出子「品のいい——」
主人「ああ、今日からきた人だろ、そんなら、さっき帰った」
菊男「——」

●加代の家・表（夜）

菊男と日出子。
表札は取り外されている。
窓から明りがもれている。
出窓の破れから、中をのぞく菊男。
ガランとした何もない室内に坐っている健吉。

かつて「こたつ」のあったあたりに、身じろぎもしないで、坐る健吉。

声をかけようとする菊男を、とめる日出子。

電気が消える。

中で気配がして、格子戸(こうしど)がきしんで開く。

健吉が出てくる。

菊男、声をかけようとするが、健吉、まわりのものは何も目に入らないといった感じで、出ていく。

声をかけそびれる二人。

石段を上っていく健吉を見送る。

急に老(ふ)け込んだそのうしろ姿。

格子戸が少し開いている。

あけて入る。菊男、つづく日出子。

●加代の家(夜)

菊男と日出子。

日出子が電灯をつける。ちょうど電球が切れる時期だったのか、一瞬、赤くなって消えてしまう。

家具ひとつない室内。

部屋のすみに散らかった古新聞と空びんを照らすが、だんだんと光りが弱くなり消えてしまう。

日出子、窓からさし込む外のあかりをたよりに、古新聞を束ねはじめる。赤んぼうの泣く声や、子供の声、叱る母親の声。笑い声が聞こえてくる。

二人ならんですわる。

菊男（N）「結婚したら、こういうちに住みたい。人間の匂いのする、風や雨の音の聞えるこういううちに住みたい。他愛ない夫婦げんかをして、子供は三人ぐらい欲しい。暗くなったら、子供を連れて銭湯にいく。帰りには小さな玩具（おもちゃ）を買ってやり肩車をしてふざけながら帰ってくる。あの加代という女の果たせなかった夢を二人で叶（かな）えてやりたい。そう思いながら並んで坐っていた」

F・O

●線路脇の道

弾むように歩いてくる菊男。

うららかな春の日。

いつかのように、三輪車で遊ぶ男の子が二人、通せんぼをする。

子供をかまいながら歩く菊男。

菊男（N）「初七日が終ったら、桜の蕾（つぼみ）がふくらんでいた。少しうしろめたいが、靴屋のおやじとおふくろに就職のことを報告しなくてはならない。ふたりとも内心がっかりしながらも、『おめでとう』といってくれるだろう。がっかりしなくてもいいんだよ、おやじさん。オレ、就職しても、土曜と日曜はここへ手伝いにくる。今まで通り並んで靴の修理をしたり、モツ鍋(なべ)をついたりしようじゃないの」

●津田靴店

鼻唄を唄いながらがらくる菊男、アッとなる。
取りこわされている店。
立札。

> 長い間ごひいき有難うございました。
> 此の度都合により閉店致します。尚お預りの靴は隣りの宇野さんへどうぞ。
> 店主

働いている二、三人の労務者。

●キュリオ・ウノ

嚙(か)みつくようにいち子に聞いている菊男。
菊男「田舎ってどこなの!」

いち子「さあ」
菊男「さあって、無責任じゃないか。隣りだろ」
いち子「菊男さん、聞いてないの」
菊男「──なんで急に──田舎へ帰ってなにするの」
いち子「目の手術して」
菊男「目の手術？」
いち子「あら、知らなかったの、おじさん、前から白内障だったのよ」
菊男「白内障」
いち子「目が直ったら、たばこ屋でもするんだって言ってたわ」
菊男「………」

●津田靴店

労務者の手で見る見る取りこわされてゆく店。
ぼんやり見ている菊男。
横に立ついち子。

いち子「立ち食い専門のおそば屋さんになるんですって。こんなところで、はやるのかしら」
菊男「──おやじさんとおふくろさん、何か、オレにことづて──」

いち子「——聞いてないけど」

　労務者たち、昼休みらしい。

　菊男、半分こわされた店内へ入る。

　棚だけになったせまい店内。

　そして、たたみも上り、流しだけになった茶の間。

菊男(N)「これは一体どういうことなのだろう。オレの将来を考えて身を退いた親心のようにも思えたし、両天秤（りょうてんびん）をかけているオレの虫のよさにさわやかな平手打をくらったような気もした」

　古靴や、皮の切れっぱし、敷皮などをいじっている菊男。

菊男(N)「それにしても、何という狭さだろう。ここに靴屋があって、口うるさいおやじがいて、ふとったおふくろが坐ってて、湯気の立つモツなべと、本当の『おやじ』よりも情愛のこもったやりとりがあったことが嘘（うそ）に見えるほど狭いのだ。大きくふくらんだ風船がパチンと割れた時、てのひらには小さくしぼんだしわだらけのゴムの切れっぱししか残らないように、夢のかけらは、悲しくみすぼらしいものなのかもしれない」

●船久保家
　初江にお祝いの品を差し出しているあや子。

あや子「このたびは、おめでとうございます」
初江「――ご丁寧に――」
受けて、
初江「どういうんでしょう。村瀬さんとのおはなし、決めたとたんに、体中の力がガクッと抜けたみたいで――」
あや子「今まで女一人で、気張ってらしたんでしょ」
あや子、室内をゆっくりと見廻す。
あや子「北沢もそうじゃないかしら。公一さんの父親代りだなんて張り切ってこちらへ伺ってましたでしょ。行くところがなくなって急に老け込んでしまうんじゃないかしら」
さりげなく微笑(ほほえ)みあう女二人。

●北沢家・表（夕方から夜にかけて）
夕方から夜にかけてのさまざまな光の中で、三人の男たちが帰ってくる。
まず遼介が帰ってくる。
直子・あや子(声)「お帰ンなさい！」
健吉が帰ってくる。
直子・あや子(声)「お帰ンなさい！」
そして、背広姿の菊男が帰ってくる。

直子・あや子(声)「お帰ンなさい！」

菊男(N)「夕方になると、男たちが帰ってくる。船久保さんは、再婚した。じいちゃんの、あの人は四角い白い箱になって弟の胸に抱かれて田舎へ帰った。オレの靴屋も消えてしまった。行き場のない男たちは、少し元気のない足どりで、ゴールに入ったのだ。季節外れの運動会はもう終ったのだ」

●北沢家・居間（夜）

夕食後の家族。
長椅子で、経済雑誌をひろげる健吉。
夕刊を見る遼介。
果物を食べている直子。
レース編をするあや子。
たばこをすっている菊男。
あや子「菊男さんの就職祝いしなくちゃね」
菊男「いいよ。コネの就職（てれながら）」
直子「コネでも就職は就職です」
あや子）「そうよ」
直子　）「ねえ」

菊男「いいよ」
健吉「いいじゃないか。人が祝ってくれるってときは、素直にうけるもんだ」
菊男「――――」
遼介「どっかでメシでも食うか」
直子「私、ステーキ、ウフフ」
あや子「あんたのお祝いじゃないでしょ」
遼介「花月会館とゆくかな」
健吉「あそこ、味が落ちたぞ」
遼介「そうかな？」
健吉「うん、それに第一、女の子のシツケがなっとらん」
遼介「シツケを食いに行くんじゃないから」
健吉「一事が万事！」
遼介「それじゃ、どこにするかな。おい（菊男に）、何か食いたいもの」
菊男「（うなずく）」
あや子「久しぶりねえ、揃（そろ）ってゴハン食べにいくの」
　直子、うなずく。
遼介「――そんなこたァないだろ、去年の今頃だって……」
あや子「ウウン、おじいちゃまか、菊男、誰かしらぬけてたわよ」

直子「そうよ——」

　健吉、耳をいじりながら席を立つ。

あや子「耳かきですか。はい、あら！　誰か、どこかにもってってったんじゃないの」

遼介「すぐ出たためしがないなあ」

健吉「耳かきとか、懐中電気なんてものは、すぐ出るようにしておく」

直子「やだ、耳かきと懐中電灯、随分違うンじゃない、ねえ」

健吉「一事が万事！」

あや子「すいません」

菊男(N)「じいちゃんは前と同じように威張っている。おやじとオレは、あまり口を利かない。妹は、いつも何か食べている。おふくろは、例の骨董品はどこへ仕舞ったのかレースを編んでいる。茶の間は、なにひとつ変っていないようにみえる。だが、おたがいに見せあった恥の分だけ、いたわりとあたたかみが生れたような気がする」

冬の運動会

東京放送(10回連続)
木下恵介・人間の歌シリーズ24
1977年1月27日〜3月31日

■スタッフ

企画――木下恵介
プロデューサー――飯島敏宏
演出――服部晴治
阿部祐二
音楽――木下忠司

■主なキャスト

北沢健吉――志村喬
北沢遼介――木村功
北沢あや子――加藤治子
北沢菊男――根津甚八
北沢直子――秋本圭子
竹森日出子――いしだあゆみ
江口加代――藤田弓子
船久保初江――市原悦子
船久保公一――神有介
津田宅次――大滝秀治
津田光子――赤木春恵
柿崎尚子――風吹ジュン
武満マリ子――風吹ジュン(二役)
江口修司――大和田進
宇野いち子――徳永葉子
徳丸優司――宮川明
佐久間エミ子――長窪真佐子

附録

闇に入って気をもむおふくろが、おっと可哀そうになったに。

③夫婦の部屋（早朝）

ふとんの中で目をあけている あや子。
となりのふとんで眠る遼介。

遼介（声）
どういうつもりなんだ！

No. 8

㉔夜闇へ（あや子のイメージ）

健吉、達介、やや十
菊男、立上がりかけ
朝食。一人遅れて
入ってきた感じの
菊男をにらんでいる
達介。

達介　きのうのことは一体どういう
つもりなんだ！
菊男　……
達介　竹井建設の社長と部長の家で
（時計を見い見い）
が雁首揃えて待ってたこっちの身に

あやよ　もなってみろ。せっかくおじさまが骨折って下すったのに……

健吉　——

遼介　親ってなぜいつも命令しようということ（つまり）、最終的な命令ということ

裁判そのものだ。それなら何か

すんことは（どういうことなくだ）

あやよ　気が進まないならば……

なんでも、どうしてひとこと云わないの

遼介　運り妹が来ると云える立場かい……

大丈夫なのね。

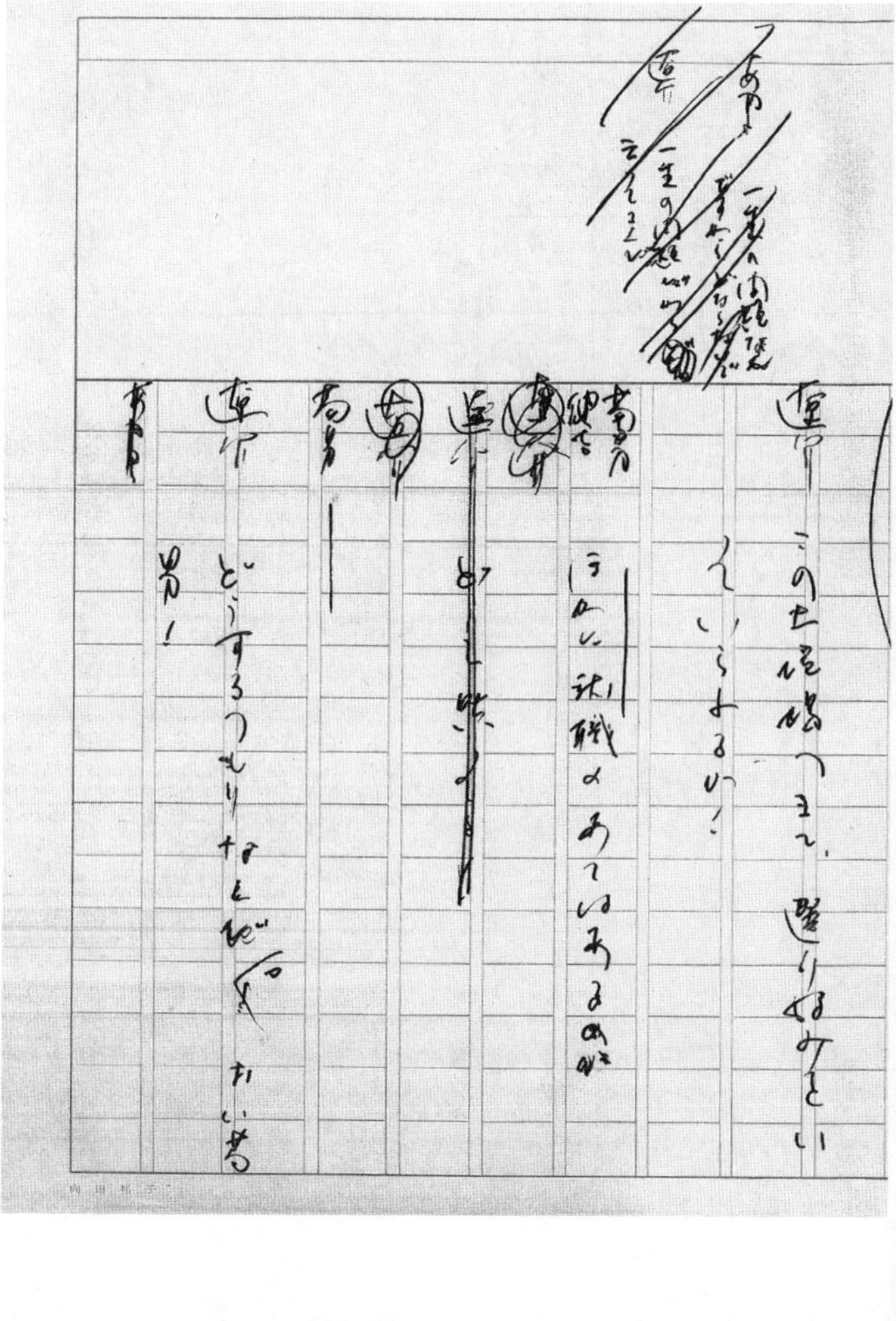

あや子　朝から起くなどならなくてん。

話の今晩（でも）溜着之 ——

ね、お願いします。

達介（相変）　おい、今何時だ

⑤ 夫婦の部屋（早朝）

現実にかえって　あや子。

先とつ…を

達介

あや子、枕もとの目覚しを手にとる。

達介　いま、何時だ

あや子　ええ

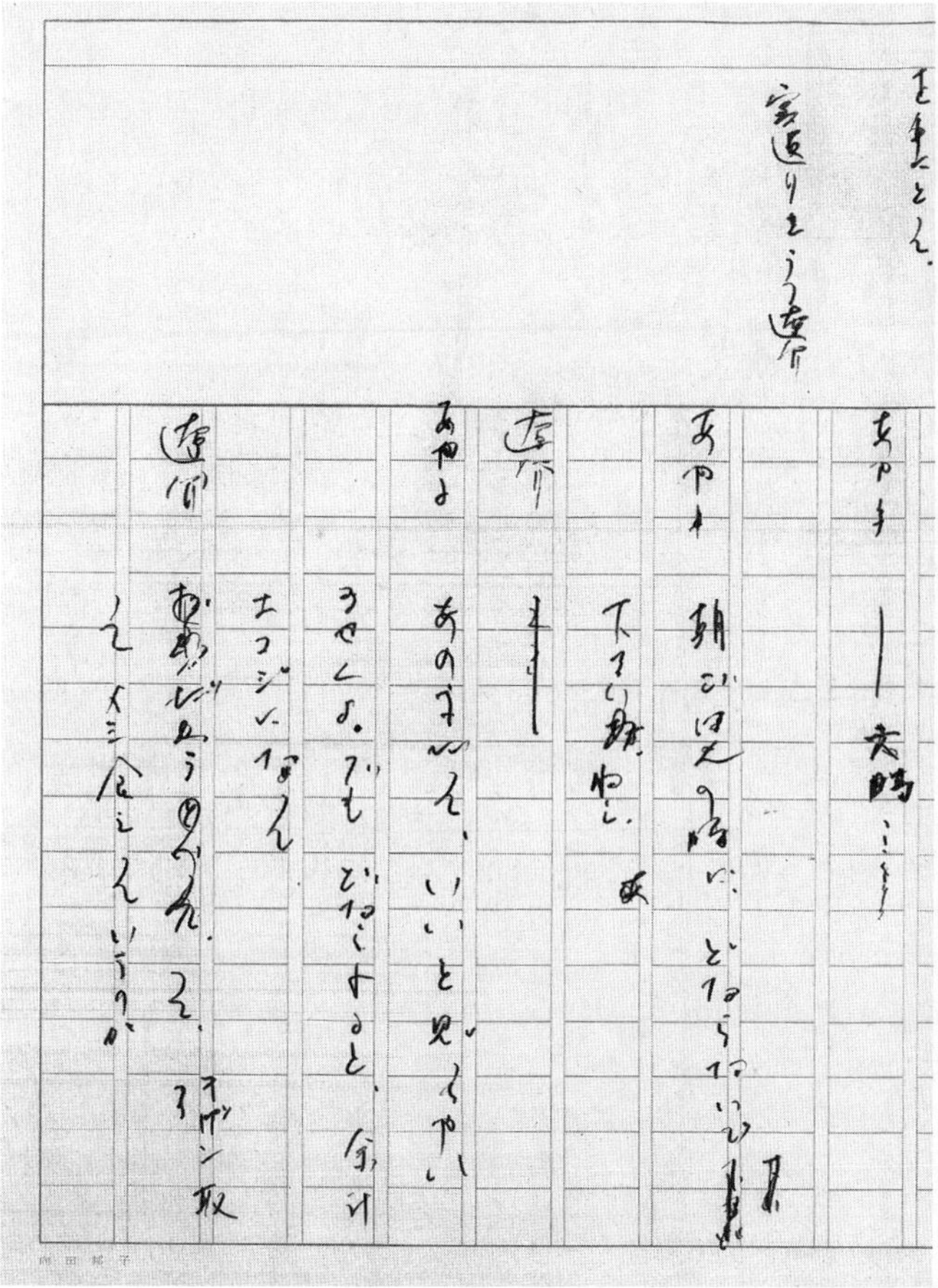

向田邦子

東中よ　そうはいってゐたよ。つまの内

十　もうと婚約さ

西川（その内緒（云いかける）

いや

東中　ああ…

南郷を立てる。

東中、突然に襲（まさに起きると。）

羽織を羽織りながら、

こびとしてゆく。

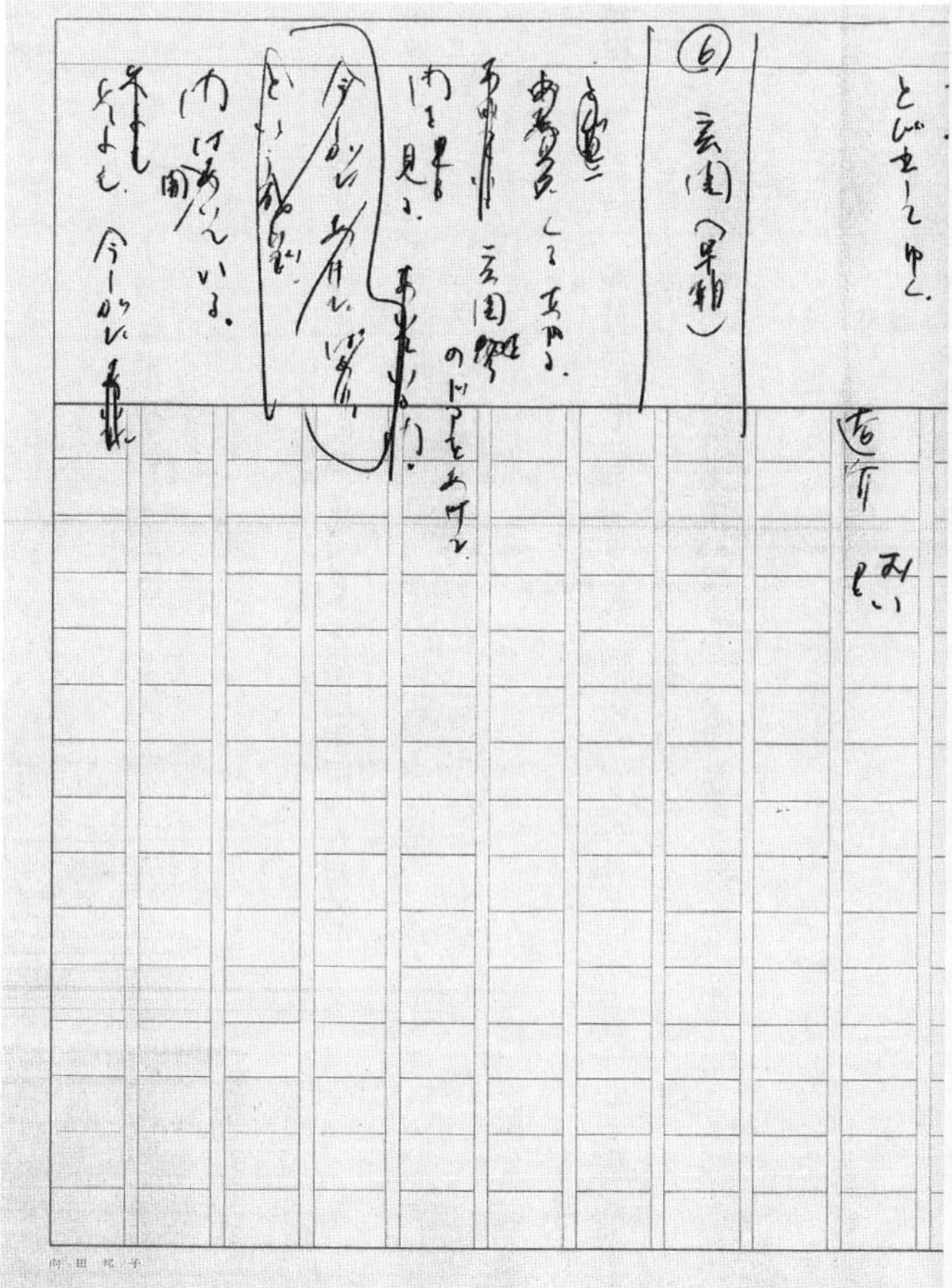
とび出してゆく。
⑥
公園（早朝）
見る。
のドアをあけて
いる。
向田邦子

❖座談

テレビドラマ演出の生理

丹波哲郎
向田邦子
和田勉

台本と演技のズレのコンダクトを演出家にゆだねる

丹波 こういう座談会に出席したりすると、後でゲラを送ってきたりするんだけど、ぼくは、それを直すということは考えたこともないし、したこともないね。とにかく、いいも悪いも言ったことには責任をもたないんだから(笑)。直すということは、責任をもつということなんだからね。

和田 いまのは、非常に役者的な発言でね、演出というのは、直すということなんですよ。

向田 私たちは直されることに、どれだけ抵抗できるかということがありますね。うまく直されると、それは初めから考えていたというような顔をするし、悪く直されると修羅(しゅら)の巷(ちまた)ですね(笑)。

丹波 役者というのは、書かれたとおりのことを演(や)ろうと思っても、演れないやね。せりふどおりには、なかなかたどれない。

向田　それは、もしかしたら、いいせりふではないんですよ。丹波哲郎という役者にとっても、そのドラマにとっても。

和田　書かれている意味ではなくて、たとえば語尾とかそういうことでしょう。

丹波　「だ」と書いてあるんだから、「だ」と言ってくれとかね。こういうのは、興味が、エレベーターで言えば一発で何階も下がってしまう。役者が芝居をするのはその芝居にすごく欲があって演るというようなものではない。半分以上は、おだてられて演っているんだからね。自分のペースで演っている要素があるわけだから、そこのところをいろいろ制約されると、動きがギクシャクしちゃうんだ。

向田　たとえば、私みたいなライターがいて、語尾を直されたりすると、すぐ本を返してくださいとなる。そして丹波さんみたいな語尾を直したい役者がいたとき、ディレクターとしてはどうするわけですか。

和田　役者は、人間として考えたとき一番悲惨な生き方をしていると思うんです。なぜ悲惨かというと、人間には、それぞれ自分の好みというものがあるでしょう。丹波さんは、いま『黄金の日日』(NHK、一九七八年)では、いい役を演っているけれども、自分のきらいなタイプの人間を演らなければならないことだってある。その人の日ごろの人生観なり、社会観というものと、自分が演っている役に抵抗がある場合などは、それをはぎとらなければならない。だから、演出は、役者のもっているプライドを、ゼロにしなくてはいけないんです。それで別なところで、あなたはすばらしいといわないといけない。それがまず一番目のことです。

丹波　それはだいぶ役者を知らないね。役者とは、自分の好まないもの、演りたくないと思っているものを演るときに、抵抗があるかといったら、そんなものは全然ないんじゃないかな。

和田　全然ないかなあ。

向田　私は役者の生理はわからないけれども、その人物のどこかに一瞬惚れることができれば演れるんじゃないですか。惚れるという言い方は妥当じゃないのかなァ。

丹波　妥当じゃないんだね。作家も意外に役者を知らないんだ(笑)。役者というのは、簡単に言うと何でも演りたいんだよ。役者になった動機をとことん突きつめれば、魚屋にも大工にもなれる、大学教授にも軍人にも、乞食や皇帝にもなれる。人が一つの人生しか経験できないのに、何百と経験できるから、人が五十年、六十年生きるよりも、五千年、六千年も生きられるじゃないかというのが、おそらく本音ではないかな。

和田　でも、丹波さんの好みというのがあるでしょう。

丹波　和田ベンさんに同調したいんだけれども、好みっていうものはない。

向田　この語尾はどうしても言えないというのは、一種の好みじゃないんですか。

丹波　いや、それは好みじゃない。「だ」というか「です」というかというのは、毎回違うし、自然に出てくるものだね。

向田　それは丹波哲郎という人を演っているのであって、作者が書いて演出家がイメージした人間を演るということとは微妙にズレませんか。

丹波　そのズレは役者はかまわないし、いっこうに気にならない。

向田　私たちはそのズレのコンダクトを、演出家にゆだねるわけよ。

演出家の言うことを聞いていたら、役者はうまくならない

丹波　役の性格を考えましたかとよく聞かれるのだけど、考えてないと言ったらまずいから、「うん」という程度の返事ですね。

和田　丹波さんはいつもきょうのような髪の格好だけれども、役によってはその髪を七三に分けたり、後ろにやっちゃうとか、いろいろあるでしょう。そういうことに対する抵抗はないですか。

丹波　宗久のカツラだって、あれが一番簡単だし、自分に似合うからつけているのであって、役柄ということには関係なしです。役の性格よりも、一番大事なのは、役者は手前の匂いを出すことだ。役の性格を掘り下げるのは演出家のやる仕事で、キャスティングのときに、その役に近いのはだれだということで丹波哲郎をもってきたのだろうから、あとは演出でカバーしてくれ、われわれは自分の匂いで好き勝手に演るだけだということです。

和田　そういう強力な役者がいるから、ひょっとしてテレビは演出不在だと言われる(笑)。

丹波　役者はうまくなるためには、演出家の言うことは右の耳から聞いて、左の耳から抜いちゃえばいい。まあ全然聞かないと通らないから、早口で言ってくれと言われたら、で

きる限り早口で言う。演出家をなだめる程度に聞くだけだね。性格的な説明をされたって上の空で聞いていて、好みに合ったところだけは逃がさず聞いて、オブラートに包んでちょっと演る。しかし、演出家の言うことを聞いていたら、役者はうまくならないというのは、役者の鉄則ですよ。うまくなっても、たかが知れているものだぞというのを、おれはおれの弟子に徹底していう。

和田　それはお釈迦さまの手のひらの上で踊っている孫悟空だと思う。ドラマに限って言うと、まず本があるわけです。本があるということは、おのれの人生がわかっているわけで、ひとつの世界をもうすでに与えられた人なんです。ですから丹波さんがどんなに演出家の言葉を右から左へ聞き流したとしても、本の最後に「死ぬ」と書いてあるとしますと、生きるわけにはいかないんですよ。先がわかっちゃっている人の悲劇が、役者にはあるんです。だから、油断したら一分ももたない。それは結局下手な役者なんだけれども、知っていながら知らないそぶりが、役者はどれくらいできるかです。老婆という役を与えられたら、まず腰を曲げることを考えてしまう。そうすると、それはごくつまらないものになってしまう。そのつまらないものを、そうでなくするのが、非常に僭越(せんえつ)ながら(笑)、演出だと思っているわけです。自分の人生の最後を知っている役者に、その最後を忘れさせてしまって、〝いま〟を生き生きさせるということです。

向田　丹波さんのおっしゃったことで、面白いと思ったのは、自分が中心だ、自分のためにテレビドラマがあり、本があり、宇宙がある。自分が全部を牛耳(ぎゅうじ)っていると思いこむ、そのすてきさというのは、知っていながら知らないそぶりの原動力だと、いま気がついたの。私はたいへんうかつだったんだけれども、それはこういう戦闘的な俳優に出会わなかったからだと思う（笑）。丹波さんはほんとうに特殊よ、私は初めてですね。

役者が演出を超えるためにサディスティックに管理する

丹波　おれだって、好む演出家と好まない演出家とある。演出家できらいになるタイプというのは、弱い者いじめをするやつと、必要もないのに動物を殺すやつ。『豚と軍艦』という映画は好きだったのだけど、監督はきらいになった。最後のところで、波打ち際に小犬の死骸が五、六匹浮いているシーンがある。すると、長い間飼っていた犬をわざわざ注射で殺して水に浸けた。それを見た途端にいやになった。生きている犬が死んでいく過程だったら、それはやむをえないことであるかもしれないけれども、死んでいるところだけなら、おもちゃの小犬を水に浸けたって、たいしてかわらない。気が狂っているんじゃないかと思う。それからというものは、演出家を軽蔑しだしたんだ。

和田　丹波さんは人間的だと思うんですが、それを忘れさせるのがほんとうの演出だという気がするんです。演出というのは、一言で言ってしまうと、管理するということです。役者でよく計算する人がいるでしょう。簡単に言えば、最後はおれは死んじゃうんだから、それから逆算して、やっぱりこのシーンはそうはずんだ笑い方はできないという演出家や役者がいる。これは最高の悲劇なんです。そういった役者を〝いま〟に熱中させるように、管理というのをものすごくやらなければいけない。だから、演出家というのは役者に対して、サディスティックになっちゃうんです。ものすごくサディスティックになって、前後を忘れさせることができるかどうかが、演出の決め手になるんです。ぼくは主としてそうなんだけど、丹波さんなんかは、それとは逆のマゾ的な演出者がいいのかなァ。

丹波　いままでの傾向を見ると、おれの言うことを聞かない監督の方が、たくさん仕事をしているね。好きな監督は山本薩夫さん。どういうわけか、一ぺんしかやったことがないんだけど、和田勉さんも入るんだ。理由は何もない。要するに虫が好くだけの話だね。演出がうまいとか、まずいとか、演出技術なんかにこっちは全然重きを置いていない。たかが知れているんだから、そんなものは。

おれは軍隊で一小隊以上は指揮したことがないんだけれども、このままだと、どうせ全滅するんだったら、弾が飛んでくる中に一ぺん立ってみようと立つんだ。そうすると、兵隊は敵陣を見ないで全部おれの方を見ている。こっちはハラハラしながら、もうあと三十秒立っていよう、三十秒の間に弾が当ったら運が悪いんだと思っている。そしてゆっくり塹壕（ざんごう）に下りる。こういうときにオドオドしたら、何を言ったって駄目なんです。その後は、兵隊を手足のごとく動かすことができる。どこにでもついてきますよ。演出家は隊長なんだ。態度が堂々としていて、役者の言うことなんかこれっぽかりも聞かない演出家は頼りになるから、これは安心だと思っちゃう。ひとつの魔術にかかったみたいに、その人の言うことに従う。役者なんて、そんなもんだって。

向田　有無を言わせないカリスマ的な魅力が、演出家には必要ですね。で、丹波さんは弾が飛んでくる中に立つときにスタンドプレーだなって、チラッともお思いにならない？

丹波　思うの、思うの。

向田　思うでしょう(笑)。

和田　サディスティックな演出には、欠陥もあるんです。ほんとうは丹波さんには、そういう要素がないにもかかわらずそれを引き出したいというすごくいい面もあるけれど、百の力をもっている役者を、七十ぐらいにしか出せない場合もあるのです。あまり好きになると、アバタもエクボでほかのよさに気づかなくなっちゃうことがある。ところが、そういう肝胆相照(かんたんあいて)らすという演出じゃなくて、自由に演ってもらっていいところだけをいただく、そういうマゾ的な演出で、百出るということがあるんです。これは一つの中継ですよ。野球中継だって、そうでしょう。向こうで勝手にやっている。それを、ハイ、いただきますとやってもけっこう面白いということはあるでしょう。

向田　某局の親しいディレクターは、自分に見せる顔を役の中での顔と同じ距離にもっていくのね。ある女優がある人を愛する役だと、その人にとても親切にする。すると、その女優はカメラに熱い視線を向けるんです。ある役者は不平不満の役だと、ずっと不平不満の状態に置いておく。わざと待たせたりしてね。すると、彼女は面白くないから、ブスッとして、私は愛されてないんだわという顔をするでしょう。それがそのまま演出になっているという感じね。その演出家は、二日間の稽古日数で、役者との間にそういった距離関係をつくるみたいですね。

和田　役者というのは爆発させなければ意味がないので、ぼくはがんじがらめに管理するんです。そこで坐ってくださいという演出には、役者は従うべきです。そして、その上で演出を裏切っていくというか、演出を驚かすんですよ。そういう演技を出せたときに、演出はすばらしいんですよ。

丹波　楽屋裏を打ち明ければ、役者というのは、演出家の言っていることなんか聞きゃしないと、さっき言ったけれど、演出家を喜ばせようという気持が、潜在的にどこかにあるんです。だからマトは、実に至近距離にある。ドラマを見ている人たちに喜ばれようというのではなく、いまそばにいてギャーギャー言っている和田勉を喜ばせてやろうというのがどこかにある。百メートル先の蠅の目玉を撃ち抜くような至難のわざをやるのではない。一メートルの近距離からライフルで撃つようなものだから絶対に当たる。

向田　撃ち方には、私からいわせると二通りあるの。犬型でダイレクトに尾っぽを振っていくのと、全く知らん顔をして足をちょっと踏んでいく猫型とがあるみたいですね。

丹波　カットと叫ぶ声の調子で、こっちはそれがわかるんだ。おれは演技賞なんてもらったことはないけれど、『人間革命』で初めて何かもらったんだ。これだって、至近距離の舛田利雄(監督)が喜ぶかどうかということにだけ集中してやったからですよ。橋本忍の電話帳ほどもある厚い本を読んでも面白いわけじゃないし、東宝だからって別に何の関係もない。ただ舛田利雄がおれの家にやってきて、これができるのは丹波哲郎しかないと、白羽の矢を立てたんだから、彼のためにやるんだ、そう言ったんですよ。

和田　要するに、演出もアーッと驚きたい。そのために徹底的に役者、作者をいじめるんです。ギュウギュウにしたら、向こうがはじけ出てくるだろう。打ち壊されるためにサディスティックになるわけです。互角になってはじき返されたときに、うまい下手ではなくて、アッとびっくりするものが出てくる。

向田　その鮮度はすごく大事ですね。

和田　それがなくなったら、演出というのはないと思うんです。

演出家の声の大小・高低がドラマに大きく左右する

丹波　ある新劇の役者に、じじいの大役が振り当てられたら、歯を抜いて入れ歯にしちゃったというから、こいつは絶対に大物にはならないと言うんだ。自分の肉体を破壊するほど、役に惚れたり、演出家にこびたら駄目だ。役者は手前が一番偉いと思い込んでいなかったら駄目。演出家は演出家で、自分が大将だと思っている。でも、こっちから見れば草履取り（ぞうりとり）ですよ。

和田　たしかにそういうぶつかり合いですね。それがないと中継に等しいわけです。ところが、テレビというのはそれをやっているから延々ともっているという場合があるわけですよ。こっちがたとえばサディスティックにかかっていくという演出では、あんなに年がら年中ドラマというのはつくれないですよ。

向田　そこがテレビの演出と従来の映画なんかの演出と違う面もあるのではないかという気がするんです。私が一番最初に演出を体験したのは、紙芝居のおじさんなの。もちろん後になって考えてのことですけど。五歳のときでしたが、まま子殺しか何か、私たちが普段よく聞いている話を紙芝居のおじさんというのは、実に下品な声を出して演るわけですよ。私は、あのモモ色のアメは不潔でコレラになるからと、うちからキャラメルをもっていって、一番前で見ていたわけです。紙芝居のお話と絵を、みんなはモモ色のアメを食べながら夢中になって見ているのだけど、紙芝居のおじさんとみんなの中間に私はいたわけで、いまの私はちょうどそれだと思う。だから、私は本を渡すときに、紙芝居のおじさんに渡すという感じがいまだにあるの(笑)。

和田　ぼくらは電気紙芝居のおじさんか(笑)。

丹波　本さえよければいい加減なディレクターで、いい加減な役者が演ったってまあまあいく。

向田　そうじゃないの。ものすごく役者がよければ、演出家はなくてもいいの。ところが、本がうまくなくて、役者もうまくいかないときは、演出家にものすごいのがいなかったら番組にならない。

丹波　役者が駄目で、本が駄目だったら腕のある演出家は初めからやらないって。

和田　ところがね、演出の心境で言うといい本というのは演出をやりたくない。わざわざ予算をとって、セットを立てて、丹波さんみたいな高い俳優(笑)を連れてきてつくる必要がない。本を読んでもらえばいいわけで、この本はちょっとたいへんだねと、スタッフなんかに言われると、ヤルゾーッという気になるんですよ。

向田　私にとっては、演出家の声の大小に、大きな意味があるんです。その演出家が、最初に稽古場でどういう声を出すか。たとえば和田さんは大きい声で、ワダベンですっていうわけね。そうすると最初の一行目のせりふを読む人の声が大きいの。私の場合は、非常に構成力が弱いから強さがほしいんです。だからフォルテで読まれる方が助かるの。ただ、フォルテの場合に、声が低くなければ困る。某局の某ディレクターはボーイソプラノなんです。あるときディスカッション・ドラマをやったの。いきなり頭のてっぺんから出るような声でやったものだから、全員がキーッとなっちゃって、ドラマが全部うわずっちゃった。これはとても重要なことなの、これが私から見る演出の生理以前の生理なんですよ。

丹波　本読みなんていうのは、演出家や作家のひとりよがり、あんなものは何ひとつ必要ない。時間のムダだね。

向田　次の本を書くために必要なんですよ。

和田　テレビでは、稽古をあまりやると駄目になっちゃうんです。だから、ぼくは本番の前に回すんですよ。テレビの演出というのは、ブロッキング、ランスルー、本番と三回演っていただくわけだけれども、最初の混乱状態のとき回したものが一番いい。

向田　怯(おび)えがある間が最高ですね。

和田　自分がわかってくるからね。たとえばアップで撮っていて、丹波さんが五歩動く、するとアップからはずれるでしょう。するとカメラマンは、はずれるというので本番ではサイズをちょっと引くんです。丹波さんの方も同じく自分の勘で、顔がちょっとはずれたなと思うから、動きを三歩にしちゃう。そうすると両方で安全第一の仕事をやるから、本番が最低になるんですよ。

丹波　映画でも本番が一番駄目だね。本番がいいのは舞台だけ。舞台は本番に決まっているけど(笑)。舞台はなぜ本番がいいかというと、お客がいるからね。

演出は本と役者を合わせてまったく別のxをつくる触媒

和田　それにしても、「ここで泣く」とか「ここでいきなり怒る」というのを、作家はなんで書くんですか。そんなことを書かれることに演出というのは、コンプレックスというか、うらみがあるんですよ。

丹波　作家がだんだん職業に慣れてきて、名前が出てくると、そういう生意気なことを書く。

向田　そうじゃないの、演出家を信用していないからよ。演出家が正しく理解してくだされば、そんなことは絶対書きたくないんですよ。過去に非常にひどい目に合っているので、しょっちゅういじめられている犬みたいに、まずほえちゃうの。だから、それを上回る演出をしてくだされば、書きたくないんですよ。じゃあ、今度は書かないわ。

和田　いや、書いてくださいよ。それは反対のことを考えるために必要なんですよ。作家が「泣く」と書いたことを、ぼくは必ず「笑う」と考える。人間の感情というのは、泣くことが笑うことになることもあるでしょう。だから、作者がせめて人間、役者、演出家に謙虚であれば、ここで泣いてもいいし、笑ってもいいと書いてくれる余地がほしいんですよ。

向田　さきほど三歩、五歩という話がありましたけれども、私がなぜ一回目の本読みに行くかというと、私の中の音合わせに行っているのね。つまり、家族六人いると音の高低を聞きに行くんです。ホームドラマでのお茶の間のシーンというのは、一種のオペラのアリアで、家族を決めるときにソプラノ、メゾ、アルト、テノール、バスを、音の高さで必ず配置するんですよ。それを確認に行くんです。それから一回目のセットへ行くときは、玄関から入って、私の足で何歩ぐらいで茶の間に行けるかなとか、漠然と歩くんですよ。それをなんとなく体で憶えておくと、「ただいまァ」と言って、どこまで行けるかがわかる。茶の間の柱時計一つにしてもそうです。ボーンと一時が鳴ったとき、すごく遠いのか、この辺にあるのか、それを知っているとすごく違うの。それは生理的な問題なのね。

和田　すごい演出家不信の発言ですね(笑)。そんな時計の距離なんていうのは、演出家がやるべきなんですよ。

向田　演出家は現場の空気を共有できるでしょう。私たちは、現場から遠く離れたところで書いているから、大事なのよ。

和田　この間、沖縄で撮ったんですよ。作者は沖縄に対して、青い空、青い海というイメージをもっている。それは観念的とかテーマ的には正しいんです。ところが沖縄へ行ってロケをした十日間は、戦後初の大寒波で青空は一回もあらわれない。それでもやっぱり青い空、青い海があらわれるまで待てという作者であれば、それはもう映画だと思うんです。テレビというのはそう書いてあっても、大寒波の中でも撮っちゃうという、ドキュメントの部分を含んでいる。そういったテレビの演出の生理がわからない作者が多いのですね。

向田　ほんとうはわかっているんですけれど、わかっている、わかっていると言うと、どんどん侵食されちゃうわけね。だから、最初の日に空が曇っているからといって、安易に撮られると困るから、なんとかがんばってほしいので、わからない、わからないって言い続けるんですよ。

和田　ということは三者とも演技しているわけね。知っていながら知らないそぶり。

向田　もういまは、名人じゃないですか(笑)。同情したらカウンター・パンチくらうから。

和田　演出というのを一言でいえば、シラノ・ド・ベルジュラックですよ。あれは、何かと何かをつなげる、まさに触媒です。ロクサーヌと二枚目の役者を結びつけるために、シラノは間をとりもっている。

向田　彼はあまりいい男じゃなかったし、上からまきざっぽか何かでなぐられて死んだけれども、タイトルが「シラノ」ですから、後世に名前も残る。そういうの、いやらしいなア。

和田　それは演出の最高の楽しいところですよ。

向田　なぐられても？

和田　作者の向田さんと役者の丹波さんを合わせて、向田さんでも、丹波さんでもない、全く別個のxというものをつくっちゃう。それはおれがいなければつくれないというのが、演出家の最高のプライドなんです。

丹波　しかし、どんなにいいものであっても、一般の客には演出家のイメージはない。やっぱり画面に映っている役者が一番得をしているわけだ。

和田　せめてそれくらいの救いがないと、役者というのは悲惨ですよ。

丹波　演出家は裏方にちょっと毛のはえたようなものだし、作家は線引き屋と同じようなものだ。役者から見ると気の毒でしょうがない。

和田　いかに無から有を生み出すかという楽しみがあるんですよ。

丹波　ギャラからいったって役者が一番高いんだから、数字が端的に表わしているよ。

和田　それは危険手当ですよ。

丹波　おれなんか現場へ行って、大きな顔をして演ってるんだから。

和田　しかも楽な仕事をね(笑)。

丹波　役者は楽天的でないと駄目、神経質なやつは向いてないね。

向田　これだけ苛酷な商売では、あまり悲観論者では駄目ですね。

丹波　役者ばかりでなく、作者にも演出家にも、匂いがあるかどうかが決定的なものなんだね。

（『放送文化』一九七八年七月）

解題　「冬の運動会」のころ

一九七七年一月二十七日木曜日、ロッキード事件丸紅ルート初公判があった日の夜十時に、「冬の運動会」は放映を開始した。

「木下恵介・人間の歌シリーズ」の二十四作目、そして掉尾(ちょうび)を飾った作品である。同シリーズは、七〇年四月に「冬の旅」(立原正秋原作、田向正健脚本)を第一作としてはじまり、「冬の雲」(木下恵介脚本)、「それぞれの秋」(山田太一脚本)、「早春物語」(石松愛弘脚本)など、多くの傑作ホームドラマを生み出した。平成の今、ドラマづくりにかかわる人たちが「昔のドラマはすごかった」という言葉を口にするとき、このシリーズ、とくに「冬」がタイトルにつく「冬シリーズ」を脳裏に描いている場合が多々ある、という作品群である。

浅学者の印象批評というおしかりを受けるのを承知でいうのだが、シリーズのテーマは、重く、暗く、辛い。茶の間うけするホームドラマの三大原則、軽く、明るく、甘く、とは正反対で、人間の艱難辛苦(かんなんしんく)と幸不幸には地位も名誉も学歴も関係ない、というテーマを、オブラートで包むこともシュガー・コートすることもなく、シリアスに伝えるホームドラマ・シリーズであった。

このシリーズで「冬の運動会」を書く以前の向田邦子は、「だいこんの花」、「時間ですよ」、「寺内貫太郎一家」など、どちらかといえばコメディタッチのホームドラマの旗手として第一線で活躍していた。だが、「冬の運動会」以降は、「家族熱」、「阿修羅のごとく」、「あ・うん」、「蛇蝎のごとく」といった、骨太でシリアスなドラマへとあきらかに転向する。作風が変わったもっとも大きなきっかけは、それまで病気知らずで疲れ知らずで駆け抜けてきた向田が、約一年前に乳がんを発病し、三週間の入院手術をしたことだろう。その後、輸血が原因で血清肝炎を起こし、右手までが利かなくなり、「銀座百点」のエッセイを左手で書いた。シナリオも、死にものぐるいで書きに書いた。病後の七七年には向田は、三本の連続ドラマ「冬の運動会」(ＴＢＳ、一月二十七日〜三月三十一日)、「だいこんの花・第五部」(ＴＢＳ、六月二日〜十一月二十四日)、「せい子宙太郎」(ＴＢＳ、十一月十六日〜翌七八年五月十日)と、四本の一時間ドラマ「毛糸の指輪」(ＮＨＫ、一月三日)、「花嫁」(ＴＢＳ、一月九日)、「眠り人形」(ＴＢＳ、七月三日)、「びっくり箱」(ＴＢＳ、十月九日)と、一本の七十分ドラマ「最後の自画像」(原作・松本清張「駅路」、ＮＨＫ、十月二十二日)とを書いている。

もうひとつ、七七年以降の向田作品には、大きな特徴がある。玄人うけする、とでも言おうか、ベテラン、新人を問わず、演出家やプロデューサーが「もう一度やりたい」と願うドラマ群なのである。「あ・うん」、「阿修羅のごとく」は言うに及ばず、「冬の運動会」

も二〇〇一年に新橋演舞場で舞台(久世光彦演出、中島丈博脚本、菊男役・岡本健一)に、二〇〇五年一月四日に新春ドラマスペシャルとして三時間ドラマ(田渕久美子脚本、菊男役・岡田准一)になった。また、「最後の自画像」(和田勉演出)はこのシナリオ集第一巻が発刊された今年(二〇〇九年)四月に、原作の「駅路」をタイトルにし、松本清張生誕百年記念番組としてリメイク(杉田成道演出)された。折りしも向田邦子は生誕八十年。放映から三十二年目のリメイクとなった。

「冬の運動会」はまた、出演した俳優達にとっても、役にすとーんとはまったドラマだったようである。

愛人がいる役を初めて演じた志村喬は、「この年になって新しいことをやらせてもらえて嬉しいですねえ」と言ったというし、打ち上げのときに「この作品があなたにとって、本当の意味でのデビュー作になりましたね」と向田に声をかけてもらった愛人役の藤田弓子は、志村喬が愛人の死を嘆くシーン(本書四一三〜四一四ページ)で自分の顔を覆う白布に落涙した時、涙がこらえきれず、死んでいる役を演じながら嗚咽したという。日出子を演じたいしだあゆみも、過去のある女性の役は初めてで、あめ玉をしゃぶるシーン(本書四一ページ)と花瓶におしっこをするシーン(本書一九一ページ)を好きなシーンとしてあげている。

演出を担当した服部晴治は、こう書き残している。

「作品に対して一番心を開いてみせたのは「冬の運動会」であったと思う。どこか恥の部分をもつ自分の青春を、卒直に殆んど祈りをこめて、あれ程瑞々しく投影して描いた作品はなかったのではないか。向田さん自身も最も好きな作品の一つで、どこか上質な香りのあるドラマだったとよく二人で話し合った。イメージが豊かで感性のあふれる、類をみない秀れたドラマだった」(「向田邦子TV作品集」月報5、大和書房より)

好きな回ではなく好きなシーンの話を向田とよくしたと言う服部は、二人で語り合ったシーンとして、いしだと同じく「始めて会った女が忘れていったライターを、青年がアメ玉をそえてそっと手のひらにのせ、そのアメ玉をほおばりながら見つめあうシーン」(本書四一ページ)をあげている。(向田がもっとも信頼した演出家のひとりである服部はまた、向田の飼い猫「迦理迦」の名の響きに魅せられ、自分の娘に「かりか」という名をつけたが、なぜかそのことを向田に言いそびれたままになってしまった、という逸話の持ち主でもある。)

向田自身が自分の作品を好きな順に並べたら、「冬の運動会」はきっと、上位五位以内に入るであろう。「小説新潮」で小説の世界にメジャーデビューしたとき、第一作「りんごの皮」で主要登場人物に「菊男」という名をつけたこと、名エッセイ「父の詫び状」の原題が「冬の玄関」であったことが、その傍証になろうか。

全十回の平均視聴率は一〇・三七パーセント(ビデオリサーチ調べ・関東地区)。

オリジナル作品のビデオ・DVD販売はされておらず、向田作品の中で〝幻の名作〟と冠される「冬の運動会」――。津田靴店のモツ鍋の湯気、その暖かさ。加代の部屋での

「心配ナシの山梨県」「体を大事に――長生き滋賀県だよ」という合いの手、その響きの優しさ。そして、渋谷駅前の書店で『原色世界の美術全集』を万引きしたことが深い心の傷になった時代、そのころ日本人がもっていたぶれない正義感――。これらの素材に、かっこ悪さと潔さを雑居させ、人間の業を丸ごと肯定し、向田が男達へ持てる母性を最高に発揮した、向田シナリオの最高傑作「冬の運動会」。そこに描かれた日本人の美しさをもう一度観たい、取り戻したいと熱望する人は今、多いに違いない。

文中敬称略　（烏兎沼佳代）

〈編集付記〉

差別等にかかわる表現については、時代性や著者が故人であることを考慮し、そのままとした。

協　力　Ｂｕｎｋｏ／ままや
編集協力　烏兎沼佳代

この作品は一九八二年五月、大和書房から刊行された。

向田邦子シナリオ集Ⅳ
冬の運動会

2009年7月16日　第1刷発行

著　者　向田邦子（むこうだくにこ）

発行者　山口昭男

発行所　株式会社　岩波書店
〒101-8002 東京都千代田区一ツ橋2-5-5

案内 03-5210-4000　販売部 03-5210-4111
現代文庫編集部 03-5210-4136
http://www.iwanami.co.jp/

印刷・精興社　製本・中永製本

ISBN 978-4-00-602147-4　　Printed in Japan

岩波現代文庫の発足に際して

新しい世紀が目前に迫っている。しかし二〇世紀は、戦争、貧困、差別と抑圧、民族間の憎悪等に対して本質的な解決策を見いだすことができなかったばかりか、文明の名による自然破壊は人類の存続を脅かすまでに拡大した。一方、第二次大戦後より半世紀余の間、ひたすら追い求めてきた物質的豊かさが必ずしも真の幸福に直結せず、むしろ社会のありかたを歪め、人間精神の荒廃をもたらすという逆説を、われわれは人類史上はじめて痛切に体験した。

それゆえ先人たちが第二次世界大戦後の諸問題といかに取り組み、思考し、解決を模索したかの軌跡を読みとくことは、今日の緊急の課題であるにとどまらず、将来にわたって必須の知的営為となるはずである。幸いわれわれの前には、この時代の様ざまな葛藤から生まれた、人文、社会、自然諸科学をはじめ、文学作品、ヒューマン・ドキュメントにいたる広範な分野のすぐれた成果の蓄積が存在する。

岩波現代文庫は、これらの学問的、文芸的な達成を、日本人の思索に切実な影響を与えた諸外国の著作とともに、厳選して収録し、次代に手渡していこうという目的をもって発刊される。いまや、次々に生起する大小の悲喜劇に対してわれわれは傍観者であることは許されない。一人ひとりが生活と思想を再構築すべき時である。

岩波現代文庫は、戦後日本人の知的自叙伝ともいうべき書物群であり、現状に甘んずることなく困難な事態に正対して、持続的に思考し、未来を拓こうとする同時代人の糧となるであろう。

（二〇〇〇年一月）

岩波現代文庫［文芸］

B106
釋迢空ノート
富岡多恵子
戒名を筆名とした詩人・折口信夫は何を秘していたのか。虚と実、学問と創作の狭間に生きた巨人の軌跡を描き出す渾身の評伝。〈解説〉藤井貞和

B107
京の路地裏
吉村公三郎
舞妓、祇園、京言葉……、京を舞台に多くの映画を監督した巨匠が鋭い観察眼と絶妙な距離感で描く古都の裏表。秀逸な旅行案内。〈解説〉新藤兼人

B108
幻景の明治
前田　愛
幕末維新から日露戦争に至る時期の社会事象を例に、明治の特質を発掘、再構成してその原風景たる「幻景の明治」を見定める。〈解説〉川本三郎

B109
蒼ざめた馬
ロープシン
川崎　浹訳
二〇世紀黎明のロシアのテロ指揮者サヴィンコフが、爆弾を言葉に持ち替えて描いたこの詩的小説は、9・11以後の黙示録である。

B110
幻景の街
―文学の都市を歩く―
前田　愛
『たけくらべ』の吉原や『なんとなく、クリスタル』の原宿……作品の中の「幻景の街」を復元し、作家たちが街に寄せる愛情を描く。〈解説〉川本三郎

2009.7

岩波現代文庫[文芸]

B111
荷風好日　川本三郎
東京の町を歩いて『断腸亭日乗』の世界を追体験し、林芙美子、坂口安吾らの荷風評価にふれ、リヨンとパリに荷風の足跡をたどる。

B112
野坂昭如ルネサンス①
好色の魂　野坂昭如
「好色出版の帝王」貝原北辰。その奔放無頼の生涯を、「四畳半襖の下張」裁判を闘った野坂昭如が共感と敬意をこめて描いた異色長編。〈解説〉永　六輔

B113
野坂昭如ルネサンス②
水虫魂　野坂昭如
草創期の広告・放送業界をたくみに遊泳して芸能プロの社長にのしあがっていく寺川友三。戦後の繁栄の虚しさと焼跡闇市への郷愁を描く。〈解説〉永　六輔

B114
野坂昭如ルネサンス③
マリリン・モンロー・ノー・リターン　野坂昭如
妄想にとりつかれた人間を主人公として、遠国の美女への願望、現実逃避をテーマとする短編集。性と死を執拗に直視した問題作五編。〈解説〉横尾忠則

B115
野坂昭如ルネサンス④
騒動師たち　野坂昭如
大阪・釜ケ崎の騒動師たちが東大安田講堂攻防戦で「総学連」に味方して機動隊と一大決戦を繰り広げる、破天荒の長編小説。〈解説〉川本三郎

2009.7

岩波現代文庫［文芸］

B116
野坂昭如ルネサンス⑤
とむらい師たち
野坂昭如

万博に対抗して葬博の実現にかける「ガンめん」、葬儀のレジャー産業化に狂奔する「ジャッカン」。彼らの奇行愚行、笑いと哀しみ。〈解説〉百川敬仁

B117
野坂昭如ルネサンス⑥
骨餓身峠死人葛（ほねがらみとうげほとけかずら）
野坂昭如

昭和初期、九州の葛炭坑を舞台に繰り広げられる近親相姦の地獄絵、妖しく光る異常な美の世界。濃密な文体で綴られる野坂文学の極致。〈解説〉松本健一

B118
野坂昭如ルネサンス⑦
童女入水
野坂昭如

男の歓心を買うために娘を虐待する母。激しい折檻を受け、自ら浴槽で入水した八歳の娘。人間の実存を凝視し、現在を予見した問題作。〈解説〉村松友視

B119
三国志曼荼羅
井波律子

なぜ諸葛孔明は愛されるか。『三国志演義』と千数百年前の正史『三国志』との関わり。比類なき物語世界の醍醐味を縦横無尽に描きだす。

B120
私のなかの東京
―わが文学散策―
野口冨士男

記憶の中の残像と幾多の文学作品を手がかりに、変貌を遂げた街の奥行きを探索する。愛情溢れる追想と実感に満ちた東京散歩。〈解説〉川本三郎

2009. 7

岩波現代文庫[文芸]

B121
説経節を読む
水上 勉

説経節の中でもよく知られている「さんせう太夫」など五作品を、著者が自らの体験・人生を通し解説する。人間の業を見すえる。〈解説〉犬丸 治

B122
黒の試走車
梶山季之

一九六〇年代初頭、自動車メーカーの熾烈な新車開発競争と産業スパイの暗躍を初めて描き出し、一世を風靡した企業情報小説の傑作。〈解説〉佐野 洋

B123
族譜・李朝残影
梶山季之

植民地朝鮮での経験を基底にして、日本人の責任を問い続けた作者による秀逸な作品群。表題作の他、「性欲のある風景」も収録。〈解説〉渡邊一民

B124
ルポ 戦後縦断
—トップ屋は見た—
梶山季之

皇太子妃スクープ、赤線廃止等、昭和30年代を彩る硬軟双方の主題を描いた著者渾身のルポルタージュ選。しなやかな取材で現場を描く。

B125
今ひとたびの戦後日本映画
川本三郎

昭和二〇年代、数々の名作は戦争の影をどう描いたか。原節子、田中絹代、なぜ女優たちはかくも輝いていたか。瑞々しい感覚で描き出す。〈解説〉井波律子

2009.7

B126
ギリシア文学散歩
斎藤忍随

恐ろしき教えで人間の驕慢を戒める、非情の神アポローン。その姿を追いつつ、悲劇的精神が織りなすドラマの世界を逍遥する。〈解説〉左近司祥子

B127
古典を読む 万葉集
大岡信

詩人の感性を開いて万葉の広々とした言語世界に接し、歴史と人間のドラマをみとり、現代にも通ずる限りない面白さを解き明かす。

B128
自由の牢獄
ミヒャエル・エンデ
田村都志夫訳

手紙・手記・パロディ・伝記など、さまざまな実験的手法を駆使しながら、長い熟成期間を経てまとめあげられた傑作短篇小説集。

B129
実践 英文快読術
行方昭夫

英語再入門を志す人が、「涙なしで」学べる一冊。基礎編では、きちんと読むためのポイントを解説、実践編では喜劇をまるごと読んでみる。

B130
近代美術の巨匠たち
高階秀爾

あの名作は、どのようにして生まれたのか。印象派以降、エコール・ド・パリ派に至るまでの近代美術の巨匠13人の評伝集。

2009. 7

岩波現代文庫［文芸］

B131
こんな美しい夜明け
加藤剛

テレビ「人間の条件」でのデビューから四七年、撮影時の逸話と忘れえぬ出会い、時代と向き合う真摯な姿勢を流麗な筆致で描く。

B132
増補 戦後写真史ノート
―写真は何を表現してきたか―
飯沢耕太郎

戦後、日本の写真は何をどう表現してきたのだろうか。写真家の活動を中心に、写真表現の歴史を五つの時代区分によって描き出す。

B133
大正幻影
川本三郎

隅田川を原風景に佐藤春夫、谷崎、芥川、荷風が描いた淡い夢。大正は激動の明治と昭和の狭間で「幻影」にふさわしい時代であった。〈解説〉持田叙子

B134
こころはナニで出来ている？
工藤直子

父と一緒に野原に散歩。出会った虫、草花、そよぐ風に、少女はどんな物語を見つけたのか。詩集「のはらうた」で知られる著者が紡ぐ家族の物語。

B135
語学者の散歩道
柳沼重剛

ギリシア・ローマの古典が起源のことわざや意外な英語の語源、語学学習の落とし穴……。蘊蓄とウィットに富んだ楽しいエッセイ集

2009.7

2009.7

B141
『源氏物語』の男たち (下)
田辺聖子

『源氏物語』には主人公以外にも魅力的な男たちがたくさん登場する。下巻では、物語をいろどる名脇役たちの奥深い人物像にせまる。

B142
生キ残レ少年少女。
野坂昭如

「農業は文化である。文化を棄てた国が栄えたためしはない」。自給率低下や汚染米など日本の農と食のひずみを「焼跡・闇市派」の作家が撃つ。〈解説〉桜井 順

B143
永井荷風巡歴
菅野昭正

辛辣な批評性を懐に戯作者の姿勢に身をやつした永井荷風。その確固とした近代性を自在に論じて作品の底に隠された生成の秘密を照らしだす。

B144
向田邦子シナリオ集 I
あ・うん
向田邦子

父と門倉のおじさんの友情の間にある母の存在。微妙なバランスを保ちながらそれでも夫婦であり友人である大人たちの愛を、娘さと子が見つめる。関連資料付。

B145
向田邦子シナリオ集 II
阿修羅のごとく
向田邦子

父の愛人発覚を機に集まった四姉妹。体裁をつくろってはいるが、それぞれが男と女の問題を抱え……。猜疑心強い阿修羅になぞらえ、女の姿を軽妙に描く。

2009. 7

B146
向田邦子シナリオ集Ⅲ
幸福
向田邦子

出世のために婚約者を捨てた兄と、その女性とのたった一度の過ちを胸に秘める弟・数夫。十年が経ち、今その妹と付き合う数夫の町に、偶然、因縁の女性が舞い戻ってきた。

B147
向田邦子シナリオ集Ⅳ
冬の運動会
向田邦子

出来の悪い息子とさげすまれる実の家族を避け、靴修理屋の夫婦の元に入りびたる菊男。だが厳格な祖父・父もまた家庭の外に居場所があった……。

B150
終末と革命のロシア・ルネサンス
亀山郁夫

二〇世紀初頭のロシアで起きた一大文芸復興運動に参加した一二人の芸術家たちをとりあげ、ロシア文化の根源にせまる。

B151
『断腸亭日乗』を読む
新藤兼人

『断腸亭日乗』に「老人の性と生」という視点で迫る。荷風の女たち、『濹東綺譚』などに独特の読みを展開。〈解説〉小野民樹

B152
黒龍江への旅
高野悦子

満鉄に勤務した父の足跡をたどり、黒龍江のほとりまで……。岩波ホールに中国名画をもたらした傑作紀行エッセイ。〈解説〉藤原作弥

2009.7

向田邦子シナリオ集　全6冊

＊Ｉ　あ・うん　定価一〇五〇円
神社のこま犬のごとき男の友情と、その家族の物語。戦争前夜、夫婦・親子・親友の細やかな情愛を描く、向田邦子最後の長編ドラマ。

＊Ⅱ　阿修羅のごとく　定価一一五五円
未亡人、主婦、堅物独身、同棲中……。父の愛人関係を清算させようと久しぶりに集まった四姉妹の胸の内をユーモア込め描く傑作。

＊Ⅲ　幸　福　定価一一五五円
下町の工場で働く無口な兄、同居するしっかり者の妹。兄の恋人の登場がもたらした過去の因縁とは？　本当の幸福をしみじみ伝える。

＊Ⅳ　冬の運動会　定価一一五五円
冷たい実の家族より、靴修理屋の夫婦と過ごす方が素直になれる菊男。だが厳格な祖父・父もまた家庭の外に居場所があった……。

Ⅴ　寺内貫太郎一家
短気で喧嘩早いが、情に厚く涙もろい――石屋の主人・寺内貫太郎と彼をとりまく人々の物語。小林亜星主演、大好評のドラマ抄録。

Ⅵ　一話完結傑作選　付全作品解説・年譜
東芝日曜劇場のために書いた一話完結のシナリオなどを収録。単行本未収録の初期作品も含む。全六十六作品の解説、年譜付き。

各巻に、関連エッセイ、手書き原稿、対談などの附録付き。
＊既刊

岩波書店刊
定価は消費税5%込です
2009年7月現在